GETTING ROUGH

C.L. Parker est née à Los Angeles. Avant de se consacrer pleinement à sa carrière d'écrivain, elle a servi pendant deux ans à la base navale de Norfolk en Virginie. Sa série *Million Dollar* est un véritable best-seller aux États-Unis et a été publiée en exclusivité au Livre de Poche. C.L. Parker vit aujourd'hui dans le Kentucky avec ses deux fils et son chien.

Paru dans Le Livre de Poche :

MILLION DOLLAR
Un million de secrets inavoués
Un million de plaisirs coupables

MONKEY BUSINESS TRIO
Playing Dirty

C.L. PARKER

Getting Rough

Monkey Business Trio, tome 2

TRADUIT DE L'ANGLAIS (ÉTATS-UNIS) PAR ALEXANDRA MOREAU

LE LIVRE DE POCHE

Titre original :
GETTING ROUGH

Couverture : © Steffen Lachmann / Gallery Stock.

ISBN : 978-2-253-19132-2 – 1re publication LGF

Ce livre est dédié aux bien-aimés habitants de Stonington, dans le Maine – et plus précisément à Lance Bradshaw, Thomas Jones et Kelly Kolysher. J'espère que je vous ai rendu justice et que vous m'ouvrirez grands les bras le jour où je reviendrai.

1

Shaw

— Simi, où je suis, merde ? grondé-je dans mon smartphone.

« Je n'en sais rien, Ducon » serait une réponse acceptable, étant donné ma grossièreté, mais mon assistante virtuelle, toujours très professionnelle, garde son calme.

— Vous roulez sur Upper Falls Road, en direction du sud.

La technologie est épatante, mais cela ne m'aide pas beaucoup. Ne devant compter que sur moi-même, je suis forcé de tirer les seules conclusions acceptables qui s'imposent. Pour autant que je sache, le vol que j'ai pris pour Bangor, dans le Maine, a été dévié de sa course pour arriver dans le triangle des Bermudes. Lequel est, j'en suis désormais convaincu, un monde parallèle où les autoroutes n'ont pas encore été inventées. Ou bien tout cela a été échafaudé par mon ennemie jurée et maîtresse à mi-temps, Cassidy Whalen, afin de m'attirer dans un endroit à l'écart de tout, où elle va pouvoir continuer de me torturer à loisir, pour finir par me dévorer le foie avant de balancer mon cadavre là où personne ne pourra le retrouver.

À vrai dire ce meurtre – un rien monstrueux – me conviendrait bien, car être forcé à supporter son regard compatissant à longueur de journée, c'est un destin pire que la mort.

Je laisse tomber mon téléphone dans le vide-poches près du levier de vitesses, pas très délicatement, étant donné que je suis de plus en plus agacé. Je suis au bout du rouleau et je puise dans mes réserves après un vol de dix heures et demie et un trajet en voiture de près de deux heures. Mon estomac émet des gargouillis sonores, ce qui est tout à fait logique étant donné que je n'ai mangé en tout et pour tout que les cacahuètes servies dans l'avion.

Simi bipe, soit pour m'avertir de la traiter avec plus de ménagement, soit pour me prévenir de tourner à droite sur une énième route secondaire dans ce bled paumé. Encore soixante bornes de routes sinueuses jusqu'à cette île où se trouve un petit village de pêcheurs du nom de Stonington. Le territoire de Cassidy. Mais qu'est-ce qui m'a pris quand j'ai décidé de sauter dans cet avion ? Oui, bon... Je voulais lui dire ce que je pense d'elle. Mais pour le moment, je n'ai qu'une idée en tête : me mettre quelque chose sous la dent.

J'entre sur le parking d'une station-service, me gare et descends de la petite voiture de location où j'ai été forcé de me plier en quatre pour m'asseoir au volant, puisque aucun autre modèle n'était disponible. Le dessin du poulet qui figure dans la vitrine n'a pas de quoi faire saliver, mais ça me donne pourtant envie. Le délire doit me guetter, car manger du poulet acheté dans une station-service, ce n'est pas très malin. Je vais en payer le prix plus tard.

Le jeune serveur se montre patient le temps que je me décide entre le poulet-poulet, le filet de poulet ou les nuggets. Pendant qu'il emballe mon filet et mes pommes de terre sautées, je me dis qu'il vaut mieux que je vérifie que Simi ne se trompe pas de direction, mais je prends la précaution de parler à voix basse, histoire qu'elle ne m'entende pas. Il ne manquerait plus qu'elle me fasse une scène parce que je ne lui fais pas confiance. Les femmes sont parfois très susceptibles. Même les virtuelles.

— Dites… Dale, commencé-je en lisant son nom sur son badge. C'est normal qu'il y ait des tas de petites routes dans le coin, et pas d'autoroutes ?

Dale se met à rire. On doit la lui poser souvent, celle-là.

— Oui. Vous allez où ?

— Euh… à Stonington, réponds-je en prenant la boîte contenant mon repas.

Il se redresse comme si j'avais dit quelque chose d'extraordinaire.

— Stonington ?

— Oui. Pourquoi ? Je vais dans la mauvaise direction ? J'en étais sûr, maugréé-je en jurant à mi-voix.

— Non, vous êtes dans la bonne. C'est juste que personne ne va à Stonington à moins d'y habiter.

— C'est mal ?

— Ça dépend à qui vous posez la question, lance-t-il en riant de plus belle.

— Super, dis-je avec un sourire sarcastique. Merci, mon vieux. (Je prends la boîte déjà imbibée de gras.) Je ne vais pas mourir après avoir mangé ça, quand même ?

Il hausse les épaules avec une expression qui signifie que je m'en tirerai. Ou pas, tant pis, il faut bien mourir de quelque chose.

Après avoir payé pour une crise cardiaque à emporter et une bouteille d'eau, je reprends la route. Du moins ce qui en tient lieu. La chaussée tortueuse sans signalisation est déjà assez pénible, mais les bosses me donnent l'impression d'être dans un chariot de supermarché qui dévale un escalier. Je suis sûr que si je parlais, cela me ferait une voix chevrotante. Je ferais bien le test, puisque personne ne peut me voir. Sauf que mon téléphone sonne.

— Allô ? réponds-je d'une voix éraillée. Ben ?

— Ouaip, patron ! claironne-t-il, un peu trop exubérant. Comment c'est, le Maine ?

— À chier, jusqu'ici. Qu'est-ce que tu m'as trouvé ?

— Eh bien, il y a seulement deux endroits possibles et l'un est complet, figurez-vous, mais je vous ai réservé une jolie petite chambre à la Whalen House.

Je ne sais pas pourquoi, mais une énorme migraine s'empare aussitôt de moi, me frappant comme la foudre.

— Attends. Tu viens bien de me dire Whalen ?

— Ouaip. Et c'est exactement ce que vous croyez. (J'entends le sourire dans sa voix.) Le repaire de Miss Glaçon en personne. Ce sont les parents de Cassidy les propriétaires. D'après les quatre étoiles et demie des commentaires clients, c'est un charmant petit bed and breakfast à l'atmosphère familiale avec tout le confort d'une maison moderne. Vous devriez être dans votre élément.

Je lui aurais aboyé dessus si j'en avais eu le courage.

— Et ça t'amuse, hein ?

— Un petit peu.

En tout cas, lui, il est honnête avec moi. Pas comme Cassidy.

— Pas d'autre possibilité ?

— Aucune.

— Je te vire quand je rentre.

— Certainement, chef. En attendant, je m'occupe du contrat de Denver pour que tout soit en bonne et due forme.

C'est avec Denver Rockford, dit Rocket Man, que tout a commencé. Cassidy Whalen et moi sommes en concurrence pour représenter le quarterback star le plus convoité du monde du football et remporter une petite part du gâteau, ainsi qu'un poste d'associé chez Striker Sports Entertainment. J'ai gagné. Sur une question de procédure. Denver a d'abord proposé le contrat à Cassidy, mais elle a décliné et insisté pour qu'il me le donne à moi. Tout cela parce qu'elle a découvert que je ne suis pas le riche play-boy pour lequel je me fais passer. Si elle n'avait pas été une telle fouineuse, si prompte à me juger et à me disséquer comme une grenouille en cours de sciences nat', je ne serais pas dans un pot à yaourt sur une route merdique vers un endroit dont personne n'a jamais entendu parler.

Je fourre la main dans la boîte graisseuse et je le regrette aussitôt quand je tombe sur les pommes de terre brûlantes, qui doivent être à peine sorties de l'huile bouillante.

— Ah, l'enfoiré !

— OK, je peux le garder encore si vous y tenez. Mais je vais devoir vous poser la question :

vous ne voulez vraiment plus conclure le plus gros deal de votre carrière ?

J'avais presque oublié que Ben était au bout du fil. Peut-être que je suis vraiment en train de délirer, finalement.

— Non, mais tu entends ce que tu me demandes ? Évidemment que non. Je viens juste de me brûler, c'est tout, réponds-je en suçant mon doigt endolori.

— C'est marrant, j'ai rien senti du tout, moi. Et bim !

Il est à deux doigts de se faire remplacer par Simi.

— Comporte-toi en adulte, Ben, dis-je en reprenant vraiment mon rôle de chef. Réserve la chambre, va poser le contrat sur le bureau de Wade et trouve-moi un vol retour pour demain matin première heure.

— C'est noté. Mais, euh…

— Crache le morceau.

Je commence à perdre le peu de patience qui me reste.

— Je préfère vous prévenir, mais il y a du mauvais temps prévu sur le Maine pour les prochains jours. Mieux vaut que vous vous prépariez à prolonger votre séjour.

— Alors, tu as intérêt à me faire rentrer avant le grain, parce que je n'ai aucunement l'intention de traîner ici plus longtemps qu'il ne faut.

Rappelle-moi pour me donner tous les détails le moment venu.

Et sur ce, je raccroche et je tente de m'attaquer de nouveau à ma boîte pleine de graillon.

Il est exact que je n'ai aucunement l'intention de traîner ici plus longtemps qu'il ne faut, mais encore faudrait-il que j'aie une bonne raison d'y être venu. Bon sang, mais qu'est-ce que je fiche dans ce foutu Maine ? Voyez-vous, Cassidy Whalen a le don de m'obséder et de me faire agir comme un parfait dément. À cause de cette bonne femme, j'ai fait des trucs que je n'aurais jamais faits. Comme séduire une collègue pour remporter un contrat. Ou du moins, essayer de la séduire. Cela s'est retourné contre moi. Si l'on peut dire. Mais au moins, je me suis soulagé une ou deux fois en cours de route, c'est toujours une consolation. Seulement, je n'aime pas trop perdre et mon prix de consolation a pris le large en emportant sa délicieuse petite chatte avec elle. Et cela ne me plaît pas.

Zut. Mais pourquoi cela me contrarie ? Avec les années, j'ai élevé un mur qui me protège des folies, et petit bout par petit bout, elle est en train de l'abattre et de me forcer à éprouver des émotions. Je frissonne à cette pensée.

Ne vous méprenez pas non plus : cette histoire d'émotions ne signifie pas que je suis tombé amoureux d'elle ou quoi que ce soit. Non, ce qu'elle me fait éprouver, ce sont les émotions que j'ai laissées dans le passé, la nuit où j'ai vu un homme prendre une balle en pleine tête sous mes yeux. Je n'étais qu'un môme, mais à Detroit, on apprend très jeune à développer l'instinct de survie. Les émotions, c'est de la faiblesse. Et je n'avais pas de parents pour me protéger de toutes ces horreurs. Ils se contrefichaient que je sois vivant ou mort. D'ailleurs, ils m'auraient sûrement préféré mort, parce que, au moins, cela leur aurait permis de toucher un peu d'argent.

Avec un grognement dépité, je balaie les souvenirs de mon enfance bousillée, car ce genre de pensées ne risque pas de me faire avancer dans la vie. C'est derrière moi, plutôt. Cette vie, c'est du passé. J'ai tourné la page depuis le jour où je suis devenu un homme à l'âge de neuf ans. Ne pas avoir de mère qui vous console quand vous avez été témoin d'un meurtre violent et sanglant, cela vous fait relativiser. Personne n'allait s'occuper de ce petit gamin à part l'homme qu'il était censé devenir. Et personne ne risquait de me faire du mal, sauf si je leur en donnais les moyens.

J'ai travaillé dur pour faire mon chemin dans la vie. Et j'ai saisi toutes les occasions possibles pour avancer, mais recevoir un contrat originellement destiné à une foutue bonne femme, c'est un affront cuisant. Castrateur. Même si je n'ai aucune intention de refuser ce contrat en or, quelle que soit la manière dont je l'ai obtenu, il faut avant tout que je recouvre ma virilité. Et pour l'heure, c'est Cassidy qui l'a dans son sac à main. Une fois que je l'aurai récupérée, je pourrai tourner la page sur elle et toutes ces histoires de sentiments.

Le pont de Deer Isle se dresse devant moi comme une sentinelle d'acier de cent vingt mètres de haut qui peut soit me laisser passer, soit se transformer en périlleuses montagnes russes et me précipiter dans les tréfonds d'Eggemoggin Reach, juste en dessous. Cela n'aurait rien d'amusant, mais pour le coup, je traverse sans encombre. Les câbles d'acier ne bougent pas et je suis à peu près certain que je n'ai fait qu'imaginer le rire de mauvais augure qu'il me semble avoir entendu. Ce n'était que le grincement du métal. Bon sang, il faut que je dorme un peu avant que les rochers qui parsèment les environs ne se transforment en créatures de pierre gambadant dans des champs de myrtilles.

Les créatures de pierre n'existent pas. Tout comme les dos-d'âne de la route ne sont pas créés par des taupes géantes et la langue de terre sur laquelle est bâti le pont ne va pas se transformer en sables mouvants qui vont m'engloutir jusqu'au cœur de la terre. En revanche, mon téléphone sonne réellement. Soulagé par cette diversion, je décroche :

— Shaw Matthews à l'appareil.

Mon cerveau privé de sommeil a besoin de garder quelques neurones en état de fonctionnement pour que j'aie encore un peu de raison quand je me retrouverai enfin face à cette petite coquine qui s'est enfuie jusque chez elle. J'ai deux mots à lui dire, et je cours dangereusement le risque de les oublier l'un et l'autre.

— Hé, mon pote, qu'est-ce que tu fais ? demande Chaz à l'autre bout du fil.

— Je ne sais pas trop, mais je crois que je suis en train de franchir l'une des sept portes de l'enfer. (En fait, j'en suis tout à fait certain, mais le manque de sommeil affecte mon jugement.) Et toi, mon vieux ?

— Je voulais juste te prévenir que tu ferais bien de faire profil bas.

Je comprends tout à fait ce que Chaz vient de me dire et c'est la preuve même que je viens d'entrer dans un monde parallèle. Prêt à tout entendre, je reprends :

— Dis-moi.

— Les filles et Quinn prennent un vol pour le Maine afin de retrouver Cassidy. Comme c'est censé être une surprise, ne lui dis rien, sinon Demi va me les couper.

— Bienvenue au club, réponds-je en songeant à mes noix dans le sac à main de Cassidy. (Au lieu de répondre à la question interloquée qui suit, je préfère faire avancer la conversation.) Et pourquoi dois-je faire profil bas ?

— Parce qu'ils savent que tu es déjà là-bas.

Cela ne tient pas debout. C'est Quinn qui m'a donné le numéro de vol de Cassidy et m'a dit de me lancer à sa poursuite. Seulement, parce qu'il s'imaginait que nous étions en pleine romance, grossière erreur de sa part, même si c'est quand même grâce à cela que j'ai eu l'info. Oh, merde. Ils ont dû conclure que c'est à cause de moi que leur meilleure copine a fichu le camp. Génial. Il ne manquait plus que cela : deux mères poules et un petit coq compatissant, alors que j'essaie de faire rentrer la petite coquine au bercail.

— OK, mon vieux. Merci de m'avoir prévenu. Avec un peu de chance, soupiré-je, je serai reparti avant qu'ils arrivent. Je fiche le camp à la première heure demain.

— Qu'est-ce que tu es parti faire là-bas, d'ailleurs ?

— Je me pose la même question depuis le début.

— Eh bien, c'est déjà une réponse, non ?

— Quoi ? Je ne te suis pas.

— Mon pote, tu as sauté dans un avion… Maine… nana…

La ligne n'arrête pas de couper.

Je regarde l'écran de mon téléphone qui ne montre qu'une seule barrette vacillante. Je dois être entré dans une zone où on ne capte pas, mais je repose le téléphone contre mon oreille.

— Chaz ? Allô, tu es là ?

Les trois bips que j'entends et le message « Échec de l'appel » m'indiquent que non. Oh, et puis, zut. Je le rappellerai plus tard, car si j'en juge par l'océan que j'aperçois à l'horizon, je suis presque arrivé à destination. Même si Simi n'a pas fait son boulot et ne m'a rien dit. Parlez-moi de technologie.

Alors que je franchis la colline et suis la route menant au petit village niché en bas, je suis fasciné malgré moi par toute cette simplicité. C'est comme débarquer dans le décor de cinéma d'une ville imaginaire ou dans un livre. Jamais je n'aurais imaginé que des endroits comme celui-là existent, mais c'est bien réel.

Les carrefours n'abritent pas des Starbucks ou des McDonald. Il n'y a pas de grandes chaînes de supermarché, ni de galeries marchandes ou de stations-service. Même pas de feux tricolores. La grand-rue égrène une poignée de petites boutiques, un restaurant, une épicerie et une seule et unique banque. Mais toute l'agitation se concentre sur un quai, centre névralgique encombré de camions de toutes sortes de modèles et marques jamais produits dans nos bons vieux États-Unis.

Après avoir dépassé l'Opéra – attends, il y a un opéra, ici ? incroyable ! –, je prends à gauche sur School Street et je gagne West Main, où une immense pancarte usée, qui aurait bien besoin d'un coup de peinture, m'annonce que j'ai enfin atteint ma destination. Je me gare, coupe le moteur et déplie ma grande carcasse pour sortir de cette voiture miniature. Comment les clowns peuvent s'entasser à autant dans un truc pareil quand ils font leur numéro de cirque, jamais je ne le comprendrai.

Une fois sur le trottoir, je m'étire et aspire une longue goulée d'air pur. Enfin, moins pur que chargé d'odeurs de poisson et de sel, mais naturel quand même. Mes poumons sont tellement habitués à l'empreinte carbone des grandes villes que je suis pris d'une violente quinte de toux ; j'ai l'impression que je ne reprendrai jamais mon souffle. Une fois cela passé, je jette un coup d'œil autour de moi pour vérifier que personne ne m'a vu, et je suis ébahi par le spectacle.

Des bateaux de pêche entrent et sortent du port, des nuées de mouettes dans leur sillage. Le bruit des moteurs et des klaxons, les piaillements des oiseaux et les cris des pêcheurs qui se croisent sont pratiquement une berceuse en comparaison du vacarme de la ville. Des îles de toutes tailles sont éparpillées dans la baie et au-delà comme une carte au trésor qui attend d'être explorée. Mais le plus impressionnant, c'est l'horizon. Une vraie toile de peintre :

les cieux sont d'un bleu limpide et les rais de lumière qui traversent les nuages sont d'un blanc immaculé, comme si les doigts d'un jeune dieu s'amusaient avec des bateaux-jouets flottant dans son bain.

Cassidy Whalen est née dans une carte postale et en est sortie comme un personnage de fiction faisant irruption dans la réalité. J'ai rarement eu l'occasion de remarquer la splendeur de ce genre de choses. Peut-être parce que j'ai toujours été pressé, à cause du tumulte de la vie citadine, mais il y a quelque chose dans ce paysage qui me force à prendre du temps pour le contempler. C'est peut-être un comportement de gamin de ma part, mais je suis impressionné.

Je sors mon téléphone pour appeler Ben et lui faire savoir que je suis arrivé. C'est avec surprise que je vois les mots PAS DE RÉSEAU sur l'écran, à l'endroit où devraient se trouver cinq barrettes.

Je brandis mon téléphone à bout de bras et fais un tour sur moi-même, dans l'espoir de capter.

— Pas de réseau ? Comment c'est possible avec la technologie d'aujourd'hui ? soupiré-je en rangeant avec abattement mon téléphone dans ma poche. Oublions la carte postale. Je suis plutôt dans *La Quatrième Dimension*.

Je regarde de nouveau autour de moi et secoue la tête en me rendant compte que je me suis fait avoir comme un bleu. Tout comme Cassidy, la petite ville est ravissante et innocente, c'est un succube qui leurre sa proie en lui donnant l'impression qu'elle ne risque rien, et puis boum ! Vous vous retrouvez sous son emprise sans autre choix que vous soumettre pendant qu'elle vous vampirise avant de balancer votre cadavre desséché. Heureusement pour moi, je comprends cela avant qu'il soit trop tard, ce qui est miraculeux, étant donné mon état d'épuisement.

Derrière moi, Whalen House se dresse fièrement en haut d'une éminence qui domine non seulement le port mais la ville tout entière. Et quand je dis ville, c'est vite dit. Quelle belle coïncidence que ce soit dans cet orgueilleux et somptueux perchoir qu'a vu le jour cette donneuse de leçons de Cassidy Whalen. Je ne serais pas surpris d'apprendre que son père est à la fois le juge, le jury et le bourreau de la ville.

Si j'avais encore un peu de sens commun, je tournerais les talons et rejoindrais la civilisation. Mais, je le répète, à cause de mon déficit de sommeil, je manque totalement de lucidité. La seule chose qui me préoccupe pour l'heure, c'est de me glisser dans un lit douillet pour offrir un peu de repos bien mérité à mon cerveau. Après cela, je dirai son fait à la diablesse, puis je m'empresserai de retrouver un semblant de normalité à San Diego avec mon nouveau et très bien payé poste d'associé chez Striker Sports Entertainment et une vie extraordinairement exceptionnelle.

Oui, tout ce pour quoi je me suis donné tant de mal, ce rêve, va bientôt devenir réalité... Dès que je serai sorti de ce cauchemar.

2

Cassidy

C'est drôle, la vie. Toutes ces considérations exaltantes qui prétendent que l'on est maître de son destin, qu'on peut tout à fait choisir la direction que l'on prend durant notre voyage sur terre, ce ne sont que des âneries.

Il est très rare que les gens nés dans ma petite ville la quittent. Ou alors ils reviennent deux trois ans plus tard, grand maximum. Les us et coutumes de Stonington sont tellement différents de ce que l'on trouve à l'extérieur que ses habitants ont du mal à vivre ailleurs. C'est comme se retrouver balancé au beau milieu de l'océan avec pour consigne de nager ou se noyer. Et cela sans jamais avoir eu la moindre leçon de natation.

C'est ce que j'ai fait. J'ai pris mon avenir en main et je suis partie de Stonington. Et non seulement j'ai appris à nager, mais j'ai vu pousser mes nageoires et apparaître des branchies. Pourtant, cette ville a réussi à me rappeler quand même à elle. Je ne suis pas la maîtresse de ma destinée, j'en suis l'esclave. J'ai laissé derrière moi tout ce que j'ai eu tant de mal à construire, afin de revenir dans une ville que je m'étais efforcée de quitter. Comme une mère qui vous couve, Stonington a le don de retenir ses enfants, de les étouffer dans son giron en refusant de les lâcher. Je suis simplement la fille têtue qui était bien décidée à tracer elle-même sa voie.

Les brèves visites que je rendais à ma famille il y a peu étaient sans risques. La plupart du temps parce qu'elles étaient planifiées, avec une date de départ précise et non négociable. Cette fois, ce garde-fou est absent. Je n'ai pas la moindre idée du temps qu'il va me falloir pour aider mes parents à traverser cette crise, mais je suis sûre que si Stonington parvient à ses fins, je ne suis pas près de repartir. C'est un risque que je dois prendre pour mes parents. Ils sont plus importants que n'importe quel poste d'associé, que tel ou tel client, ou que ce salaud égoïste et torturé qui a le don de me donner des orgasmes fabuleux.

C'est un coup de fil urgent durant le moment le plus important de ma vie qui m'a fait traverser en catastrophe le pays pour rejoindre ma mère hospitalisée. Quand papa est passé me prendre à l'aéroport, il m'a assuré qu'elle allait bien, mais il m'a prévenue qu'elle avait l'air au plus mal.

Il avait raison. On dirait que maman avait combattu pendant douze rounds avec le champion du monde des poids lourds. Les traumatismes et fractures qu'elle a subis ne font que justifier cette métaphore.

Bien que je sois dans un hôpital – ce qui me met toujours hyper mal à l'aise –, j'éprouve quelque chose de bizarre et de déplaisant. Chaque fois que j'essaie d'identifier la raison de ce malaise, le visage de ce crétin de Shaw Matthews surgit dans mon esprit et ravive mon trouble. Peut-être parce que nous ne nous sommes pas dit au revoir. Encore que cela n'ait aucune importance. Ce n'est pas comme si nous étions un couple, pour commencer. Ce n'est que du sexe, pas vrai ? Et si tel est le cas, pourquoi j'éprouverais le besoin de prendre de ses nouvelles ? De l'appeler pour lui dire que je suis bien arrivée, que ma mère va bien, et lui donner une date de retour plus ou moins précise ? Parce que je suis une idiote qui se retrouve au milieu de nulle part, avec très peu d'espoir de retrouver un jour la civilisation.

— Ça va, ma chérie ?

La voix bourrue de mon père interrompt le cours de mes pensées et je lève les yeux pour le voir qui m'observe, le front barré d'un pli soucieux. Je le dévisage à mon tour et je constate combien il a changé depuis ma dernière visite. Ses cheveux roux sont de plus en plus clairsemés et il aurait bien besoin de se tailler la barbe, mais sa large poitrine et sa grosse bedaine sont toujours les mêmes. Maman l'a bien nourri, comme toujours. Comme je ne réponds pas, il continue de me fixer. Et s'il plisse les paupières, ce n'est pas par curiosité, mais parce qu'il y voit de moins en moins.

— Tout va bien, papa. Je suis juste un peu fatiguée. (Un bâillement arrive à point nommé et je m'étire.) Je vois que tu ne portes toujours pas tes lunettes.

— Pfff, balaie-t-il d'un geste. Ça n'a rien à faire sur un bateau de pêche, des lunettes. La preuve, la dernière paire a glissé et est tombée dans l'eau.

— Elles sont tombées, ou tu les as jetées ?

— Qu'est-ce que ça change ? élude-t-il. Quelque part au fond de l'eau, il y a sûrement un poisson qui se balade maintenant avec, et qui surveille nos côtes, dit-il avec un clin d'œil.

Je ris malgré moi. Papa a le don de faire passer la perte plus ou moins accidentelle de ses lunettes pour une contribution patriotique. Duff Whalen est têtu et il lutte contre l'âge de toute son énergie. C'est pour cela qu'il continue de pêcher alors qu'il devrait prendre sa retraite. Il jure que cela l'aide à rester jeune et en bonne santé. Il a probablement raison, mais jamais je ne lui dirais cela devant maman.

Comme si elle avait perçu cette pensée – et elle en est sûrement capable –, maman remue dans son sommeil et soulève suffisamment les paupières pour que je voie le vert éclatant de ses yeux. J'ai peut-être hérité les cheveux roux et le caractère de chien de mon père, mais j'ai reçu de ma mère les yeux et l'obstination. Une obstination qui lui a valu de finir à l'hôpital avec une jambe cassée, des côtes fracturées et quelques bleus et écorchures. Dieu merci, ç'aurait pu être pire.

— Alors, l'endormie. Ça va ? lui demandé-je en écartant une mèche de cheveux gris de son visage.

— Cassidy, tu es là.

Elle me fait un sourire de boxeur K.-O., les puissants analgésiques la forçant à un sommeil réparateur pour aider son organisme à récupérer. C'est une bonne chose, sinon Anna Whalen se serait déjà levée pour faire les quarante kilomètres qui la séparent de Stonington afin de s'occuper de ses pensionnaires.

— Tu sais, si tu tenais à me voir, il suffisait de me téléphoner pour me demander de venir. Tu n'avais pas besoin de recourir à de telles extrémités.

Le demi-coma médicamenteux ne l'empêche pas de hausser un sourcil sarcastique.

— Ah bon ?

Et ça recommence.

— Maman, ne me culpabilise pas, OK ? Tu sais que je suis très occupée.

— Oui, je sais. J'aurais vraiment préféré qu'on ne t'appelle pas. Je vais bien. Tu devrais retourner en Californie avant de manquer à tout le monde. Je ne voudrais pas que mon petit accident soit la cause d'une catastrophe, genre un de tes clients qui n'a pas eu la bouteille d'eau minérale de sa marque préférée sur le plateau de tournage d'une pub pour Dieu sait quoi.

Bon sang, elle sait s'y prendre, mais je ne vais pas la laisser dresser la liste de mes manquements pour tenter d'esquiver un interrogatoire bien mérité. Sur un ton de défi, je lui lance :

— Ah, tu vas bien ? Alors, tu es à l'hôpital pour quoi ?

— Parce que vous êtes deux mères poules incapables de se rendre compte que les médecins essaient de tirer le maximum de ma mutuelle. Je peux rentrer, maintenant ?

J'éclate de rire.

— Il n'en est absolument pas question.

— Ah bon, et pourquoi ?

— Parce que tu as des problèmes de tension, ce que tu savais avant de te lancer dans ta petite équipée. Les problèmes en question ayant provoqué l'étourdissement qui a causé ta chute. Et c'est pour cela que les médecins veulent te garder une nuit de plus en observation.

La réponse ne convient guère à ma mère. Je m'y attendais un peu, aussi.

— Pas question que je reste une nuit de plus. Je dois m'occuper de mes pensionnaires.

Elle repousse les couvertures comme pour se lever, mais je l'arrête.

— Oh, non. Abby s'en occupe très bien sans toi, et je vais lui donner un petit coup de main. Dès que le médecin m'aura expliqué pourquoi le traitement pour la tension qu'il t'a prescrit ne donne rien.

Maman baisse les yeux sur le lit et entreprend de lisser des plis imaginaires. Si je n'avais pas déjà perçu sa culpabilité, la réaction de papa me l'aurait tout de suite fait comprendre. Il lit en elle comme dans un livre ouvert.

— Fichue entêtée. Tu n'as pas pris ton traitement, c'est ça ?

Il lève les bras au ciel comme s'il connaissait déjà la réponse. Elle hausse les épaules.

— Pas aussi régulièrement que j'aurais dû.

— Pourquoi ? demandé-je.

Elle prend un air penaud et jette un coup d'œil à mon père.

— Parce qu'on ne peut pas payer nos traitements à tous les deux et continuer de tenir le bed and breakfast.

— Oh, mon Dieu. Tu plaisantes, j'espère ? (Atterrée, je me tourne vers mon père.) Tu étais au courant ?

— Évidemment que non ! s'indigne-t-il. Tu crois que je l'aurais laissée faire, sinon ?

Je ne voulais pas insulter mon père, mais le mal est fait.

— Excuse-moi. Bien sûr que je sais que tu aurais réagi. Pourquoi tu n'as rien dit, maman ?

— Parce que je ne voulais pas que ça se sache. C'est ma faute. Cette fichue crise a affecté le tourisme à Stonington et nous devons garder la maison en état de fonctionner parce que ce n'est pas seulement une source de revenus, mais le toit sous lequel on vit. Alors, j'ai fait des économies, je me suis dit qu'en prenant mon médicament un jour sur deux, ce ne serait pas trop grave et que je pourrais faire durer l'ordonnance jusqu'à ce que la situation s'améliore.

— Ah, c'est ce que tu t'es dit ? grommelle papa depuis son fauteuil.

Il est tout rouge, les oreilles écarlates, et je me demande si lui aussi ne fait pas de l'hypertension.

— Il faut que je te demande si tu prends ton traitement aussi, papa ?

Il balaie la question d'un geste et préfère se concentrer sur maman.

— Tu t'es dit aussi que tu pourrais grimper à l'échelle, hein ? Regarde où tu as atterri.

— Il fallait bien que quelqu'un nettoie les gouttières, réplique maman.

— Je t'avais promis que je le ferais en rentrant, répond papa, de plus en plus rouge.

— Mmm… Comme tu as réparé l'antenne ? Les gens n'ont pas envie de séjourner dans un bed and breakfast où on ne capte pas correctement la télévision.

— Pourquoi tu refuses d'admettre que tu es montée là-haut parce que tu voulais regarder tes fichus programmes ? C'est pour ça que tu n'as pas voulu attendre. Tu as failli te rompre le cou juste pour ça.

Je ferme les yeux, consciente que papa a raison, mais en espérant le contraire.

— Maman, je t'en prie, dis-moi que ce n'est pas pour ça que tu es montée.

Inutile d'attendre sa réponse. Elle est obsédée par ses feuilletons à l'eau de rose. Stonington est à elle seule un gigantesque feuilleton, sans les caméras, les projecteurs et les preneurs de son. Même si je soupçonne certains de nos concitoyens de posséder ce genre d'équipement pour surveiller leurs voisins.

Maman se tourne vers moi et l'ecchymose sur sa joue me fait frémir. S'il lui était arrivé quelque chose…

— Oui, bon, concède-t-elle dans un soupir. Tu sais bien… D'une pierre deux coups, quoi…

— Oh, bon sang, maman. Je n'en reviens pas !

Mon cri d'exaspération est interrompu par une voix qui s'élève depuis le seuil.

— C'est quoi, l'expression, déjà ? C'est l'hôpital qui se moque de la charité ?

Je reconnais cette voix. Du genre rocailleux et rauque à cause du tabac, qu'on ne peut ni imiter ni contrefaire, et c'est sa force tranquille qui m'a réconfortée durant les périodes les plus difficiles de ma vie. Je ferme les yeux pour reprendre mon calme avant de les rouvrir et de me retourner.

Il est appuyé contre le chambranle de la porte, les mains enfoncées dans les poches d'un jean délavé tellement moulant qu'il fait partie du bonhomme. Les jambes croisées, il porte des chaussures de chantier usées par un métier qu'il fait depuis toujours. Sa chemise bleu marine est ouverte sur un T-shirt noir moulant des pectoraux obtenus par des années passées à charrier les casiers à homards, et non à lever des poids dans une salle de gym. Et les rides au coin de ses yeux ont été creusées par presque trente années de soleil et de francs sourires.

— Casey…

J'expire littéralement sur la dernière syllabe, comme si mes poumons se vidaient entièrement, et je reste sans souffle. Mon cœur s'emballe et tambourine comme s'il voulait s'échapper de ma poitrine et se jeter dans ses bras.

Casey me fait un sourire du coin des lèvres accompagné d'un clin d'œil qui me rend toute chose.

— Qu'est-ce que tu deviens, ma chérie ?

Seigneur, il y a quelque chose chez Casey Michaels qui me fait systématiquement chavirer. Je redeviens aussitôt une gamine. C'est une émotion involontaire qu'aucun autre homme n'est capable de provoquer en moi. Cela ne me déplaît pas, mais je ne peux pas dire que cela me plaise non plus. C'était sympa, mignon même peut-être, quand on était enfants, mais je suis une adulte et je préfère conserver un minimum de contrôle sur mes réactions en présence d'un tiers.

À en juger par la vitesse à laquelle je vole dans ses bras avant que mon esprit n'ait le temps de réfléchir, il est évident que le contrôle en question me fait cruellement défaut.

Casey me rattrape – comme toujours – et j'enfouis mon visage dans son cou en respirant cette odeur familière d'air marin, d'essence et de labeur qu'on ne peut enfermer dans un flacon mais qui me rappelle toujours mon foyer. Je suis en sécurité, même si je ne sais pas très bien pourquoi je suis à ce point soulagée de m'en rendre compte. De quoi ai-je besoin d'être protégée ?

La question que je lui pose est étouffée par mon étreinte : je refuse de le lâcher de peur qu'il disparaisse.

Casey éclate de rire et se dégage gentiment.

— Je ne sais pas ce que tu viens de me dire, mais la réponse est oui, ma chérie. Comme toujours.

— C'est vrai ? Tu voudras bien porter mes enfants ?

Je pose la question en mimant un ton plein d'espoir que Casey reconnaîtra sans le moindre doute, car il me comprend mieux que personne.

Mon plus vieil et plus cher ami, qui se trouve justement être également l'homme de mes rêves que j'ai décidé de sacrifier à ma carrière, se détourne avec un frisson.

— Mince, ça va faire mal quand je devrai accoucher, dit-il d'un air songeur. Mais tu en vaux la peine.

Nous éclatons de rire en chœur avec mes parents.

— Je me sens déjà tellement mieux en vous voyant tous les deux vous comporter comme des imbéciles, dit ma mère en se redressant.

— Bien essayé, rétorqué-je, pas dupe.

— Casey, empêche-la d'être aussi méchante avec sa mère, gémit maman.

Casey lève les bras au ciel et va la rejoindre.

— Vous savez bien qu'elle fera exactement le contraire de ce que je lui dirai, Anna. Je l'ai compris en première année de lycée quand j'ai essayé de la dissuader de rejoindre l'équipe de football. Elle n'écoute pas, elle a la tête dure.

Il se baisse pour l'embrasser sur la joue.

— Pas assez dure. Elle a fini assommée le premier jour d'entraînement. Cela lui a appris à ne pas se tenir comme une dame. Je t'en veux, Duff, dit-elle en tendant le bras vers son mari. Tu l'as toujours malmenée et traitée comme le fils que tu n'as jamais eu.

— Qu'est-ce que tu voulais que je fasse, enfin ? Elle préférait le football plutôt que jouer à la poupée ou à la dînette. Et ça ne me gênait pas. Regarde-la, maintenant. Elle représente les meilleurs des meilleurs, et je peux avoir tous les autographes que je veux.

Il me fait un petit signe de tête pour m'indiquer combien il est fier de moi. Je sais bien qu'il l'est. Mes parents ne perdent jamais une occasion de me le dire.

Je gémis, lasse d'être sous le feu des projecteurs.

— Ça suffit, maintenant. Qu'est-ce que tu fais ici, Casey ?

— Tu es ma préférée, Cass. Où tu voudrais que je sois ?

Toutes les filles de la ville convoitent Casey Michaels et c'est moi sa préférée. N'importe quelle fille se sent à part avec un pareil statut. Mais comme nous ne sommes plus ensemble, je ne veux pas qu'il se méprenne.

— Ah, c'est gentil, mais tu aurais pu me voir en ville quand maman sera sortie, dans quelques jours.

Étant donné que je ne veux pas qu'il se méprenne, je ne peux pas lui dire à quel point je suis heureuse qu'il soit là en cet instant. Ce n'est pas rien de savoir que le port est tout près, quand vous vous sentez comme un bateau se dirigeant droit sur des écueils dans un océan démonté. *Merci bien, Shaw Matthews.*

Papa s'en mêle et me ramène à la question du moment.

— Tu ne vas pas rester ici ce soir. Il va te ramener à la maison.

— À San Diego ? demandé-je, interloquée.

Je suis bien certaine de ne pas avoir pris un aller-retour. J'étais prête au pire, comme tout le monde, mais maman est une dure à cuire. Malgré tout, elle va être clouée au lit un moment et il faut que je reste un peu le temps de l'aider.

— On n'a qu'une seule maison, et la tienne n'est pas San Diego, ma petite. (Papa se lève péniblement, ses articulations grinçant presque autant que le fauteuil.) C'est Stonington, chez toi. Depuis toujours, et pour toujours. Je suis tout à fait capable de rester ici et de m'occuper de ma femme, mais je n'ai pas assez de patience pour être à la disposition d'une poignée d'inconnus qui ont besoin qu'on ramasse derrière eux. C'est toi qui vas le faire et moi, je la ramènerai à la maison quand elle sera remise. Ou quand ils nous ficheront dehors parce qu'elle leur mène une vie d'enfer.

— Duff Whalen ! s'indigne maman.

— Tu vois ? Ça a déjà commencé.

Je ne suis pas très à l'aise de laisser maman qui semble si faible, mais je sais qu'Abby va avoir besoin d'un coup de main. C'est mon devoir de fille de prendre les commandes jusqu'à ce que maman soit de nouveau sur pied, et je ne vais pas la laisser tomber. En plus, ce serait absolument inutile de me disputer avec mon père. Et de toute façon, je suis trop épuisée pour cela.

Casey me soulève le menton et se baisse à ma hauteur.

— Tu as l'air fatigué, dit-il, capable comme toujours de lire dans mes pensées comme si nos cerveaux étaient reliés par des câbles. (Puis il me fait le sourire qui signifie qu'il sait que j'ai besoin qu'on vienne à mon secours, même si je ne suis rentrée que depuis peu de temps.) Allez, viens, je t'emmène.

Je lui rends son sourire. Parce que c'est mon preux chevalier. Qu'il fait toujours passer les autres avant lui-même. Parce que c'est mon Casey à moi. Parce que ce n'est pas Shaw Matthews.

Les quarante minutes de trajet pour rentrer à Stonington me paraissent durer le double. Peut-être parce qu'avec chaque kilomètre qui nous rapproche de notre destination, j'ai l'impression que nous remontons dans le temps. Moi, du moins. Stonington est mon passé. Casey Michaels est mon passé. Pourtant, il est assis à ma gauche, un vide entre nous, comme si quelqu'un d'autre occupait l'espace et nous séparait. Je me sens submergée par les émotions ; des habitudes, des sentiments anciens et familiers refont surface. L'ancienne Cassidy aurait tendu la main par-dessus ce vide pour prendre la sienne. Elle aurait probablement même glissé le long du siège pour se blottir à côté de lui et passer le bras sur son épaule. Cela aurait été facile. Aussi simple que respirer et tout aussi naturel. Un peu comme se glisser dans son jean préféré et un sweat-shirt trop grand après une longue journée stressante. Et Dieu sait que je suis tentée de le faire.

Mais je ne suis plus cette Cassidy-là. Celle que je suis devenue sent la tension dans l'air et c'est si inconfortable que je me sens presque oppressée, comme si je partageais un espace confiné avec un inconnu. Comment est-ce possible alors que l'inconnu en question me connaît mieux que personne au monde ?

Casey et moi avons grandi ensemble. Nos parents étaient de grands amis. Ils ont tout fait ensemble. Nous aussi. De camarades de jeu qui riaient, pleuraient et se bagarraient – autant entre eux que pour se défendre mutuellement – à ados amoureux qui ont tout exploré ensemble. Il connaît mes secrets les plus intimes et moi ses peurs les plus obscures. Nos vies sont plus entrelacées que les racines noueuses d'un chêne centenaire, et leur lien tout aussi puissant.

Un frisson me parcourt. Je sais qu'il me dévisage, mais pour une raison inconnue, je suis paralysée, incapable de rien faire à part fixer la route droit devant moi. Peut-être que c'est un mécanisme de défense, un tour que me joue mon cerveau pour me rendre service ; pour me forcer à tenir bon et regarder devant moi au lieu de me retourner. Après tout, Casey est l'arme secrète de Stonington.

— Bon, tu vas me dire ce qui ne va pas ou bien je vais devoir te chatouiller pour que tu craches le morceau ? demande Casey en tendant le bras par-dessus le vide que je n'ai pas osé traverser pour m'enfoncer un index entre les côtes.

Je frissonne en gloussant, plus pour lui faire plaisir qu'autre chose. C'est bien le genre de mon petit copain d'enfance d'user d'astuces idiotes pour détendre l'atmosphère et éviter ce qui va rapidement devenir une situation inconfortable.

— Arrête, dis-je en souriant et en repoussant sa main. Comment ça, « ce qui ne va pas » ? Ce n'est pas évident ? Maman est à l'hôpital.

— Et ?

— Et je me fais du souci pour elle.

— Conneries, répond-il laconiquement.

— Quoi, conneries ?

— Tu as bien vu qu'elle allait bien.

— Elle ne prend pas son traitement. Cela me tracasse qu'ils n'aient pas assez d'argent pour ça et qu'ils ne m'aient pas demandé mon aide.

— Cass, tu es partie depuis tellement longtemps que tu as oublié à quel point les insulaires sont fiers ? Enfin, ma chérie, tu es des nôtres, et tu es probablement la plus entêtée. Qu'est-ce que tu aurais fait à la place de ta mère ?

C'est juste et il a raison, mais je ne suis pas obligée d'apprécier pour autant.

— J'aurais essayé de m'en sortir toute seule, moi aussi, j'imagine.

— Oh, que oui, dit-il avec un sourire confiant. (Puis il se rembrunit et me regarde, jette un coup d'œil à la route et me dévisage à nouveau.) Il y a autre chose qui cloche. Qu'est-ce qui se passe dans cette jolie petite tête ?

— Rien du tout.

Pour une raison inconnue, la question ramène immédiatement le souvenir du visage de Shaw la dernière fois que je l'ai vu. Dans un appartement vide qu'il habite uniquement pour sauvegarder les apparences. Je l'ai interrogé sur sa vie secrète, une vie que j'étais bien décidée à dévoiler à tout le monde, mais je me suis sentie coupable d'avoir rouvert une blessure. Malgré tout son cinéma, ce n'est rien moins qu'un imposteur. Il fait croire à tous qu'il est quelqu'un d'autre : un homme qui s'est fait tout seul, qui a assez d'argent pour flamber, une influence sans égale et une telle liste de people comme amis et clients qu'il en est presque aussi célèbre qu'eux.

En réalité, Shaw Matthews est un gosse défavorisé qui a été contraint à s'en sortir dans les rues cruelles de Seven Mile, au cœur de Detroit. Et qui n'a jamais connu l'amour de ses parents. C'est triste et tragique, même si ce n'est pas sa faute. Et moi qui l'ai jugé en imaginant des choses que je n'avais pas le droit d'imaginer. Je ne sais rien de cet homme que j'ai laissé user de mon corps – à plusieurs reprises –, mais sans lui offrir mon cœur. Et pendant que j'étais occupée à baiser avec lui dans tous les coins possibles, mes parents souffraient de déboires financiers que j'ignorais totalement.

Oh, comme la donneuse de leçons tombe de haut.

— Arrête de culpabiliser, dit Casey, qui a de nouveau lu dans mes pensées.

Du coup, je me demande jusqu'où il peut lire en moi. S'il savait tout ce que j'ai fait à Shaw, tout ce que j'ai laissé Shaw me faire, il en aurait le cœur brisé.

J'incline la tête et je le regarde, essayant de deviner s'il est avec quelqu'un. Mais Casey est un maître en matière de dissimulation, qui s'empresse de détourner l'attention s'il se rend compte qu'on essaie de le sonder alors qu'il n'a pas envie de se dévoiler. Son truc du moment est un autre de ses fameux clins d'œil qui font se pâmer les filles de l'île. Avec son sourire sexy, c'est un mélange mortel pour n'importe quel membre du sexe féminin. Et peut-être pas uniquement les êtres humains.

— C'est le sourire que tu utilises pour que tous les homards femelles se précipitent dans tes casiers ?

Dans le coin, on assure que le succès de Casey dans son métier est dû à la séduction qu'il exerce sur les crustacés du sexe faible.

Il éclate de rire.

— Te voilà revenue depuis à peine une journée et tu commences déjà à faire des blagues, hein ? Qu'est-ce qui se passe ? Tu es jalouse ?

— Pas du tout. Mais tu ferais bien de prendre garde à leurs grosses pinces. Je suis sûre que ça ne fait pas de bien à l'entrejambe. À moins que ce soit le genre de truc qui te branche.

Nous nous mettons à rire en chœur, et cela me fait un bien fou. Normal. Pour la première fois depuis mon arrivée, je suis de nouveau insouciante. C'est mon Casey à moi. Il est la seule personne qui soit capable de me calmer. Et avec lui, ça a l'air tellement facile, alors que je sais très bien que ça ne l'est pas.

— Peut-être que tu devrais en ramener un en Californie, entrer en douce chez ton ami, ce Shaw, pendant qu'il dort, et lui glisser sous les draps. Ça lui apprendrait à se frotter à toi, hein ?

Et d'un seul coup, ma petite bulle rose éclate et je me retrouve mal à l'aise. J'ai beau essayer de chasser ce bonhomme de mes pensées, impossible de lui échapper. Même Casey, que je considère comme mon refuge, prononce son nom et fait remonter des tas de doutes à la surface. Qu'est-ce qu'il fait pendant mon absence ? Qui il se fait, plutôt ? Probablement une ou deux idiotes des plages aux lèvres botoxées, aux ongles fuchsia et aux cheveux blonds décolorés, le tout sur un yacht qui lui a coûté un an de salaire, histoire d'en mettre plein la vue à tout le monde. Quel crétin superficiel et prétentieux !

— Mince, ma chérie, mais qu'est-ce qu'il t'a fait ?

Je me tourne et je vois Casey qui fixe mes poings serrés sur mes genoux. Gênée par ma réaction, je me détends et je pose les mains sur le siège.

— Excuse-moi. Ce n'est rien.

— Ça n'a pas l'air de rien, d'après ce que je vois.

— C'est Shaw qui a eu le poste d'associé, avoué-je. (Ce n'est pas toute la vérité, mais suffisamment proche pour que je ne me sente pas coupable.) Je dois lui en vouloir un peu, je pense.

— Oh, zut. Désolé d'apprendre ça. Je sais à quel point tu voulais le poste.

Oui, je le voulais sacrément. D'après Shaw, suffisamment pour coucher et parvenir à mes fins. Même si ce n'est pas du tout ce qui s'est passé et que je n'en ai jamais eu l'intention. J'ai fait bien pire. J'ai couché avec Shaw. À maintes reprises. Et que je sois prête à l'admettre ou pas, j'ai commencé à avoir de l'affection pour lui. Peut-être un petit peu trop.

Mon Dieu, comment j'ai pu être aussi idiote ?

J'ai dû dire cela à haute voix, car Casey me prend la main, me faisant frissonner partout.

— Tu es la fille la plus intelligente que je connaisse, Cass. Peu importe ce qui s'est passé, je suis sûr que tu ne pouvais pas le prévoir, sinon tu ne te serais pas laissée faire. Tu es trop fine pour ça.

Je ne peux pas me résoudre à lui dire la vérité, lui avouer que Denver Rockford m'avait choisie pour agent et que j'avais remporté le poste, mais que je n'ai pas pu accepter cette victoire parce que j'avais été rappelée à Stonington. Même si Casey ne peut rien y faire, je sais qu'il considérerait que c'est une faute de sa part. Il s'est toujours considéré comme responsable de moi. Je pose la tête contre la vitre glacée. Seigneur, que je suis fatiguée !

— Ce n'est pas tout. Balance le reste, ma chérie.

J'ai la tête secouée par les cahots.

— C'est juste que… Ça n'a plus d'importance.

— Je suis désolé de devoir te le dire, ma chérie, mais j'ai l'impression que si.

Nous commençons la descente vers Stonington et la nostalgie s'empare de moi. La nostalgie et la claustrophobie.

— Non, du tout. Shaw Matthews n'est plus un problème pour moi. J'ai des soucis plus importants, comme remettre maman sur pied pour pouvoir rentrer.

— Ma bonne vieille Cassidy. Toujours en train de fuir.

Il rit gentiment, mais je sens le poids de cette réflexion.

— Je n'ai pas fui, marmonné-je, car je n'ai vraiment pas envie de recommencer la conversation que nous avons déjà eue mille fois.

Devinant mon humeur, Casey change brusquement de sujet. Dieu merci.

— Figure-toi qu'on a une célébrité en ville, plastronne-t-il avec un immense sourire béat.

Jamais je n'aurais imaginé Casey en fan.

Je me racle la gorge pour sous-entendre : « Mais oui, c'est ça ! »

— Très drôle. Les célébrités vont en vacances dans des endroits comme Aspen ou Bora-Bora, pas dans le Maine.

— Elles y viennent quand elles sont écrivains et qu'elles veulent terminer un livre où il est question d'un pêcheur de homards sexy en quête d'amour, explique-t-il en bougeant les sourcils.

— Ah oui ? Eh bien, elle s'est trompée d'endroit, dis-je en riant.

— Hé ! s'indigne Casey, un peu vexé. Je peux être sexy.

Il gonfle ses pectoraux comme The Rock, et je ne peux m'empêcher de rire de plus belle.

C'est mon Casey à moi. Mon Dieu, comme il m'a manqué.

3

Shaw

Je suis tellement crevé que je ne me rappelle pas le temps que j'ai passé à dormir. C'est cette très longue traversée du pays qui m'a épuisé, certes, mais le lit incroyablement moelleux que j'ai trouvé en me réveillant n'a pas arrangé les choses. Pas plus que la délicate mélodie des sirènes de bateaux, des vagues et des cris d'oiseaux qui filtre par la petite fenêtre de ma chambre. Une chambre que je n'ai même pas eu le temps de visiter avant de m'affaler la tête la première sur le lit… je ne sais combien d'heures plus tôt.

Je parviens à tendre le bras jusqu'à la table de chevet pour tourner le réveil vers moi. Merde. 10 heures. J'ai sombré pendant plus de douze heures. Je laisse lourdement retomber mon bras et referme les yeux avec l'envie de refaire un tour d'horloge, mais j'ai un vol à attraper et une sacrée route à faire avant d'arriver à l'aéroport – et pas question de me lancer tant que je n'aurai pas pu coincer une certaine Cassidy Whalen entre quatre-z-yeux.

Je me hisse hors du lit en gémissant, m'étire et traverse la chambre en traînant les pieds pour débrancher mon téléphone de son chargeur et vérifier mes messages. Bon sang, j'avais oublié qu'on ne capte rien, ici. Heureusement, grâce au wifi, je peux demander par iMessage à Ben mes informations de vol, qu'il aurait déjà dû m'envoyer, soit dit en passant. Et après quoi, je file à la douche.

En entendant mon téléphone biper, j'abandonne à regret les délices du jet d'eau et traverse de nouveau la chambre, nu comme un ver et ruisselant, pour trouver une copie d'écran du message avec toutes les infos de vol que Ben m'avait déjà envoyées, comme prévu. Sauf que je ne l'ai jamais reçu, allez savoir pourquoi. Et que j'ai déjà manqué mon avion. Je me suis comporté comme un crétin, c'était sûr. Je lui réponds par des excuses, ce que je fais rarement, et lui demande de ne pas prendre de rendez-vous tant que je ne sais pas quand je pourrai regagner l'aéroport. Je n'ai pas encore parlé à Cassidy, et il n'est pas question que je m'en aille avant. Il faut déjà que je la trouve.

Lavé, rasé de près, habillé, je me sens de nouveau presque présentable. J'ai même le pas guilleret en me rendant compte que je bénéficie d'un effet de surprise. Cassidy n'imagine pas que je suis là, dans sa ville natale, pile sous le toit de la maison où elle a grandi. Je dois avouer que cela me fait bander, ce qui indique que je n'ai pas seulement envie de la voir.

Je descends l'escalier attiré par une odeur appétissante de cookies tout chauds. Je suis les effluves sucrés jusqu'à leur source. Les marches de bois qui grincent sous mon poids étouffent les gargouillements de mon ventre.

En bas de l'escalier, je trouve sur ma gauche une vaste cuisine, lumineuse et accueillante, où tout est blanc avec de larges fenêtres encadrées de rideaux à fleurs bleu et jaune. Les plans de travail sont du même bleu que les tabourets qui font cercle autour du bar occupant le centre. En fredonnant joyeusement, une petite dame rondelette est occupée à enlever des cookies au chocolat d'une plaque de cuisson pour les laisser refroidir. Quelque chose dans cette scène m'interpelle et je prends le temps de tout absorber en me répétant que j'aurais préféré avoir cette inconnue pour mère plutôt que l'alcoolique qui m'a fait naître et m'a ensuite laissé me débrouiller tout seul.

— Oh, je ne m'étais pas rendu compte de votre présence, dit la dame en s'essuyant les mains sur son tablier. (Ses cheveux châtains débordent de son chignon et quelques boucles rebelles qui se sont échappées encadrent son doux visage rond. Elle en repousse une sur son oreille et laisse une traînée de farine sur sa peau ridée comme une peinture de guerre sur le visage d'une squaw.) Je ne sais pas si vous vous souvenez, mais c'est moi qui vous ai accueilli hier soir. Je suis Abby. C'est moi qui m'occupe de tout ici pour le moment. Vous devez mourir de faim. (Une main sur la hanche, elle s'appuie au comptoir.) Normalement, j'aurais dû appeler votre chambre pour vous prévenir que le service du petit déjeuner allait être terminé, mais je ne voulais pas prendre le risque de vous réveiller. Vous aviez l'air tellement fatigué quand vous êtes arrivé.

— C'est vrai ?

Sachant dans quel état j'étais, je ne sais pas trop pourquoi je pose la question.

— Eh bien, comme vous vous êtes laissé tomber sur le lit et mis à ronfler à peine entré dans la chambre, je dirais que oui. (Elle se met à rire et me prend par le bras pour me conduire à un tabouret.) Asseyez-vous. Je vais vous préparer quelque chose. Vous voulez des œufs au bacon ou un sandwich à la dinde ?

Je lui fais un sourire, mais c'est moi qui suis sous le charme.

— N'importe, du moment que j'ai un cookie en dessert.

— Alors, ce sera le sandwich, dit-elle. (Elle gagne le réfrigérateur et en sort le nécessaire, puis elle pose un gril sur la cuisinière et commence à s'affairer.) Vous ne m'avez pas dit si vous étiez venu pour raisons professionnelles ou pour des vacances ni combien de temps vous comptiez rester.

C'est apparemment une question à laquelle elle attend une réponse. Mais que dois-je lui dire ? Si c'est la mère de Cassidy, elle risquerait de prévenir ma cible de ma présence avant que j'aie eu le temps de l'affronter.

— Je… euh… je suis là pour m'occuper d'une affaire personnelle qui peut avoir des répercussions professionnelles, en fait. (C'est la vérité, même si on peut aussi voir les choses dans l'autre sens.) J'espère pouvoir repartir aujourd'hui.

Et pour m'en assurer, je sors mon portable, prêt à appeler Cassidy pour savoir où elle est.

— Oh, mon petit, si vous essayez de joindre quelqu'un en dehors de l'île, vous feriez mieux de le faire à l'ancienne, dit-elle en me désignant le téléphone fixe accroché au mur.

Sans blague ? On en trouve encore ?

— La ville a fait installer le wifi l'année dernière, mais ça cafouille encore un peu et il faut renoncer à capter, sauf si on monte en haut de la colline. Mais vous avez une ligne fixe dans votre chambre. Il va vous falloir une carte pour appeler le continent, mais vous pouvez en acheter une en ville.

On fabrique encore des cartes téléphoniques ? Je ne m'imagine plus être dans un monde parallèle ou dans un épisode de *La Quatrième Dimension*. Je suis maintenant convaincu que je suis remonté dans le temps – sauf que je n'ai pas pris une DeLorean argentée, mais une petite Yaris blanche.

Une assiette glisse devant moi avec un sandwich beurré et toasté coupé en deux pour dévoiler une montagne de dinde et bacon ruisselante de fromage fondu. Un tas de frites et deux gros cornichons occupent le reste de l'assiette. En commandant ce sandwich, je pensais que ce serait un morceau de viande sur du pain blanc avec une tranche de fromage industriel et une fine couche de mayonnaise. Or ce qu'on me sert, c'est un chef-d'œuvre culinaire, le rêve de tout Américain bon teint. Mes papilles commencent à frétiller et je salive devant ce délice. Je saisis une moitié à deux mains en prenant bien garde d'éviter le fromage brûlant, et je mords dedans.

— Mon Dieu, gémis-je quand une délicate sensation vient caresser mon palais.

Abby glousse, et c'est tout à fait adorable. Je me demande si elle m'adopterait, ou au moins, si je pourrais l'adopter. Elle m'apporte un verre d'eau glacée avant de retourner à la cuisinière et d'entreprendre de la nettoyer.

Comme je m'intéresse davantage au sandwich qu'au verre d'eau, je prends une deuxième énorme bouchée, comme si on risquait de me voler ma pitance si je ne me dépêchais pas. Le voleur le regretterait, cela dit.

— Vous avez une charmante maison.

Elle me jette un drôle de regard, sans doute parce que je n'ai pas attendu pour parler de ne plus avoir la bouche pleine. Oui, c'est une vraie maman.

— Vous voulez bien répéter ?

J'avale avant de commettre la même erreur.

— Pardon. Je disais que vous aviez une charmante maison.

Elle me fait un sourire approbateur, puis elle retourne à son nettoyage, une tâche qu'elle apprécie, apparemment.

— Oh, elle n'est pas à moi. Elle est à Anna. Je donne juste un coup de main.

— Anna… Whalen ?

— Oui, comme indiqué sur l'enseigne. (Elle rince le gril qu'elle a lavé à la main et le pose sur l'égouttoir.) Mon Thomas et moi, on connaît Anna et Duff depuis toujours. Tout le monde se connaît, par ici, à vrai dire, mais nous quatre… Nous six, plutôt, on ne pourrait pas être une famille plus unie si on partageait le même sang.

— Six ?

Je suis bon en calcul, mais je n'ai compté que quatre prénoms. J'ai manqué quelque chose ?

— Oh, je veux dire, nos enfants.

— Ah. Dont l'une ne serait-elle pas Cassidy Whalen, par hasard ?

Elle se retourne en haussant les sourcils.

— Vous connaissez Cassidy Whalen ?

— En effet. C'est la raison de ma venue ici. (La voyant interloquée, je précise :) Nous travaillons ensemble.

— Je vois. Alors, vous êtes de San Diego, hein ?

— Eh bien, j'y habite et j'y travaille, oui. (Je termine le sandwich et repousse l'assiette, qu'Abby remplace par une autre avec trois cookies.) Vous ne sauriez pas où elle est, par hasard ? Nous avons quelques petites questions à régler avant que je reparte.

Le bruit d'un gros moteur s'élève dans l'allée et se rapproche de la maison avant de s'arrêter à l'arrière de la maison.

Abby défait son tablier et l'accroche.

— Demandez, et il vous sera donné, déclare-t-elle avec un sourire communicatif.

Au même instant, la porte s'ouvre et la cause de mes minivacances impromptues fait irruption à l'intérieur.

— Abby ! piaille Cassidy en sautant littéralement dans la cuisine pour prendre dans ses bras mon aimable hôtesse sans remarquer ou s'inquiéter de ma présence.

Comme elle me tourne le dos, j'ai une vue imprenable sur ses fesses moulées dans un legging noir. Je n'ai pas l'habitude de la voir dans des tenues aussi décontractées, mais c'est sûr que je serai à fond pour les leggings à partir de maintenant. Je n'ai pas non plus l'habitude de voir ses longs cheveux roux attachés en queue-de-cheval et son pull trop grand est une autre surprise. Elle est tellement sexy que j'en bande à avoir mal.

— Ah, Cass, tu es trop maigre, dit Abby en reculant pour confirmer sa première impression. Tout ça à cause de ce mode de vie californien prétendument sain. Le tofu et les légumes, ce n'est pas de la nourriture. Mais ne t'inquiète pas, je vais t'engraisser en un rien de temps.

— Abby, si tu continues à faire ces fameux cookies aux pépites de chocolat qui embaument, mes fesses vont prendre cinq kilos rien qu'à les sentir.

C'est le moment ou jamais d'intervenir.

— Et moi qui croyais que c'était le legging.

Cassidy manque de sauter au plafond en entendant ma voix. Quand elle se retourne et me voit avec mon petit sourire narquois, elle pousse un juron et porte la main à sa poitrine comme pour retenir son cœur. C'est mignon de la voir reculer et manquer de tomber, rattrapée in extremis par Abby.

Je lui laisse un moment pour récupérer, ce qui est fort magnanime de ma part, et plus qu'elle ne mérite. Surtout étant donné qu'elle a Abby pour la réconforter. Pendant ce temps, je mange mon cookie en faisant la petite moue séductrice qui a le don de faire tomber les femmes en pâmoison en deux secondes.

Apparemment, Cassidy y est insensible, mais c'est ma faute. C'est difficile de se sentir sexy quand on est prise au piège. Sauf si c'est le genre de truc qui vous branche. Je connais des femmes comme ça.

Quand Cassidy finit par retrouver sa voix, elle est bien trop assurée.

— Qu'est-ce que vous faites ici, Matthews ?

Je suis tout aussi calme. Après tout, je n'ai plus rien à cacher, mais on dirait que ce n'est pas le cas de la Miss.

— Oh, je crois que vous le savez très bien. En revanche, je ne pourrais pas en dire autant de vous.

Cassidy émet une série de bruits inarticulés qui n'ont aucun sens, mais à en juger par son expression, c'est peut-être qu'elle a le bec cloué. La voir se tortiller comme cela m'excite au plus haut point.

— Qu'est-ce que vous avez tous les deux ? demande Abby comme une maman ourse prête à défendre sa progéniture, même si je ne sais pas lequel de nous deux elle préférerait secourir.

— Non, tout va bien, ment Cassidy en arborant un sourire faux. Shaw et moi travaillons ensemble. Je suis surprise de le voir arriver ici… chez moi… sans prévenir, en plus.

Il est évident qu'elle ne s'attendait pas à me voir, mais c'est le but de la manœuvre, non ?

— Je suis surpris de vous voir ici aussi… et pas à San Diego… sans prévenir, réponds-je, moqueur. Comment se fait-il que vous ne soyez pas à San Diego ?

— Mon patron, mes amis et mes clients savent pourquoi. Pour autant que je sache, ils sont les seuls à qui je doive une explication. En quoi cela vous regarde, vous ?

— Nous avons quelques petites choses à régler. À moins que vous ayez opportunément oublié ?

— J'ai dit tout ce que j'avais à dire. Il n'y a rien à régler.

— Ah bon ? rétorqué-je. Peut-être que nous pourrions aller en discuter en tête à tête quelque part.

Cassidy jette un coup d'œil à Abby avant de répondre. Elle a l'air trop mal à l'aise pour quelqu'un qui est censé être innocent. Elle cache manifestement quelque chose.

— Je ne peux pas. Je suis là pour donner un coup de main à Abby, alors vous feriez probablement mieux de retourner à San Diego, au lieu de me harceler, espèce de malade.

Abby balaie la question d'un geste, sans relever la remarque désobligeante à mon égard.

— Sottises. Je suis très bien ici. Et puis, qu'est-ce que je ferais à part rester les bras ballants et me faire du mouron ? Au moins, ici, j'ai l'impression de me rendre utile. (Elle s'empare de l'assiette restée devant moi, mais je rafle le dernier cookie juste à temps, ce qui me vaut un sourire approbateur et attendri. J'aime vraiment beaucoup Abby. Peut-être que je pourrais la cacher dans ma valise pour l'emmener en douce.) Et puis ça fait un moment que tu n'es pas revenue. Tu as sûrement besoin d'un peu de temps pour retrouver tes marques.

Houla. Si j'en juge par l'expression peinée de Cassidy, cette innocente remarque a fait sacrément mouche. Ma petite hôtesse rondelette ayant l'air bien trop gentille pour l'avoir fait exprès, je devine que c'est une simple vérité qui a touché là où ça fait mal. Il y a clairement anguille sous roche, et bien que je sois curieux, il vaut mieux que je me contente de régler mes affaires et de filer d'ici. Non sans avoir sauté Cassidy une dernière fois, évidemment.

C'est là que la porte s'ouvre à nouveau sur un type qui m'évoque un vague souvenir et qui vient se poster auprès de Cassidy comme si elle lui appartenait. Si je ne savais pas déjà que cette île est remplie à ras bord de pêcheurs de homards, je jurerais qu'il a les jambes arquées par des années passées à cheval dans un ranch à dresser des étalons. Je ne veux pas dire par là qu'il a lui-même l'air d'un étalon. Au contraire, il donne l'impression d'être à peine parvenu à la maîtrise de la station debout sur l'échelle de l'évolution. Étant donné qu'il a le visage mangé par une barbe de trois jours et qu'il est taillé comme une armoire à glace, c'est peut-être le fameux chaînon manquant. Sa manière de froncer les sourcils en me regardant confirme ma théorie, mais ce n'est pas suffisant. Si je pouvais réussir à lui faire porter une énorme massue et grogner quelques mots comme « moi faire feu », je l'amènerais direct au département Préhistoire du Smithsonian Museum.

C'est alors que tout est brusquement suspendu dans la pièce, assez longtemps pour que la situation change. Nous sommes passés de la jungle préhistorique à une plaine brûlante et sauvage. Peut-être que c'est un instinct profondément enfoui en moi qui m'y force, mais je me redresse en bandant mes muscles comme un prédateur face à un rival d'une force égale. Cassidy se tient entre nous comme une antilope dans la savane, figée sur place. Quelque chose me dit que le vent va tourner.

— C'est mes cookies ? grogne le type.

Enfin, il gronde plus qu'il ne grogne, mais je ne suis pas bien loin. Bon sang, on croirait qu'il a mangé des cailloux au petit déjeuner.

Abby lui fait un sourire. J'avoue que cela me rend un peu jaloux.

— Et voilà mon petit monstre dévoreur de cookies. (Elle se hausse sur la pointe des pieds et le tire par le col jusqu'à ce qu'il soit assez bas pour qu'elle lui pose un baiser sur la joue. Qu'elle conclut avec une petite tape un peu trop ferme, mais il a l'air habitué.) Il faut partager tes cookies avec les clients, Casey. Ne sois pas mesquin.

Houla, attendez. Casey ? J'ai déjà entendu ce prénom. Pire, je l'ai déjà vu. Tatoué. Juste au-dessus des délicieuses fesses d'une femme que j'ai sautée récemment.

Laquelle ferme les yeux comme si elle voulait remonter le temps et effacer ces deux syllabes du scénario avant de relancer la lecture. Oh, mais je vais m'amuser comme un fou avec ça. La première impression étant souvent la bonne, il faut que je marque mon territoire. Et la meilleure manière d'y parvenir, encore plus que la force brute, c'est l'assurance.

Je traverse la cuisine comme si j'étais chez moi, tandis que le fameux Casey me toise, et je viens me planter devant lui. Après quoi, je fais un pas de plus, pour franchir la frontière invisible de son espace personnel, juste pour voir s'il recule d'autant. Absolument pas. Au lieu de cela, il redresse les épaules et se penche en avant. L'atmosphère se fait lourde, chargée de testostérone, et nous sommes comme deux lions rivaux face à face qui rugissent pour savoir lequel sera le roi. Avec sa poitrine gonflée et ses épaules sorties comme un cobra dressé, il tient bon et me regarde droit dans les yeux. Je suis impressionné, mais pas intimidé.

La main que je lui tends avant qu'il ait le temps de rien faire est la première victoire dans ce qui va sûrement être un concours pour savoir lequel a la plus grosse. Sa poignée de main ferme me fait comprendre sans un mot qu'il relève le défi que je viens de lui lancer.

— Casey, c'est ça ?

Nous savons tous que j'ai parfaitement entendu son prénom, mais faire mine de ne pas en être sûr est une manière d'en minimiser l'importance. D'où le rictus sur son visage mal rasé.

— Ouais. Casey. (Il me lâche la main et croise les bras pour s'appuyer au mur et me faire comprendre qu'il ne se sent pas menacé par cette attaque-surprise. Belle manœuvre de sa part. Je me demande s'il sait que j'ai sauté sa petite amie.) Et vous ?

Je sais quoi répondre, évidemment.

— Le type qui a mangé vos cookies.

Et pour souligner mon propos, je termine celui que je savourais sous son nez et j'essuie les miettes sur mes mains.

— Et qui s'apprêtait à partir, coupe Cassidy.

Je ne lui fais même pas l'aumône d'un regard. Pas pour être désagréable, mais parce que quitter des yeux mon adversaire reviendrait à lui faire gagner un point.

— Vous savez… Je crois que j'ai changé d'avis. Un petit peu d'air marin me ferait le plus grand bien.

— L'air marin est très revigorant, approuve Casey. Ça pourrait même vous faire pousser des poils sur la poitrine.

Bien vu.

— En fait, je me suis rendu compte que la plupart des femmes préfèrent les hommes glabres. Partout.

Il comprend parfaitement de quoi je parle.

— Pas celles de Stonington, rétorque-t-il avec un clin d'œil.

Je ne peux m'empêcher de ricaner.

— Vous en êtes sûr ? demandé-je avec un rapide coup d'œil en direction de Cassidy.

Son sourire plein d'assurance disparaît aussitôt, et il se raidit. Bravo ! Je remporte deux points d'un coup dans ce match que nous avons décidé de jouer. On aurait dû le prévenir que je suis du genre compétitif.

— Casey Michaels, pas question de poursuivre cette conversation dans la cuisine, le morigène Abby d'un ton qui nous force à nous redresser tous les deux. Cassidy, monte faire le lit dans la chambre de notre pensionnaire. Nous tenons toujours un bed and breakfast, tu sais. Après, tu pourras te reposer jusqu'au dîner.

— Non ! réplique Cassidy si vivement que tout le monde se tourne vers elle. (Elle essaie de prendre une attitude nonchalante et poursuit :) Shaw n'a pas vraiment envie de rester. Il a beaucoup de travail à faire pour que Denver intègre une équipe et soit prêt pour commencer l'entraînement.

— Je peux très bien tout faire d'ici. (Je laisse Casey et vais la rejoindre. J'ai l'intention de ne pas bouger de là pour qu'elle soit le plus mal à l'aise possible durant tout mon séjour. Sans compter que je serai un obstacle pour le Chaînon manquant. Je suis vraiment un salaud, des fois. Je regarde Casey droit dans les yeux tout en passant un bras sur l'épaule de Cassidy, histoire de revendiquer un peu mon bien. Elle se dégage brutalement, mais je recommence, parce que oui, elle est à moi, et qu'apparemment, Casey n'est pas le seul qui a besoin d'en être informé.) Et puis ça a l'air tellement amusant, lui dis-je avant de lui chuchoter à l'oreille : trop de travail et pas assez d'amusement rend Shaw tout triste.

Elle essaie de nouveau de se dégager, mais je résiste. Évidemment, comme cela ne plaît pas à Cassidy, elle m'attrape la main pour repousser mon bras. Mais elle ne la lâche pas après avoir réussi sa manœuvre. Au lieu de quoi, elle fait un sourire pincé à Abby et Casey avant de leur déclarer :

— Vous voulez bien nous excuser ? Nous avons quelques petites choses à discuter pour que Shaw puisse repartir.

Et sur ce, elle m'entraîne hors de la cuisine.

J'éclate de rire, car c'est attendrissant de la voir, aussi remontée, me tirer avec indignation vers les escaliers.

— Pourquoi vous êtes si pressée, Cassie ? Je viens de vous dire que je comptais rester un peu.

— Certainement pas. Et, puis franchement, épargnez-moi les Cassie, dit-elle en me traînant dans l'escalier, tâche que je ne lui facilite pas particulièrement.

Je me rejette en arrière, pas de tout mon poids, mais suffisamment pour que cela lui fasse de l'exercice.

— Oh, ce n'est pas comme ça qu'on vous appelle ? Cassie et Casey, ça fait tellement gentil petit couple. Parce que c'est bien ce que vous êtes, n'est-ce pas ?

Elle s'immobilise et se retourne. C'est là que je me rends compte que nous sommes arrivés en haut de l'escalier malgré mes tentatives de résistance. Elle est un peu essoufflée, mais sans la moindre goutte de sueur. Bon sang, et moi qui aimerais tellement la voir ruisseler et haleter pour une tout autre raison. Sans compter qu'il y a ce legging et cette petite chatte dont il faut s'occuper.

En la voyant regarder de part et d'autre, je suis certain de lire dans ses pensées. Elle ne sait absolument pas quelle est ma chambre et je suis tout à fait ravi de la lui montrer. D'un geste vif, je l'attire contre ma poitrine et je la toise. Elle soutient mon regard avec ce halètement qui me fait tourner la tête et bander. Cette manière de me dévisager, avec un rien de désespoir dans les yeux. Eh bien, là, c'est la Cassidy que je connais quand nous sommes seuls elle et moi. Elle a envie de moi tout autant que moi d'elle. Et peut-être… peut-être qu'elle n'attend qu'une chose, que je la possède.

Mes mains glissent sur ses fesses, qui sont encore plus fabuleuses au toucher qu'elles n'y paraissaient dans ce fichu legging, puis elles remontent le long de ses cuisses que j'empoigne pour la hisser et la laisser enrouler les jambes autour de mes hanches. Et puis tout se déchaîne. Nos lèvres se collent, nos doigts s'emmêlent dans nos cheveux et elle aspire ma langue. Nom de Dieu, mais où est ma chambre, merde ?

4

Cassidy

Il a l'odeur de Shaw et le goût de Casey, à cause des cookies d'Abby. Je me surprends à enfouir mon visage au plus profond de son cou, cherchant désespérément à respirer encore ce délicieux parfum qu'exhale son corps comme une sorte de confiserie addictive. Mes doigts s'enroulent dans ses cheveux et je refuse de les lâcher, malgré les émotions contradictoires qui me traversent en constatant ce phénomène aussi nouveau que troublant.

Je devrais m'arrêter, mais mes jambes se resserrent encore autour de sa taille tandis que Shaw nous entraîne dans le couloir vers une destination inconnue. Je me rends d'ailleurs compte que cela n'a aucune importance du moment que j'y vais avec lui. Avec lui, je suis en terrain connu. Et c'est ce dont j'ai besoin en ce moment.

Mon Dieu, mais son sexe collé contre mon bas-ventre est dur comme la pierre. Je ne peux pas ignorer cette bosse énorme qui fait d'ailleurs tout pour se faire remarquer. Et je n'ai qu'une envie en tête : savourer cette chair salée, la sentir peser sur ma langue et la lécher d'un bout à l'autre.

J'ai déjà commencé à réfléchir à la manière de m'y prendre quand Shaw franchit le seuil d'une chambre – la sienne, j'imagine – et referme la porte d'un coup de pied. Puis il me plaque contre le mur.

— Qu'est-ce que…

D'une main sur mes lèvres, il étouffe mes protestations. Puis il approche son visage du mien et je suis condamnée à me perdre dans le bleu brûlant de ses yeux.

— La ferme, ordonne-t-il sèchement, alors que son érection palpitante continue d'indiquer à quel point il est excité.

Je salive à la pensée de l'engloutir tout entier et de le sucer. À fond.

Comme je n'essaie pas d'échapper à son implacable étreinte, il me pince la joue avant de me la caresser.

— C'est comme ça que je l'aime, murmure-t-il.

Puis, sans desserrer son étreinte, Shaw se penche en avant et enfouit son visage dans mon cou. La douceur de ses lèvres glisse sur ma peau et je ferme les yeux. Je suis prise au piège de mon désir et de sa présence enivrante. Jusqu'au moment où il plante ses dents dans ma chair délicate. Cela me met en rage, parce que j'aime ça et qu'il le sait. Sans compter que sa main posée sur ma bouche m'empêche d'y enfourner son sexe.

Et puis, nous sommes chez moi, bon sang, et tout le monde sait quelles sont les règles de la maison. S'il cherche la bagarre, il va l'avoir. Je l'empoigne par les cheveux tout en me dégageant de sa main. Ma bouche est enfin libre, mais d'un rictus furibard, Shaw me fait comprendre que cela ne lui plaît pas et qu'il ne va pas se laisser faire bien longtemps. Ma mission n'étant qu'à moitié achevée, puisqu'il faut encore que j'engloutisse sa bite, je dois me dépêcher.

Sans lâcher ses cheveux, je le maintiens en place tout en desserrant mes jambes pour pouvoir me laisser glisser sur le sol. Shaw ne l'entend pas de cette oreille. Il continue de me plaquer contre le mur de tout son poids, avec un sourire aussi sexy qu'agaçant, tout en essayant de se libérer. Ce qu'il risque de réussir d'un instant à l'autre, même en sacrifiant sa crinière.

— Lâchez-moi, ordonné-je en me cabrant et en essayant de me dégager à coups de pied.

— S'il vous plaît.

— Pas question.

— Alors, c'est moi qui vais diriger la manœuvre.

— Quelle manœuvre ?

D'un geste vif qui me prend au dépourvu, Shaw me laisse descendre, me rattrapant d'un bras enroulé autour de ma taille, le temps que je retrouve mon équilibre. Puis il me plaque de nouveau au mur.

— Celle que j'ai en tête.

La lueur mauvaise que je vois dans son regard me fait comprendre que je me suis jetée dans la gueule du loup. Nous allons voir cela.

— Nous n'allons rien faire du tout tant que vous ne m'aurez pas dit ce que vous êtes venu faire ici.

Je dis cela en haletant et d'une toute petite voix, si bien que je ne fais guère impression. C'est sans doute aussi que je suis décontenancée parce qu'il s'est de nouveau attaqué à pleine bouche à mon cou. En plus, il descend à présent de plus en plus bas et ses lèvres se referment sur le téton qu'il a réussi à trouver alors qu'il était invisible sous mon pull, mon débardeur… et mon soutien-gorge. Et il ne s'arrête pas là. Non : il prend la position que je convoitais. Je lui en voudrais si je ne savais pas quel avantage je vais pouvoir en retirer.

— Ce que vous dites ne tient pas debout, étant donné que je suis déjà en train de le faire. Pourquoi vous ne portiez jamais ce truc jusqu'ici ?

Shaw, à genoux devant moi, détaille mon legging. Je sens son haleine brûlante entre mes cuisses quand il vient y fourrer son museau.

Je ferme les yeux en essayant de me concentrer, puis je lui repose la question :

— Qu'est-ce que vous venez faire ici, Matthews ?

Le coup de langue humide et brûlant qu'il m'assène à travers ces imbéciles de collants signe ma perte. Mes genoux flageolent sous la sensation, mais Shaw est là pour me maintenir debout. Il enfouit la tête entre mes cuisses et lorsqu'il entreprend de faire des va-et-vient à pleine bouche tout en me titillant de la langue et en frôlant mon clitoris du bout des dents, je suis électrisée par un frisson qui annonce un orgasme hors du commun.

Respire, Cassidy, respire.

C'est alors que Shaw se retire – juste un peu – moins pour m'accorder un sursis que s'offrir un peu de répit. Sans même me regarder, il finit par répondre :

— Ce que je fais ici ? Je vous dévore. Et vous, qu'est-ce que vous faites ici ?

Il n'attend pas de réponse et c'est aussi bien. J'ai perdu toute capacité de former la moindre pensée cohérente, et encore moins d'enchaîner des mots et faire une phrase logique. Je préfère me noyer dans les sensations, tandis que ses mains habiles passent sur mes hanches puis mes cuisses avant de se refermer sur mes fesses qu'il pétrit et malaxe dans ses larges paumes comme s'il s'agissait d'argile malléable.

Quand je sens ses doigts glisser sous la ceinture de mon legging, je manque d'air. Je baisse les yeux vers mon corps dont chaque terminaison nerveuse est en alerte. Shaw, à genoux, c'est un sacré spectacle. Tandis qu'il entreprend de baisser mon legging, je contemple les tendons saillants sur ses avant-bras et je perçois pratiquement la tension qui palpite entre nous comme une force vitale.

Ses gestes sont d'une lenteur affolante, et il fait exprès de s'arrêter juste avant de faire glisser le mince jersey sur mes hanches.

J'empoigne ce fichu legging pour l'enlever, mais il m'en empêche, me refusant toute initiative. Maudit soit-il.

Ses mâchoires se crispent, même si je ne sais pas très bien ce qui l'irrite. C'est lui qui fait durer les choses. Peut-être qu'il est en réalité tout aussi pressé que moi.

— Pas avant que vous ayez répondu à ma question, dit-il en fourrant de nouveau son nez entre mes cuisses, m'ôtant toute lucidité de pensée.

— Euh, je ne me rappelle plus ce que c'était.

— Alors, je vais vous la reposer.

J'essaie de me concentrer, vraiment, mais le délicat baiser le long de la couture de ce maudit legging ne me facilite pas les choses.

Shaw pousse un long soupir.

— Vous avez fui, dit-il en enfonçant ses doigts dans ma chair. Pourquoi ?

À chaque respiration, mes tétons sont de plus en plus sensibles. Comme si le pull trop grand que j'ai enfilé à la va-vite ce matin était devenu une tenue affriolante. Bon sang, aurait-on glissé de l'ecstasy dans mon café pendant que j'avais le dos tourné ?

— Je n'ai pas fui. Qu'est-ce que vous vouliez que je fuie ?

Il baisse mon legging d'un coup sec. Juste assez pour dénuder ma chatte, puis il s'arrête brusquement.

— Moi.

Et sur cette unique syllabe, il empoigne le legging roulé sur mes cuisses et me tire vers lui. Sa bouche brûlante fonce sur mon clitoris – langue, lèvres et dents œuvrent de concert pour me faire oublier tout ce que j'ai appris depuis ma naissance à l'exception de cette sensation d'intense plaisir que seul un homme peut accorder à une femme.

Il s'arrête tout aussi vite qu'il a commencé. Mon Dieu, il joue à la douche écossaise avec ce que j'ai de plus intime. La petite partie de mon cerveau qui ne pense pas à engloutir sa bite calcule à présent quelles manœuvres furtives seront nécessaires pour le faire basculer en arrière afin que je puisse m'asseoir sur son visage.

— Continuez, ordonne-t-il. Et vite.

Je me détache du mur et enfonce mes doigts dans sa splendide chevelure. Peut-être même que je lui donne un petit coup pour l'encourager à poursuivre sur sa lancée.

— Je ne fuyais rien ni personne. Je suis partie pour retrouver quelque chose.

— Casey ? demande-t-il d'un ton aigre.

Peut-être que c'est tordu et pervers, mais sa jalousie m'excite encore plus. Il ne peut pas manquer d'en voir la preuve juste devant son nez.

— Non, pas Casey. Ma mère a eu un accident. J'ai dû rentrer à la maison. Mes parents avaient besoin de moi.

— Peut-être qu'ils n'étaient pas les seuls.

Du moins est-ce ce qu'il me semble l'avoir entendu dire. Sa voix est étouffée, car il a le visage de nouveau enfoui entre mes cuisses, ce dont je ne vais pas me plaindre. Je glisse ma main entre mon entrejambe et son front et je pousse pour le forcer à arrêter ce qu'il fait.

— Qu'est-ce que vous venez de dire ?

Il redresse la tête, se frottant contre ma main comme un matou qui réclame une caresse bien méritée. Puis un léger baiser effleure ma paume.

— Caressez-vous.

C'est à la fois un ordre et une demande.

— Ce n'est pas ce que vous avez dit, réponds-je tout en fourrant mes doigts entre les plis délicats.

Hagard, bouche entrouverte, il m'observe. Puis sa langue apparaît furtivement entre ses lèvres et les humecte. Mes doigts tourbillonnent autour de mon clitoris, mon plaisir décuplé de savoir que Shaw est tenu en haleine par ces gestes explicites. Mais cela ne lui suffit pas de regarder. Il passe le coude sous ma cuisse et enfonce par-derrière son pouce en moi. Je rejette la tête en arrière avec la sensation d'être enfin comblée et c'est seulement en me mordant la joue que je parviens tout juste à étouffer mon gémissement. Je veux laisser le plaisir m'emporter, mais Shaw, comme d'habitude, a d'autres projets en tête.

Sa langue humide, chaude et veloutée qui s'insinue en moi me fait tout oublier. Mes doigts, sa langue… c'est un bonheur sans mélange.

De l'autre main, je pousse sur sa nuque pendant que son pouce continue de s'activer. Je me mords la lèvre, ferme les yeux et m'abandonne à cette double sensation. Je me fiche de savoir pourquoi Shaw est ici. Je suis simplement contente qu'il soit là et qu'il me donne ce qui s'annonce comme un orgasme phénoménal.

J'ai envie d'écarter les jambes pour lui offrir plus d'espace, mais cet imbécile de legging m'en empêche. Je suis d'ailleurs sûre que c'était dans l'intention de Shaw. Je suis prise au piège, mais je n'échangerais ma place contre aucune autre. Mon orgasme continue de monter et je commence à onduler sur son visage et son pouce… cherchant désespérément à accentuer la sensation même si j'ai cessé de me caresser pour le laisser faire seul. Puis son doigt pénètre dans mon cul.

Je jouis. Violemment. Mes dents serrées étouffent à peine mon gémissement. Jamais je ne saurai comment j'ai eu la présence d'esprit de m'efforcer de rester discrète, mais Dieu merci, je l'ai eue. Pas Shaw, en revanche. Son gémissement de satisfaction a été heureusement étouffé, mais contre son gré, grâce à mes cuisses et ma chatte. Qui a bénéficié de ses vibrations, tout comme mon clitoris. Je jouis de nouveau en m'arc-boutant contre son visage et en attirant sa tête contre moi, tout en réussissant Dieu sait comment à onduler des hanches avec son pouce et son index toujours enfoncés en moi.

Le feu qui bouillonne en moi s'est libéré et je m'empourpre, ruisselante. Les pulsations de mon orgasme rivalisent avec les battements de mon cœur et résonnent jusque dans mon crâne. Je suis étourdie, vaincue par un plaisir qui ne va pas durer, mais dont je compte profiter le plus longtemps possible.

C'est alors que je me rends compte que la seule chose que je désire, encore plus qu'un orgasme, c'est d'avoir la bite de Shaw en bouche. Une fois de plus, il a réussi à parvenir à ses fins en me refusant ce que je convoite.

Je refuse donc de céder au plaisir. Bon sang, c'est pénible, mais cela va l'être encore plus pour l'ego de Shaw. Il va sûrement être déçu par ma réaction médiocre et cela va faire disparaître cet arrogant sourire qu'il arbore sur son charmant visage.

J'ai envie de sa bite. Et je vais l'avoir.

Résolue, je pose ma chaussure sur son épaule et étends nonchalamment la jambe. Son pouce et son index sont délogés et je réprime l'envie pressante de les remettre à leur place.

Shaw se retrouve accroupi et lève vers moi un visage interloqué et interrogateur.

— Levez-vous, ordonné-je calmement.

Une grimace contracte sa bouche, puis il se relève et croise les bras, haussant un sourcil en attendant que je le surprenne.

Je me décolle du mur, remonte mon legging pour lui signifier que les réjouissances sont terminées, et je m'avance vers lui. D'une main sur la nuque je le force à baisser la tête vers moi et je l'embrasse goulûment. C'est ma langue qui mène le bal et le force à me suivre, tandis que je lui masse la bite à travers son pantalon. Pantelant, il se laisse faire.

Il pose sa main sur la mienne et appuie pour m'encourager à le caresser plus énergiquement. Sa bite dure et épaisse palpite sous mes doigts. Sans perdre un instant, je nous retourne pour que ce soit son tour d'être plaqué contre le mur. Il laisse échapper un gloussement amusé. J'ai peut-être la haute main sur notre petit jeu et sur sa bite, mais il ne fait aucun doute que c'est parce que Shaw a bien voulu me laisser faire.

Je me mets à genoux et défais rapidement la ceinture de son pantalon avant de libérer son sexe. C'est avec un sourire satisfait que je vois enfin jaillir l'objet de mon obsession. Je m'apprête à le sucer à fond quand il s'empare de sa bite et l'écarte. Hors de ma portée.

— Non, dit-il quand je lève vers lui des sourcils froncés.

— Comment ça, non ?

— Non, c'est un concept assez rudimentaire. Qu'est-ce que vous ne comprenez pas dans ce mot ?

Il se mordille le coin de la lèvre et repousse une mèche échappée de ma queue-de-cheval. Qu'est-ce que c'est que ce regard qu'il me fait ? Et puis, bon sang, voilà qu'il se caresse.

— Je vais être claire… Je veux avoir votre bite dans ma bouche et vous vous refusez vous-même ce plaisir ?

— Vous venez de le dire. C'est vous qui en avez envie. Alors, à qui je refuse quelque chose, en définitive ?

Il me caresse les cheveux, d'une main adoratrice, et ce simple geste affectueux me surprend. J'hésite entre me laisser faire et battre en retraite.

Mais comme sa bite est juste devant moi, je me jette dessus. Shaw, plus rapide, me coince la tête contre sa cuisse. Sans me laisser décourager, je fais une autre tentative et de nouveau, Shaw me refuse l'objet de ma convoitise, l'écartant encore plus.

Je me rabats sur ce qui me reste.

Avec un peu d'efforts, je réussis à me pencher en avant et goûter à la friandise qui se trouve devant moi. Les noix de Shaw durcissent sous ma langue alors que je les lèche longuement et méthodiquement.

À deux mains, Shaw me pousse la tête d'un côté et sa bite de l'autre.

— Tss-tss ! me réprimande-t-il. (J'ai l'entrejambe trempé. Mais pourquoi je trouve tout ça sexy à ce point ?) Regardez-moi, ordonne-t-il. (J'obéis, même si je ne peux toujours pas bouger la tête.) Vous vous rappelez la fois où je vous ai demandé de dire « s'il vous plaît » et où vous avez refusé ?

Il a raison. Mais j'ai envie de lui… de sa bite… et je suis prête à ravaler ma fierté pour obtenir ce que je veux.

— S'il vous plaît ? demandé-je, furieuse d'entendre ma voix suppliante.

— S'il vous plaît quoi ?

Seigneur, il veut m'achever.

— S'il vous plaît, est-ce que je peux prendre votre bite dans ma bouche ?

— Vous pouvez, oui, mais vous avez le droit ? demande-t-il.

Il rigole, là.

— Pouvez-vous s'il vous plaît me donner la permission de prendre votre bite dans ma bouche ?

Il se caresse pour me narguer, comme un gros plein de soupe qui dévore toute la dinde de Noël devant un homme affamé.

— Ah, oui ? Vous en avez envie ?

— Plus que tout, réponds-je en me pourléchant les lèvres d'impatience.

— Alors, prenez-la.

Sa bite à la main, Shaw la pointe vers ma bouche tout en tenant ma tête pour me mettre en position de la recevoir. Alors que je m'empresse pour le prendre dans ma bouche, il me colle contre sa cuisse, afin de continuer de contrôler le moindre détail de nos ébats, comme si cela devait alimenter mon plaisir plutôt que le sien. Peut-être que c'est le cas, d'ailleurs.

— Ouvrez, dit-il en me tapotant la joue.

J'écarte les lèvres et Shaw finit par s'enfoncer dans ma bouche. Mais pas en entier, puisque sa main empoigne toujours la base de la hampe. Heureusement. L'engin de Shaw n'est pas d'une longueur exceptionnelle, mais il est assez épais pour vous étirer les commissures des lèvres. Et il a un goût merveilleusement délicieux.

— Voilà, dit-il dans un râle. C'est ce que vous vouliez, non ?

Les yeux clos, je ne peux réprimer le long gémissement qui monte dans ma gorge.

Oui. À moi.

Avidement, je le suce à fond de gorge tout en le léchant sous toutes les coutures.

— Ralentissez. (Il m'empoigne par ma queue-de-cheval et me force à reculer jusqu'à ce que je n'aie plus que son gland dans la bouche. Je gémis, craignant qu'il mette un terme à ces délices, mais il s'enfonce à nouveau en moi, sans me lâcher les cheveux.) C'est mieux.

C'est lui qui décide de la cadence, malgré l'urgence qui m'envahit tout entière.

À chaque va-et-vient, la douleur sourde entre mes jambes empire. Il faut que je jouisse encore. Je me cramponne à ses cuisses, les genoux rivés au sol. À la manière dont il me tient les cheveux et m'imprime son rythme à coups de hanche, il est évident que c'est lui qui commande. Quant à moi, je suis ravie de suivre. Nous avons tous les deux ce que nous cherchions.

Je lève les yeux, voulant voir son visage, et je constate qu'il a renversé la tête en arrière pour l'appuyer contre le mur. C'est un spectacle magnifique. Les tendons de son cou saillent, les veines de son avant-bras sont gorgées de sang et il se cramponne presque douloureusement à la base de sa bite. Les doigts posés sur ma nuque, il maintient le rythme qui lui convient. C'est clair comme de l'eau de roche : Shaw est en pleine extase.

Je continue de lui massacrer les cuisses, mes ongles pourtant courts lui éraflant la peau, mais je suis quasiment certaine qu'il adore cela. Sa bite est exquise, avec ces premières gouttes salées qui annoncent qu'il va jouir d'un instant à l'autre. J'entends ses halètements, sa respiration sifflante entrecoupée de gémissements. Oh, oui, il va jouir. Et comment. Sous ma main, ses muscles se tendent et les coups de reins jusque-là paresseux mais maîtrisés se font irréguliers. Je reconnais ces signes, et je suis prête. À vrai dire, je n'ai jamais été aussi concentrée de toute ma vie.

Sa bite grossit encore et les veines sous la peau délicate enflent à chaque va-et-vient dans ma bouche. Sa main se crispe dans mes cheveux et il me maintient en place en me jetant un regard impérieux qui me défie de bouger. Il est au bord de la jouissance. Tout au bord.

Le petit coup frappé à la porte résonne comme un roulement de tonnerre dans le silence chargé d'énergie qui règne dans la chambre.

— Cassidy ? Tu es là ? demande Casey à travers le battant.

Je me libère brusquement de la main de Shaw, délaissant son sexe. D'un revers de main, je m'essuie les lèvres et je me dépêche de me relever.

— Putain, souffle Shaw.

— Cassidy ? demande à nouveau Casey.

Je ferme les yeux, espérant qu'il n'a pas entendu le juron de Shaw. *Nous ne sommes pas ensemble. Casey n'est pas mon petit copain*, ne cessé-je de me répéter, envahie par la culpabilité. Dans ce cas, pourquoi ai-je l'impression d'avoir été surprise en train de le tromper ? Mon cœur tambourine dans ma poitrine, je suis en feu. Même si je ne saurais dire si c'est à cause de ce qui vient de se passer ou de la panique d'être prise en flagrant délit.

— Euh, j'arrive dans un instant. Tout va bien ? demandé-je d'une voix tremblante.

— Oui, il y a ton père au téléphone, répond-il. Comme tu n'étais pas dans ta chambre, je me suis dit que tu étais dans celle-là. Tout va bien, là-dedans ?

— Tout va comme sur des roulettes, répond Shaw avec une grimace douloureuse en rangeant difficilement son sexe dans sa braguette.

— Le prenez pas mal, mais je demandais à Cassidy, pas à vous.

— Désolé, elle ne pouvait pas répondre, parce qu'elle avait ma bite dans sa bouche, chuchote Shaw en faisant à la porte un doigt d'honneur que Casey ne peut évidemment pas voir.

Je lève les yeux au ciel devant ce comportement de gamin et je lui donne une petite tape sur la poitrine.

— Tout va bien, Casey. Je descends dans un instant.

— Dépêche-toi. Ta mère va bien, mais tu sais que ton père n'aime pas attendre, avertit-il.

Ce qui n'est pas tout à fait vrai. Mon père est aussi patient qu'un autre, mais il déteste absolument discuter au téléphone. Il préfère nettement le face-à-face, car d'après lui, la majeure partie de la conversation se fait par le langage corporel.

Je vérifie rapidement dans le miroir que tout est en ordre, puis je me tourne vers Shaw.

— Ce n'est pas terminé, lui dis-je.

— Manifestement pas, répond-il en me désignant la bosse peu discrète dans son jean. En tout cas, je dirais que vous, vous ne vous en sortez pas trop mal.

Je souris narquoisement, car c'est vrai. Et je suis même ravie qu'il soit dans une situation aussi peu confortable. Avec un clin d'œil, je conclus :

— Je parlais de la conversation. Comme pour le reste, ce sera peut-être pour une prochaine fois.

— C'est parfait, grommelle-t-il.

Je ne peux réprimer ma satisfaction en quittant la chambre, sachant qu'il me suit du regard, les mains sur les hanches et une douloureuse érection dans le pantalon.

Il y aura, c'est sûr, une prochaine fois, même si je ne saurais dire à quel moment le « peut-être » est devenu une certitude.

5

Cassidy

Shaw Matthews est chez moi. Et je ne sais absolument pas pourquoi ni comment il a su où j'étais partie. Mais j'ai ma petite idée pour trouver les réponses qu'il a refusé de me donner.

L'appel de papa qui a interrompu nos ébats a été comme un verre d'eau glacée que j'aurais pris en plein visage. Cela n'a pas eu le même effet sur Shaw, en revanche. Sa bite est restée furieusement gonflée, réclamant qu'on la soulage, et je suis partie toute contente de moi. Cela lui apprendra à m'avoir tenu la dragée haute, si j'ose dire.

Papa n'appelait que pour me donner des nouvelles après le passage du médecin. La tension de maman s'est considérablement améliorée et elle va pouvoir sortir dans la matinée avec un traitement approprié. J'ai fait le nécessaire pour que la pharmacie de l'hôpital ait mes coordonnées bancaires afin de pouvoir régler leurs traitements tous les mois, car cela ne me plaît pas tellement de savoir qu'ils se tuent littéralement au boulot sans pouvoir se payer leurs médicaments alors que j'ai largement assez d'argent pour les aider.

La sortie de l'hôpital de maman est une merveilleuse nouvelle, même si elle sera clouée dans un fauteuil roulant jusqu'à ce qu'on lui enlève son plâtre et que je vais être obligée de rester pour donner un coup de main. Mais comment vais-je expliquer la présence de Shaw à mes parents – ou pire, à Casey – alors que je n'en connais pas moi-même la raison ? Il n'y a que deux personnes qui savaient où j'allais et une seule aurait eu assez de culot pour vendre la mèche à Shaw. Je m'installe donc confortablement dans le salon et je sors mon portable, lance Skype et compose le numéro du coupable.

Quinn répond à la deuxième sonnerie comme s'il avait attendu un appel.

— Cassidy ? Oh… euh… salut, toi !

Mon coloc' est encore au lit, ce qui n'a rien de surprenant puisqu'il est 10 heures à San Diego un samedi matin. Ce qui est bizarre, en revanche, c'est qu'il est tout pimpant, pas un cheveu qui dépasse, et peut-être même un petit peu sexy, entouré qu'il est de draps en satin écarlates et d'oreillers immaculés comme s'il se préparait à une séance de photos de charme. À son air tout penaud, on dirait qu'il dissimule quelque chose.

Évidemment, cela éveille mes soupçons.

— Quiiinn ! Qu'est-ce que tu as fait ?

— Hein ? Rien, je te jure !

C'est pratiquement un aveu. Il ferait mieux d'aller jusqu'au bout pour obtenir la clémence du tribunal. Mais je préfère vérifier.

— D'accord. Alors, peux-tu m'expliquer comment il se fait que Shaw Matthews a su comment me trouver ? demandé-je, histoire de permettre à mon coloc' de confesser son péché.

— Oh, tu parles de ça, répond-il, soulagé. (Il se redresse et son air de biche aux abois est remplacé par une expression vertueuse.) J'ai fait ce que je devais faire. Je ne m'excuserai pas. Tu n'as pas à me remercier.

— Te remercier ? De quoi ? Shaw Matthews est chez moi !

— Attends, me coupe-t-il. Je crois que je viens d'entendre quelque chose.

Il penche la tête de côté et tend l'oreille. Il manque de sauter au plafond quand la porte de sa chambre s'ouvre brusquement. S'ensuit une pagaille, l'écran est secoué en tous sens et un drap qui le recouvre étouffe les éclats de voix.

— Quinn ? Ça va ? demandé-je, craignant d'être le témoin du meurtre de mon meilleur ami.

— Tu es toujours au lit ? Réveille-toi, petit fainéant !

— Mon Dieu, grommelle Quinn. Je suis tout nu sous les draps. Comment vous avez fait pour entrer toutes les deux ?

Finalement, l'écran retrouve sa position et le drap qui le recouvrait à moitié est arraché et révèle Demi et Sasha, aussi joviales l'une que l'autre, assises de part et d'autre de Quinn. Elles ont réussi à tout mettre sens dessus dessous, ce qui n'a pas l'air de lui plaire.

Demi brandit une petite clé sous son nez.

— Tu nous as donné un double, idiot.

Quinn gémit et se laisse retomber sur ses oreillers.

— Laissez-la sur le plan de travail en sortant, espèces de folles.

— Pas question, réplique Demi. Tant que tu ne seras pas revenu à la raison.

Je n'y comprends plus rien.

— Qu'est-ce qui se passe ?

— Elles me surveillent pour que je ne me suicide pas, répond Quinn en levant les yeux au ciel.

— Mais non, intervient Sasha. On veut juste qu'il ne se sente pas trop seul. (Elle se tortille pour s'installer plus confortablement et retape son oreiller, quand soudain, elle retire vivement sa main. Une paire de menottes en fourrure noire est suspendue au bout de son index.) Qu'est-ce que c'est que ça ?

— Arrête de fouiner, rétorque Quinn en les lui arrachant pour les remettre sous l'oreiller. (Sans prêter attention aux rires des filles, il tente de changer de sujet :) Comment va ta mère, Cassidy ?

— Eh bien, tu sais… Elle est tombée d'une échelle, mais elle va s'en remettre. C'est une dure à cuire, ma mère. Ce n'est pas le genre à rester sans rien faire pour quelques fractures, ecchymoses et contusions. J'ai eu une peur bleue, évidemment, mais la bonne nouvelle, c'est que le médecin la laisse rentrer demain.

— Oh, Dieu merci, soupire Quinn. Les filles et moi allions sortir, mais mon imbécile de patronne refuse de me donner ma journée, cette truie. Elle dit que j'ai pris trop de jours ces derniers temps, tout ça à cause de Daddy. Je le déteste, ajoute-t-il avec aigreur. Je le hais, ce gros salaud.

Daddy n'est pas gros, mais c'est le dernier ex en date de Quinn. Un homme très riche, très sexy et très marié qui n'a pas apprécié l'ultimatum que Quinn lui a lancé, lui donnant le choix entre sortir du placard ou le quitter. Daddy a préféré rester avec son épouse, et le cœur de Quinn a volé en éclats. Quinn s'est vengé en faisant subir le même sort à tout ce qui lui est tombé sous la main dans le penthouse que Daddy lui avait offert avant de le reprendre. Sans oublier de graver sur les murs : IL EST GAY. Ce qui revient à le forcer à sortir du placard. À moins que Daddy refasse les plâtres lui-même, les ouvriers vont connaître la vérité. Et une vérité de ce genre, pour quelqu'un d'aussi riche et en vue que Daddy, ne peut que se répandre.

— Désolée, Cass, mais on ne pouvait pas le laisser, dit Demi d'un air douloureux. Évidemment, si tu estimes avoir besoin de nous, on peut se séparer et l'une de nous peut venir te rejoindre.

— Ne dis pas de bêtises. Vous n'avez rien à faire ici. Je vais m'occuper du bed and breakfast le temps que maman soit de nouveau sur pied et je rentrerai aussitôt après. En attendant, j'aimerais qu'on discute un peu de ces menottes, dis-je avec un petit sourire à Quinn.

— Tu sais ce qu'on dit, commence Demi. Le meilleur moyen pour se remettre d'un homme, c'est de passer au suivant. Quinn partage totalement ce point de vue. (Elle lui donne gentiment un coup d'épaule.) Mais tout comme Daddy, son nouveau chéri doit rester secret aussi.

— Oh, fais-je en haussant les sourcils. Des indices sur l'identité de ce nouvel amant ?

— Ah, vous voulez parler d'amants secrets ? s'offusque Quinn. Très bien, alors parlons-en.

Il accepte un peu trop rapidement, en me regardant comme si je l'avais attiré sur un terrain glissant. Je me rends compte avant d'avoir eu le temps de réagir que je vais me retrouver prise au piège d'un filet métaphorique suspendu au-dessus de moi. Et Quinn s'empresse de le faire tomber.

— Miss Cassie, vous voulez leur dire, ou vous préférez que ce soit moi ? demande-t-il.

Pas possible que ce soit de cela qu'il parle.

— Leur dire quoi ?

— Oh, alors tu veux jouer aux idiotes ? Très bien, voyons… Comment pourrais-je formuler les choses ? (Il se racle la gorge.) Shaw et Cassie sont dans un bateau, chantonne-t-il.

Oh non !

— Mon Dieu.

Ce sont les deux seuls mots que je parviens à articuler.

— Shaw ? s'étrangle Demi.

— Shaw Matthews ? demande Sasha.

Question idiote : combien de Shaw connaissons-nous ?

J'ai les joues en feu, avec de nouveau la sensation d'être prise en flagrant délit.

— Comment tu as su ?

Quinn éclate de rire, tellement qu'il n'arrive à prononcer qu'une seule syllabe. Mais elle veut tout dire.

— Shaw.

— Il te l'a dit ?

Je suis furieuse. Il va me le payer, celui-là.

Mon coloc' reprend son souffle et soupire.

— Pas vraiment. Disons que j'ai dû laisser entendre que j'étais déjà au courant. Et qu'il a dû penser que tu me l'avais dit. Alors, j'y suis juste allé au bluff.

— Tu l'as piégé ? (Je me passe les mains sur le visage.) Oh, mon Dieu, Quinn, mais quel con tu fais. C'est vraiment déloyal !

— Et très malin, le félicite Demi.

Sasha me fait un sourire effronté.

— Si encore on n'avait pas déjà été au courant, ajoute-t-elle.

— Vous ne saviez pas.

J'ai lancé cela plus comme une question que comme une affirmation. Elles savaient ? Comment est-ce possible alors que nous avons été si prudents ? À vrai dire, nous n'étions pas particulièrement prudents, mais j'étais convaincue que personne ne faisait attention. Ou bien au lieu de réfléchir, j'ai laissé mon entrejambe penser à ma place sans me soucier des conséquences.

— On a des yeux, on a bien vu les petits regards que vous vous jetiez tous les deux, renchérit Sasha avec un sourire en coin.

— Et des oreilles, pour surprendre vos conversations pas si discrètes que ça, ajoute Demi.

Quinn se colle à la webcam, ce qui lui fait des lèvres énormes.

— Et des bouches pour colporter les ragots et comparer nos découvertes, complète-t-il avant de reculer.

J'ai sûrement l'air d'un poisson hors de son bocal.

— Sans blague ? Faut vous faire soigner, tous les trois. Et je vais porter plainte pour que vous arrêtiez de m'espionner.

— À propos d'espion… dit Demi en tendant le bras pour que je regarde derrière moi.

— Salut, Shaw, fait Sasha avec un grand sourire et un petit signe de la main.

Je me retourne et je le trouve là, tout aussi inquiétant que mes trois amis inquisiteurs, en train d'écouter ma – comment a dit Demi ? – « conversation pas si discrète que ça ». Seigneur, mais plus personne ne respecte l'intimité des gens, ou quoi ?

Shaw

Je suis encore tout endolori de m'être fait tirer les cheveux et mon entrejambe douloureux réclame d'être soulagé. Je suis donc parti à la recherche de Cassidy avec la ferme intention de jouer les hommes des cavernes, la balancer sur mon épaule et la ramener à l'étage pour qu'elle termine le boulot qu'elle a entrepris avant qu'on nous interrompe si grossièrement.

J'ajuste en gémissant ma bite encore raide dans mon jean. Chaque pas que je fais dans l'escalier est pénible et je dois offrir un spectacle lamentable. On aurait pu croire que la voix d'un autre homme aurait suffi à faire dégonfler mon gentil petit camarade, mais la performance de Cassidy a été tout à fait impressionnante. Tellement qu'il m'est presque impossible d'effacer de ma mémoire le regard suppliant qu'elle m'a lancé, quand elle m'a imploré de la laisser prendre ma bite en bouche.

— Bon Dieu, grommelé-je en sentant mon engin palpiter de plus belle à ce souvenir.

Peut-être que le seul moyen de le faire dégonfler serait de l'assommer un bon coup.

Casey lève les yeux vers moi en passant en bas de l'escalier pour gagner la cuisine. Je me redresse de toute ma hauteur. Comme mon rival est à peu près de ma taille, c'est seulement parce que je suis quelques marches plus haut que je peux baisser les yeux vers lui et jouer les mâles dominants. Je m'abstiens quand même de retrousser les babines, histoire de ne pas en faire trop.

Je lui lance un petit sourire narquois qui signifie : « Ta copine vient de me sucer. » Non, Cassidy n'a pas avoué que c'était son petit ami, mais ce n'était pas nécessaire. Tout le monde peut voir qu'ils ont été en couple. Reste à savoir si c'est toujours d'actualité, mais je suis bien décidé à ce que cela ne dure pas.

En arrivant en bas de l'escalier, je tourne brusquement à droite et me laisse guider par la voix de Cassidy. Une fois passé le hall entièrement lambrissé et son comptoir à l'ancienne mode, je vais tout au bout du couloir et la trouve assise sur un canapé vert olive dans un salon isolé du reste de la maison. À mon avis, c'est une pièce réservée uniquement à la famille Whalen. Mais grâce à la porte coulissante qu'elle a laissée entrebâillée, j'entends toute la conversation qu'elle a avec ses amis.

Enfin, nos amis. Je suis peut-être plus proche de Landon et de Chaz, mais nous sommes tous liés, ne serait-ce que parce que Landon et Sasha sont en couple et que Chaz et Demi se font les yeux doux sans aller plus loin qu'une espèce de valse-hésitation.

C'est une conversation révélatrice qui me donne deux précieuses informations. Pour commencer, tout le monde ne parle que de la liaison que nous entretenons. Nos amis savent que nous baisons ensemble. Dieu sait pourquoi, mais cela ne m'agace pas. Comme je ne doute pas un seul instant que nous allons continuer dans ce sens, il était inévitable que nos proches finissent par le découvrir tôt ou tard. Je m'en fiche. Et je ne sais absolument pas pourquoi cela ne me fait pas paniquer.

Ni pourquoi je ne panique pas quand Demi et Sasha dénoncent ma présence.

Cassidy referme brutalement son portable, coupant la communication avec Quinn et les petites rapporteuses sans même leur dire au revoir. C'est un moment aussi bien qu'un autre pour aborder la seconde précieuse information.

Je fais coulisser la porte, entre et la referme derrière moi.

— Votre mère s'est blessée ? C'est pour cela que vous avez quitté San Diego ?

Elle se lève et entreprend de brancher son portable pour le recharger.

— Je vous l'ai dit. Vous pensiez que je mentais ?

Elle est calme. Un petit peu trop. Je m'étais dit qu'il y aurait des cris et que les insultes voleraient quand cette conversation aurait finalement lieu, mais je n'ai pas envie de me lancer là-dedans. Peut-être parce que l'énergie nécessaire pour cela est entièrement monopolisée par ma braguette, avec toute cette tension sexuelle encore inassouvie qui crépite entre nous. Inassouvie pour moi, en tout cas. Seigneur, mais il faut qu'elle arrête de se pencher en avant sous mon nez.

— J'ai cru que c'était moi que vous cherchiez à fuir.

C'est ce qu'elle devrait faire. Ça et porter une ceinture de chasteté, aussi.

Elle s'interrompt et se retourne vers moi.

— Vous l'avez déjà dit aussi, et je vous ai répondu que non. Vous, en revanche, vous n'avez répondu à aucune de mes questions. Pourquoi êtes-vous là, Shaw ?

L'image de l'homme des cavernes me revient à l'esprit et le poids de la massue imaginaire sur mon épaule me donne envie de l'assommer pour pouvoir l'emporter. Je me suis lancé à ses trousses pour soulager ma bite toujours dressée, mais je ne crois pas que c'est cela qu'elle veut entendre.

— Denver m'a dit qu'il vous avait proposé le contrat en premier, mais que vous l'avez refusé en lui disant de me le donner à moi.

— Et alors ? réplique Cassidy.

Je me crispe, agacé, et j'ai de nouveau envie de lui filer une bonne punition. Pas orale. Ni physique. Sexuelle.

— Alors, vous veniez de découvrir la vérité sur mon passé. Cela donnait l'impression…

Je vois la lumière se faire en elle.

— Que je vous le cédais ?

— C'est ça.

D'une main sur ma poitrine, elle retient l'élan que j'ai pris sans m'en rendre compte. Mais elle ne me repousse pas. Non, elle hausse le menton d'un air suffisant et met les mains sur les hanches, si bien que son pull se tend et souligne les courbes de ses seins.

— Vous auriez dû réfléchir, répond-elle d'une voix sourde et sensuelle.

Elle a raison.

— Je suis bien trop compétitive pour donner quoi que ce soit, à moins que cela m'avantage et me permette d'atteindre mon objectif. J'ai remporté ce contrat dans les règles et gagné le droit de vous fourrer le museau dans votre pipi, et je l'aurais fait si mes parents n'avaient pas eu besoin de moi ici.

C'est plutôt moi qui aurais envie de fourrer mon museau quelque part. Le problème, c'est que je suis resté sur ma faim. La cage en jean qui emprisonne ma bite enflée parvient tout juste à la retenir.

— Certaines choses sont plus importantes qu'un poste d'associé. Même un poste pour lequel je me suis donné autant de mal. Mais cela n'explique toujours pas pourquoi vous êtes ici.

Son haleine suave est à quelques centimètres de mon visage.

Elle a besoin d'une explication ? Très bien, je vais la lui fournir.

— Je me suis donné un mal de chien pour que personne ne découvre d'où je viens parce que je ne voulais pas qu'on me prenne en pitié. Je n'ai jamais accepté d'aumône, jamais demandé d'aide, jamais dépendu de personne parce que j'étais déterminé à réussir par mes propres moyens. Et j'étais fier d'en avoir été capable. Quand j'ai eu l'impression que vous me faisiez la charité, cela a été comme si vous mettiez à bas d'un seul coup tout ce que moi, j'avais eu tant de mal à édifier. Ça m'a énervé.

— Alors, vous avez fait cinq mille kilomètres en avion pour venir me le dire ?

Cette langue bien pendue a le don de manœuvrer ma bite depuis le premier jour. L'effet est décuplé maintenant que je l'ai possédée et plus encore en cet instant parce que je suis toujours sur ma faim. Bon sang, tout ce qui fait de moi un homme n'a qu'une douloureuse envie : la prendre.

— Oui, je pense que c'est ça.

En m'entendant le dire à haute voix, j'ai vraiment l'impression d'être un idiot.

— Waouh ! (Elle me prend la main et me tripote les doigts d'une manière sensuelle et peut-être un peu trop intime, mais cela me plaît bien.) C'est ce qui s'appelle être dévoué à sa cause.

— Je ne suis que dévouement.

C'est la vérité, même si je sais que ni elle ni moi ne gobons cette excuse.

Nous restons silencieux. Durant tout le trajet jusqu'ici, j'ai songé à la manière dont cette confrontation allait se dérouler, et la réalité n'a rien à voir. Les cris, les accusations, les insultes qui volent, voire les assiettes, voilà à quoi je m'attendais. Mais nous voilà, tout près l'un de l'autre, bien que pas assez, calmes, sans éclats de voix. Je n'ai pas envie de la réduire en charpie. J'ai envie qu'elle me serre dans ses bras pendant que je la pénètre.

— Alors, faites-le.

Ses doigts jouent à présent avec les cheveux sur ma nuque, ce qui me rend encore plus dingue. Et m'excite à mort.

Je ferme les yeux. Juste une seconde, pour reprendre le fil de notre conversation.

— Faire quoi ?

Cassidy se penche et me chuchote à l'oreille :

— Grondez-moi.

Son souffle sur mon cou. Je sens la chair de poule qui me gagne. Ce chatouillis qui parcourt tout mon système nerveux pour venir s'installer dans mon jean déjà distendu. Bon sang, cette femme est trop près de moi, trop baisable.

Une fois de plus, je ne me suis pas rendu compte de la position que j'ai prise et de celle que je lui ai fait prendre. Cassidy se retrouve de nouveau plaquée contre un mur. Ou une bibliothèque. Peu importe : mes mains posées de part et d'autre vont l'empêcher de filer, encore qu'elle n'essaie même pas. Quand elle agrippe le devant de ma chemise et que ses lèvres délicates frôlent mon cou, je me rends compte que ce n'est peut-être pas moi qui ai tendu ce traquenard, mais elle.

— Je préférerais vous faire autre chose, dis-je en respirant le parfum de ses cheveux.

Mon Dieu, je n'y tiens plus. Elle mordille le lobe de mon oreille tout en enfouissant ses doigts dans mes cheveux.

— Vous l'avez déjà fait. Deux fois.

— La troisième sera une formalité, dis-je avec un sourire narquois.

Je glisse mon genou entre ses cuisses pour la forcer à les écarter afin que ma bite prisonnière puisse toucher la chaleur de son entrejambe. Bon sang, je la sens à travers mon jean. Par un heureux hasard, nous nous retrouvons dans la même position que tout à l'heure. Peut-être que cette fois, le destin acceptera de m'accorder un agréable dénouement.

— On ne peut pas. Pas ici.

Cassidy se cambre en se frottant contre moi. Elle n'en pense pas un mot. Et tant mieux.

— Pourquoi ? Vous avez peur que votre petit copain nous surprenne ?

Ses mains descendent sur mes fesses. Elle les pétrit et m'attire contre elle.

— Ce n'est pas mon petit copain.

— Il faudrait sûrement le prévenir, dans ce cas.

Avant qu'elle ait le temps de répondre, je l'embrasse. Je n'ai pas envie de parler de Casey, le pêcheur de homards. Ni de Quinn, de Sasha, de Demi, de Denver ou de ce foutu contrat. Je n'ai pas envie de parler du tout. C'est mon tour de me lancer dans l'action, mais je ne vois pas pourquoi je ne pourrais pas en faire profiter un peu Cassidy pendant que j'y suis. Oui, je sais, je suis généreux.

L'ondulation de mes hanches la soulève pour qu'elle s'installe sur mes cuisses pendant que je m'occupe de son cou. Le métal de la fermeture Éclair de ma braguette me donne l'impression de me frotter à un grillage, mais c'est une douleur agréable, puisque cela lui procure autant de plaisir. Cassidy se cramponne à mes épaules et ondule des hanches à la même cadence, se servant de moi pour obtenir son plaisir.

Dans mon oreille résonnent ses halètements et un faible geignement suppliant qu'elle essaie désespérément d'étouffer. J'empoigne ses cuisses et remonte jusqu'à ses fesses pour la rapprocher de moi. Cette nouvelle position est nettement préférable, parce que les mouvements de Cassidy sont tellement déchaînés que je suis obligé de m'appuyer d'une main au mur pour nous maintenir en équilibre.

Ma bouche se pose dans son cou et je commence à lui faire un suçon. Cassidy se dégage brusquement pour m'empêcher de déposer ma marque, ce qui ne fait que m'exciter plus encore. C'est idiot. Je le sais, mais j'ai vu comment son petit copain la regarde. Il la désire toujours, mais elle est à moi. Et pour le prouver, je vais la faire jouir tellement fort qu'elle va hurler, pile sous le toit où il est en train de faire Dieu sait quoi, et qu'il ne pourra que l'entendre.

— Shaw… soupire-t-elle dans un gémissement. Je vais…

— Je sais. Je veux vous entendre.

Elle m'embrasse et ses hanches se collent plus encore contre moi. J'en fais autant de mon côté. Il faut qu'elle jouisse pour que je puisse enfin me laisser aller. Je me fiche que quelqu'un entre, ou que nous soyons encore complètement habillés et que nous allons être dans un sale état une fois cela terminé : je veux juste jouir, et vite.

Le gémissement de Cassidy est d'abord sourd, mais elle continue de m'embrasser, et j'étais tout à fait sérieux quand j'ai dit que je voulais l'entendre. Je me dégage donc de ce baiser et je manque de jouir en voyant son expression. Les yeux clos, elle se mord la lèvre, la tête renversée en arrière, tout en continuant de me chevaucher. Puis ses doigts s'enfoncent dans mes épaules quand elle m'attire contre elle et enfouit son visage dans mon cou, alors qu'elle jouit avec une telle violence que je sens qu'elle mouille son legging, et même mon jean.

Le plus beau spectacle du monde, c'est une femme qui atteint l'orgasme grâce à ce que je viens de faire. C'est alors que Cassidy ouvre lentement ses yeux vert émeraude et que je me dois de rectifier : ce n'est pas n'importe quelle femme. C'est celle-ci.

Putain.

— À votre tour, murmure-t-elle avec un sourire à la fois malicieux et repu.

— Ça, j'y compte bien.

Campé sur mes deux jambes, je la coince dans l'espace entre le mur et la bibliothèque, puis j'incline son corps dans une position propice à mes coups de reins.

Oh, mon Dieu, ce qu'elle est bonne. Je suis déjà prêt à tout lâcher avant qu'elle se mette à m'embrasser dans le cou, mais c'est là qu'elle commence à me suçoter et que je songe un bref instant qu'elle essaie peut-être de laisser sa marque, ce qui me fait bander encore plus, parce que, évidemment, j'en connais un qui va forcément le remarquer. Et Casey, le pêcheur de homards, devra bien finir par faire un petit calcul : moi plus Cassidy égale plus jamais il ne baisera avec elle.

Mais Cassidy se détourne. Peut-être qu'elle n'essayait pas de me faire un suçon finalement. Moi, en revanche, j'essaie toujours de jouir. Je sens vibrer mon entrejambe et la sève monter et monter. Deux coups de reins devraient suffire à…

Le bruit d'une porte qui coulisse me coupe tous mes effets.

— Hé, Cass… commence une voix qui n'appartient ni à elle ni à moi.

Mais c'est pas vrai ! Je suis maudit !

Je n'ai que le temps de laisser Cassidy se relever que Casey entre dans la pièce. Il s'arrête en voyant qu'elle n'est pas seule. Le regard qu'il me jette, me toisant en crispant la mâchoire, laisse entendre qu'il a compris ce qui se passe. Nos joues rouges et notre respiration haletante nous ont forcément trahis.

J'arbore un sourire victorieux mais crispé, même si j'ai surtout envie de lui fracasser le crâne contre le mur pour m'avoir encore une fois coupé dans mes élans. Bon sang. Ce type a un sixième sens qui l'avertit chaque fois qu'un mec essaie de se faire sa copine, ou quoi ?

C'est une Cassidy très troublée qui essaie de sauver les meubles avec un sourire forcé et un ton trop enjoué.

— Hé ! Qu'est-ce qu'il y a, Case ?

Casey l'empêcheur de baiser en rond n'est pas dupe. Je me prépare pour l'empoignade qui va forcément s'ensuivre, presque ravi de l'occasion, parce que, je l'avoue, j'ai envie de lui en flanquer une ou deux. Mais je suis surpris quand il détourne son regard noir de moi pour fixer le vide. À croire qu'il n'arrive pas à regarder Cassidy dans les yeux.

— Maman m'a demandé de te dire que c'est l'heure de préparer le dîner. Elle est dans la cuisine.

Et sur ce, il repart.

— Merde, souffle Cassidy.

Je l'ai rarement entendue dire des gros mots. Cela ne lui arrive que lorsqu'elle est furieuse contre moi, et même dans ce cas, c'est parce que je l'ai poussée à bout. De toute évidence, la situation présente lui pose problème. À moi aussi, si j'en juge par les douloureuses palpitations de ma bite toujours insatisfaite. Mais pour des raisons différentes, j'imagine.

Cassidy se rajuste et s'apprête à me planter là sans un mot de plus. Comme c'est hors de question, je l'attrape par le coude.

— Vous comptez me laisser encore une fois dans cet état ?

Elle jette un coup d'œil à la très visible bosse dans mon jean et sourit. Cette fois, le sourire est sincère. Autant que l'énorme érection qui l'a provoqué. Je me demande si Casey l'a remarquée lui aussi. Je triomphe intérieurement, car même si c'est particulièrement douloureux de devoir attendre une fois de plus de me soulager, je ne cesse de marquer des points.

— Je suis désolée, répond-elle avec un air compatissant, mais si je ne vais pas à la cuisine, elle va venir me chercher. Et la colère d'Abby, c'est quelque chose que ni vous ni moi n'avons envie de subir. Croyez-moi, elle a peut-être l'air doux et innocent, et elle l'est la plupart du temps, mais si vous la mettez en rogne, vous avez intérêt à courir vous mettre à couvert. Ce n'est pas pour rien qu'on la surnomme l'ouragan Abby.

Elle éclate de rire et je trouve cela délicieux. Mais qu'est-ce qui me prend ?

— Nous avons encore quelques petites choses à discuter.

— Pas vraiment, réplique-t-elle en haussant les épaules. Qu'est-ce qu'il y a à ajouter ? Vous êtes venu me reprocher quelque chose que vous vous êtes imaginé tout seul. Maintenant que vous connaissez les faits, vous allez pouvoir rentrer à San Diego savourer votre victoire, j'imagine. Pas vrai ?

Je connais la réponse à cette question. Et je suis sous le choc. Peut-être que je l'ai suivie jusqu'ici pour une autre raison.

— Faux. Je ne vais nulle part.

Avoir vu Cassidy discuter sur Skype m'offre un nouvel angle de travail que je n'avais pas envisagé jusqu'ici : je peux gérer mes affaires tout aussi bien d'ici que si j'étais à mon bureau chez Striker Sports Entertainment.

Cassidy incline la tête et me considère avec perplexité.

— Pourquoi cela ?

Je ne suis pas sûr d'avoir encore la réponse à cette question. Les pensées s'entrechoquent dans mon esprit et j'ai besoin de temps pour faire le tri. Si je le dis à Cassidy, elle va insister jusqu'à ce que je sorte une sottise ou quelque chose d'encore plus incohérent. Du coup, je préfère lui donner la réponse qu'elle attend du Shaw Matthews qu'elle connaît.

— Je vous ai fait déjà jouir trois fois aujourd'hui. Vous avez une dette envers moi. Il faut être juste.

Elle éclate de rire, et comme elle se moque de moi, je décide de jouer avec ce que j'imagine être la mentalité des hommes de Stonington.

— Va me faire à manger, femme, dis-je en baissant la voix d'une octave et en lui donnant une claque sur les fesses pour qu'elle accélère le mouvement.

Cassidy me regarde comme si j'étais tombé sur la tête et quitte la pièce. Pour ma défense, je viens de décrocher le contrat avec le quarterback le plus convoité du pays, j'ai traversé le pays d'ouest en est, cruellement souffert de privation de sommeil, sombré dans un quasi-coma plus longtemps que je n'aurais dû, tout cela pour me réveiller et me lancer par deux fois – si, si, deux fois – dans des ébats furieusement érotiques avec une femme que j'adore détester et qui m'a laissé sur ma faim. J'ai les noix en feu et ma fermeture Éclair m'a mis la bite à vif. Oui, je suis sûrement au bord de la folie.

Et voilà que, à présent, j'envoie ma petite femme me préparer le dîner. Ma petite femme ? « On va te passer la camisole de force, Matthews. »

J'ai dit cela à voix haute pour essayer de retrouver un peu de raison. Mais mon cerveau refuse d'obéir. Peut-être qu'il va falloir envisager les électrochocs.

Mais non, je sais quel est le problème. Il faut juste que je me soulage. Après cela, tout rentrera dans l'ordre. Je baisse les yeux vers ma braguette et je me rends compte que la seule manière d'y parvenir, c'est de prendre l'affaire en main.

— Soigne-moi, ma petite, dis-je en levant celle qui va faire le travail. Papa a besoin de retrouver un peu de sérénité.

6

Shaw

Ma tentative échoue lamentablement. Pas parce que je ne me donne pas assez de mal. Mais simplement parce que, même si j'ai envie de jouir plus que tout au monde, j'ai la tête de Denver Rockford qui n'arrête pas de surgir devant moi au lieu de celle de Cassidy. Ce n'est pas parce qu'il est gay que cela se termine en fiasco, mais parce que je le vois en train de faire les cent pas en m'exhortant à me dépêcher de jouir afin de pouvoir m'occuper de ses affaires.

Bon sang. Je jette l'éponge, au propre comme au figuré. Mes noix sont toujours gonflées à bloc et prêtes à donner le meilleur d'elles-mêmes, mais mon bras est sur le banc de touche à cause de la crampe que je viens de m'infliger. Je ferme les yeux pour essayer de tempérer mon agacement, mais je ne réussis qu'à empirer la situation. Peut-être que si je pense à autre chose, que je me concentre sur le contrat que j'ai décroché et qui est cause de toutes ces absurdités, cela ira mieux.

Je range ma pitoyable bite dans mon pantalon, remonte ma braguette, m'asperge le visage d'eau froide et sors mon portable. Grâce au décalage horaire, Ben est toujours au bureau, mais même s'il est déjà parti, je sais qu'il relève ses e-mails. J'en envoie donc un pour lui dire que je vais prolonger mon séjour à Stonington et qu'il faut qu'il télécharge Skype sur son ordinateur et sur son smartphone. Je lui demande aussi de joindre Denver pour qu'il en fasse autant afin que je puisse le contacter.

Juste après avoir envoyé le message, j'ai un appel. Ben est peut-être un sale petit effronté, mais il est très pro et il se met toujours en quatre dès qu'il s'agit de boulot.

Il répond à mon salut par un « Salut, patron ! Vous avez l'air… constipé ». Quand je vous dis que c'est un petit effronté. « Vous voulez que je vous envoie un traitement approprié ? »

— Va te faire voir, Ben. (La frontière qui sépare nos relations professionnelle et personnelle est peut-être floue, mais cela fonctionne bien.) Donne-moi les dernières nouvelles.

Ce qu'il fait donc, en me passant les messages qui m'ont échappé à cause de l'absence de réception ici, avant de noter tout ce que je lui demande de régler. Il confirme avoir contacté notre client star, Denver, lequel est prêt à recevoir mon appel.

Ce n'est pas que nous ayons beaucoup de choses à faire pour le moment étant donné que les avocats n'ont pas encore rédigé les contrats, mais les sportifs superstars comme Denver ont l'habitude que leur agent soit aux petits soins pour eux. Je ne vais pas le décevoir sur ce point. Ben m'informe aussi que Denver est déjà retourné chez ses parents dans le Colorado et est prêt à commencer l'entraînement dès qu'il aura signé son contrat à plusieurs millions de dollars. Que des bonnes nouvelles. Son enthousiasme pour le sport est précisément ce qui lui a valu de connaître tout ce succès et de continuer sur sa lancée. Sans oublier son bras de Superman. On ne l'appelle pas Rocket Man pour rien.

Cassidy s'est déjà chargée de la majeure partie des négociations avec le Colorado pour Denver avant qu'il y ait changement d'agent. La part substantielle que je vais toucher atterrira sur mon compte en banque, mais pour la première fois de ma vie, je lui en donnerai une portion raisonnable. Comme je lui ai dit : il faut être juste. Le contrat de Denver m'a été offert sur un plateau et j'ai participé aux discussions de finalisation avec le Colorado, mais je n'ai pas vraiment mérité la grosse récompense. Bien que je sache ce que Cassidy pense de moi, je ne vais pas prendre quelque chose qui ne m'appartient pas légitimement.

En revanche, le poste d'associé chez Striker, c'est une autre histoire. Il est à moi, sans discuter. Monty Prather m'a formé pour cela avant de prendre sa retraite, et Wade Price sait que je suis l'homme de la situation, même s'il espérait que ce serait sa protégée, Cassidy, qui remporterait la bataille. Comme Wade et moi avons énormément de respect l'un pour l'autre, la transition se fera en douceur. L'annonce officielle au reste de l'entreprise devra attendre mon retour de « vacances bien méritées » selon les termes de Wade.

Ma communication Skype avec Ben est sur le point de se terminer quand il m'interroge sur Cassidy.

— Comment se porte Miss Glaçon ?

Ma réaction me surprend moi-même. Pas seulement parce que ma bite se dresse immédiatement dès que l'on prononce son prénom, mais parce que je tiens à prendre sa défense comme je ne l'ai jamais fait jusqu'ici.

— *Cassidy* va bien.

C'est peut-être Miss Glaçon sous le soleil de Californie, mais dans les frimas du Maine, tout devient très relatif.

Me rendant compte que Ben ne m'a pas demandé pourquoi je suis venu la retrouver ici, je lui en demande la raison.

— Vous me promettez que vous n'allez pas me virer ? demande-t-il d'un air coupable.

— À quoi ça servirait ? Chaque fois que je te vire, tu réapparais sur mon pas de porte comme un chat infesté de puces. Allez, crache le morceau.

— Le fait est que lorsque vous êtes arrivé au bureau de San Diego, Ally et moi on a parié sur le moment où Cassidy et vous, vous vous brancheriez. C'est moi qui ai gagné, conclut-il avec un grand sourire niais.

Venant de Detroit, pas grand-chose ne peut le choquer. Mais ça ? Si. Je ne sais même pas par quelle question commencer.

— Qu'est-ce qui te faisait croire qu'on se brancherait ?

— Enfin, vous lui avez couru après à l'autre bout du pays, dit-il comme si cela expliquait tout. (Voyant que cela ne suffit pas, il poursuit :) Un homme ne fait ça que quand il est soumis à une femme.

Je devrais lui raccrocher au nez sur-le-champ, ou au moins lui dire de ranger ses affaires et de ficher le camp définitivement. Mais je n'en fais rien.

— Et pour quelle raison vous avez cru tous les deux qu'on se brancherait ?

— Parce que vous ne pouvez pas vous supporter, répond-il comme si c'était une évidence.

Comme dit Ally, la frontière est très mince entre l'amour et la haine.

Je manque de m'étrangler. L'amour n'est absolument pas le sujet. Le désir, oui, d'après ma bite à nouveau turgescente, mais l'amour, non.

— Ben, dis-je d'un ton calme et très professionnel, s'il y a la moindre rumeur selon laquelle Cassidy et moi sommes ensemble, elle se fera virer. Pour de vrai. Dans les faits, je suis son chef, maintenant. Tu comprends ce que je te dis ?

Mon assistant est tout à fait sérieux, à présent, et il comprend les enjeux. Que ses soupçons aient été ou non fondés, peu importe. Cassidy n'a rien fait de mal et jamais je ne la laisserais payer pour quelque chose que nous avons fait entre adultes consentants. Même si c'est moi qui l'ai séduite. Enfin, c'est un peu compliqué de savoir qui a séduit qui au début. Disons que nous sommes ex-aequo de ce côté-là.

— Pas d'inquiétude, me rassure Ben. Ally et moi ne soufflerons pas un mot.

Je le crois. Ally et Ben sont tellement loyaux qu'ils préféreraient risquer leurs postes pour Cassidy et moi.

Je me dis que je devrais arrêter de baiser avec Cassidy maintenant que ma position hiérarchique a changé, mais en sentant ma bite peser de nouveau contre ma cuisse, je sais que je n'en ferai rien. Bon Dieu, cette douleur sourde dans les noix, c'est insoutenable. Le dîner va être bientôt prêt et il n'est pas question que je passe tout le repas en ne pensant à rien d'autre. Je raccroche donc pour essayer de nouveau de régler le problème.

Avant que j'aie entièrement baissé ma braguette, j'ai déjà glissé la main dans mon jean pour empoigner ma bite. Un gémissement involontaire annonce la fête du slip qui s'ensuit. N'ayant ni lotion ni lubrifiant à portée de main, je dois me contenter des quelques gouttes qui perlent au bout pour préparer mon gland endolori à ce que je vais lui faire subir.

Je n'ai pas besoin de me creuser la tête pour trouver un sujet sur lequel me concentrer, car le souvenir déjà présent des lèvres de Cassidy enserrant ma bite me suffit amplement. Pour faire bonne mesure, je me caresse les noix tout en regardant ma main astiquer fermement ma bite.

Je suis hypersensible, les frottements que je me suis infligés tout à l'heure rendent ces manipulations pénibles, mais je peux m'en accommoder mieux que de cette douleur persistante qui palpite dans mon entrejambe.

Les veines de ma bite sont gorgées de sang et le gland écarlate vibre sous mon pouce qui le frotte en cadence. La peau est tendue sur ma tige qui n'a jamais été aussi dure, et dans ma poitrine, mon cœur s'accélère comme pour suivre le tempo de ma main. Je sens le plaisir qui monte en moi. Ma respiration se fait plus courte, comme si chaque souffle me rapprochait de l'orgasme. C'est peut-être le cas, d'ailleurs.

Fasciné, je fixe ma bite, tout en relevant ma chemise que je coince sous mon menton afin d'éviter de la souiller avec ce que je vais lâcher. Ce qui risque d'arriver à tout instant, Dieu merci.

Je redouble d'énergie, les doigts crispés sur ma bite. J'y suis presque… presque…

Je sursaute en entendant frapper à ma porte.

— J'y crois pas, putain, grommelé-je à mi-voix en sentant l'excitation retomber.

— Hé, mon pote ! retentit la voix de cet emmerdeur de Casey de l'autre côté de la porte. Le dîner est prêt. (Je vais l'égorger, celui-là. De sang-froid. Et à mains nues.) Vous avez entendu ? insiste ce chieur.

— Oui, oui, je descends dans une minute.

Tout en lui répondant, je calcule mentalement de quelle longueur de corde je vais avoir besoin pour l'attacher au pare-chocs de ma voiture de location et le traîner dans la rue.

— Dépêchez-vous. Maman n'aime pas qu'on soit en retard au dîner.

— Ce n'est pas ma mère, lui rappelé-je.

— Peu importe. Pas touche.

C'est une menace indirecte, et je ne peux m'empêcher de me demander s'il parle d'Abby ou de Cassidy.

Le dîner n'est de toute évidence pas une mince affaire à Whalen House. La table de la salle à manger est assez grande pour accueillir douze convives, mais elle est dressée pour six. Une nappe immaculée et impeccablement repassée la recouvre sur toute sa longueur.

Poulet rôti au jus, purée, maïs, haricots verts et biscuits sont au menu. Mon ventre gargouille à ce spectacle, rivalisant pour monopoliser mon attention avec la douloureuse pulsation qui persiste dans mon pantalon. Comme je ne risque pas de pouvoir me branler à table, je me résigne à assouvir un autre besoin.

Les plats commencent à passer de main en main pour que chacun se serve. Enfin, presque tout le monde. Comme Abby s'occupe du bonhomme assis en bout de table, j'en déduis que c'est son mari. Il a l'air d'avoir au moins dix ans de plus qu'elle – peut-être soixante et quelques – et c'est le portrait craché de Casey avec des années et des rides en plus, des yeux pleins de sagesse et une bedaine due à un peu trop de bons repas.

— Tout a l'air délicieux, Abby, lui dis-je en prenant place sur la chaise vide qu'elle m'a désignée entre Cassidy et l'homme que je ne connais pas encore.

Casey est assis à côté de sa mère, juste en face de Cassidy, et il y a à côté de lui une chaise qui est restée vide.

Abby pique un morceau de poulet avec une fourchette et le dépose dans l'assiette de l'homme assis à côté d'elle.

— Merci, répond-elle. J'espère que cela vous plaira.

— Si c'est du même genre que le sandwich que vous m'avez préparé tout à l'heure, je n'en doute pas un instant.

— Attendez, coupe l'homme. Vous avez eu droit au gratiné façon Abby ?

Je n'ai pas la moindre idée de ce qu'est le gratiné façon Abby, mais si cela ressemble au délice que j'ai eu au déjeuner, il y a de quoi se pâmer.

— Un sandwich dinde, bacon et fromage fondu ? demandé-je.

— Oui, c'est celui-là. (Il éclate de rire pendant qu'Abby dépose une pleine louche de purée dans son assiette.) C'est le meilleur sandwich du coin.

— Il est un peu partial, dit-elle en passant les pommes de terre à Casey et en prenant la sauce. Évidemment qu'il l'est, s'il veut continuer à manger, ajoute-t-elle en riant. C'est mon Thomas. Thomas, je te présente Shaw Matthews.

— Shaw Matthews ? répète Casey. (Je suis un peu surpris que personne ne le lui ait encore dit. Je hoche la tête et il ajoute :) Cassidy m'a beaucoup parlé de vous.

— Ah bon ? fais-je avec un sourire ingénu en dépliant ma serviette sur mes genoux. Eh bien, j'aurais aimé que la réciproque soit vraie.

Cassidy me décoche un coup de pied sous la table, mais je suis tellement habitué après les nombreuses réunions auxquelles nous avons assisté ensemble, que je n'ai même plus besoin de protège-tibias.

— Et voici Mia Morgan, déclare Abby en désignant la retardataire qui vient d'entrer.

Casey pose le plat de purée et se lève d'un bond pour tirer la chaise à côté de lui. Mia est petite, avec des yeux noirs et de longs cheveux bruns, mignonne, mais pas extraordinaire.

Cassidy l'accueille d'un sourire aimable et chaleureux que je ne lui connaissais pas. Enfin, à mon égard, en tout cas.

— Bonjour, dit-elle, je suis...

— Je sais qui vous êtes. Cassidy, achève Mia pour elle.

Puis elle baisse la tête et s'assoit en se rendant compte qu'elle doit passer un peu pour une fouineuse.

Cassidy a l'air stupéfait et Casey intervient.

— Ouaip. C'est... ma Cassidy.

Il pose sur elle un regard si insistant que c'en est gênant, comme s'il était saisi d'une émotion dont le reste de l'assistance n'est pas censé être témoin.

Cassidy se tortille, sentant le malaise, et baisse les yeux en se raclant la gorge. Ce qui suffit à tirer Casey de Dieu sait quelles pensées qui lui occupaient l'esprit et à le ramener à la réalité.

— Je suis désolée de mon retard, Abby. J'étais absorbée par une scène qu'il fallait que je finisse, sinon je risquais de perdre l'inspiration, dit Mia en balayant l'air d'un geste comme si c'était une excuse idiote.

— Ce n'est rien, ma chérie. Nous venons de commencer, de toute façon. (Abby se tourne vers Cassidy et moi.) Mia est auteur de romans d'amour. Elle est venue à Stonington pour se documenter afin d'écrire un livre.

— Casey m'a dit qu'il y avait une célébrité en ville, opine Cassidy. Il a juste oublié de préciser que vous étiez descendue chez nous. (Elle le gratifie d'une moue réprobatrice avant de revenir à Mia.) Il y a mille endroits plus romantiques qu'ici. Qu'est-ce que vous trouvez de si particulier à Stonington ?

Cassidy étant habituée par son métier à être entourée au quotidien par des sportifs mondialement connus, elle ne risque pas d'être éperdue d'admiration devant cette femme.

— Eh bien, pour commencer, c'est absolument magnifique, commence la romancière d'un air rêveur. Et ensuite, mon héros est un pêcheur de homards.

Quand Mia regarde Casey et rougit, le sourire poli de Cassidy disparaît brièvement pour revenir, à la fois semblable et différent.

— Oh, je ne pensais pas que pêcher le homard était considéré comme une vocation romantique.

— Eh bien, dit Mia en haussant les épaules, il y a des femmes, ici. La plupart restent, donc il doit y avoir quelque chose chez les pêcheurs de homards qui les retient.

— Oui, l'argent, dit Cassidy, de façon un peu abrupte, avant de prendre un morceau de gâteau.

— Enfin ! s'indigne Abby.

Cassidy repose le biscuit dans le plat.

— Pardon, Abby, mais tu sais que c'est vrai. (Elle prend sa fourchette et chipote dans son assiette.) Alors, sur quoi vous documentez-vous, Mia ?

— Je commence juste à me familiariser avec la ville, mais je voulais surtout interroger un pêcheur. Comme j'écris de la fiction, je peux prendre quelques libertés, mais j'aime être au plus près de la réalité, si je peux. Cela permet de plonger les lecteurs dans l'atmosphère, si je leur fais ressentir ce que je ressens, voir ce que je vois, etc. Vous comprenez ?

— Pas vraiment, mais c'est peut-être parce que, ayant fait du droit, j'ai tendance à privilégier les faits par rapport à la fiction. (Bim. Cassidy laisse le temps à son interlocutrice de digérer. Elle est de nouveau la Miss Glaçon de San Diego.) Alors, qui avez-vous interrogé ?

— Moi, dit Casey, venant au secours de Mia.

— Depuis quand tu aimes exposer ta vie au grand jour ? ricane Cassidy.

— Depuis que quelqu'un s'y intéresse suffisamment pour me poser des questions dessus, répond Casey avec un regard de défi.

Cela lui cloue le bec. Vaincue par la culpabilité, elle replonge la tête dans son assiette.

Mia se met à expliquer comme si elle cherchait à tirer Casey du pétrin.

— Quand j'ai réservé ma chambre ici, j'ai demandé à Anna si elle connaissait un pêcheur qui serait disposé à me parler. C'est elle qui m'a proposé Casey.

— Ah oui, vraiment ? rétorque Cassidy.

Je me doutais qu'elle ne pourrait pas s'empêcher. Jamais elle ne recule devant une joute oratoire, même si personne d'autre ne s'en rend compte à notre table. Moi, en revanche, si. C'est ce qu'elle fait avec moi depuis que je la connais. Sa mère s'en rendrait sûrement compte aussi, si elle était là.

— Comme j'ai pas mal de temps libre, j'ai accepté, répond Casey, histoire de jeter un peu d'huile sur le feu.

À voir les coups de fourchette rageurs de Cassidy, il se passe quelque chose de bizarre. Elle se comporte comme une épouse qui vient de surprendre son mari en flagrant délit d'adultère. Quant à Casey, je ne saurais dire s'il s'affiche avec sa maîtresse ou s'il implore le pardon pour son infidélité.

Je comprends lorsque je surprends un échange que je n'aurais probablement pas dû voir. Pendant que Mia est occupée à parler du contexte de son roman, Casey fixe Cassidy, et son regard glisse sur moi avant de revenir à elle comme pour dire : *Tu n'es pas si innocente que cela non plus.*

Je suis tiraillé entre l'envie de le féliciter et celle de la défendre. Mais j'ai surtout envie de prendre Cassidy sur mes genoux et de dire à Casey qu'il n'a pas à se soucier de ce qu'elle fait, puisque c'est moi que cela regarde désormais. En même temps, c'est une idée idiote de ma part.

Mia termine de résumer son roman et Cassidy a l'air stupéfait.

— Waouh ! Alors, vous écrivez la bio de Casey, en gros, quoi. C'est-à-dire… la mienne.

— C'est vrai qu'il a surtout parlé de vous, oui. Vous avez joué un rôle important dans sa vie, vous en avez peut-être même été le centre. Mais jamais je ne me permettrais de vous exposer. L'un comme l'autre. Je suis désolée si c'est l'impression que vous avez eue. Ce sur quoi je compte surtout jouer, c'est sa manière de considérer les choses, ce qu'il pense de vous et les extraordinaires aventures que vous avez vécues ensemble. Si vous voulez bien, évidemment.

— Oui, c'est vrai qu'on a connu de super moments, se radoucit Cassidy. Pas vrai, Case ?

— Ah, oui.

Son regard se fait un instant pensif, puis elle fait un grand sourire.

— Tu te rappelles la fois où on est monté sur un bateau pour la première fois ?

— Pour toi, pas pour moi, corrige Casey. Mais je m'en souviens. Comment je pourrais oublier ? Tu étais un vrai petit monstre. Constamment.

— C'est ça, réplique Cassidy en levant les yeux au ciel. Tu as eu ce que tu méritais.

— C'est vrai ? demande Mia dont le visage s'éclaire avec gourmandise. Casey a eu ce qu'il méritait ? Je suis sûre que l'anecdote doit être amusante. Racontez donc.

Cassidy glousse tandis que Casey gémit.

— Tu lui as uniquement raconté tous les grands moments de la vie du fabuleux Casey Michaels, hein ?

— Elle écrit un roman d'amour. Pourquoi j'irais lui raconter une histoire où je n'apparais pas comme un héros ?

— Parce que cela ferait de toi un être humain imparfait comme nous tous. Et parce que l'imperfection parfaite, c'est réel et sexy.

— Sexy, je n'en sais rien, s'esclaffe Thomas, mais je vais vous la raconter, moi, l'histoire.

— Vas-y, soupire Casey à son père. De toute façon, tu la racontes mieux que n'importe qui.

— Tu penses bien, dit Thomas. Par chez nous, les pères emmènent leurs fils de bonne heure sur leur bateau pour leur apprendre les rudiments de la pêche au homard. La première fois que j'ai emmené Casey en mer, c'était à peu près à l'époque où il a appris à marcher. Je voulais qu'il ait le pied marin.

— Cassidy en a fait toute une histoire, renchérit Abby. C'était un vrai garçon manqué. Jamais elle ne s'est intéressée aux jeux de filles. Cela rendait folle Anna. Tout ce que faisait Casey, elle voulait le faire aussi.

— Parce qu'elle voulait être comme moi, dit Casey en riant.

— Ha ! Tu parles ! C'est parce que j'aimais la compétition et que je voulais te prouver que je pouvais faire tout ce que tu faisais, et en mieux.

Cassidy et moi nous sommes affrontés plus d'une fois, mais j'ai toujours admiré et respecté son tempérament de compétitrice. Bon sang, quand j'y repense, c'est probablement ce qui m'excitait le plus. En plus de son cul. Et peut-être même sa langue bien pendue, aussi. Ces pensées n'arrangent pas l'état de ma bite tendue contre ma cuisse qui continue de palpiter et de réclamer qu'on la soulage.

— Quoi qu'il en soit, poursuit Thomas, je l'ai emmené de temps en temps jusqu'à ses douze ans, et c'est à cet âge-là qu'il a commencé à travailler. Eh bien, Cassidy en a eu assez qu'on lui dise qu'elle n'avait pas le droit de venir, et un matin elle a filé de chez elle et s'est glissée en douce sur le bateau. Et c'est une fois au large qu'elle a décidé de sortir de sa cachette, et cela aurait été plus compliqué de la ramener que de la garder. Sans compter qu'on s'est dit que ce serait une bonne leçon pour elle et qu'elle arrêterait peut-être de nous casser les pieds.

— Ça n'a pas marché, dit-elle avec un sourire narquois.

— On était donc en train de remonter le chalut quand Casey a sorti un mollet d'un casier et l'a lancé sur Cassidy pour prouver que c'était une gamine. Et il l'a prouvé, c'est sûr, dit-il en se renversant en arrière et en se frottant la bedaine. Ce mollet…

— Excusez-moi, demandé-je, certain de passer pour un imbécile en posant la question. Mais qu'est-ce que c'est, un « mollet » ?

— C'est un homard qui s'est débarrassé de son ancienne carapace, mais qui n'a pas encore la nouvelle, répond Mia, qui rougit en voyant que Cassidy la regarde, l'air impressionné. Casey m'a appris beaucoup de choses.

Casey passe le bras sur le dossier de sa chaise et fait un grand sourire.

— Et vous avez été une élève très attentive. C'est agréable d'avoir quelqu'un qui s'intéresse aux choses que j'aime.

— Quoi qu'il en soit, reprend Thomas, la pince du homard atterrit sur Cassidy, sur son…

Il s'interrompt pour chercher le terme adéquat.

— Mon nichon, achève Cassidy en levant les yeux au ciel.

Elle croise les bras sur sa poitrine comme pour la cacher, mais c'est peine perdue avec les seins qu'elle a.

— Oui, voilà, toussote Thomas.

Casey éclate de rire, et il me faut avouer que c'est plutôt drôle.

— Ris tant que tu veux, petit pêcheur, rétorque Cassidy en relevant le menton. J'ai eu ma revanche.

— Ça, c'est bien vrai, dit Thomas en s'esclaffant à son tour. Cassidy lui a flanqué un crochet du droit et l'a fait basculer par-dessus bord.

J'ai eu l'occasion de tester son crochet. À vrai dire, j'en garde encore la trace à mon œil qui s'en est à peine remis. J'y ai eu droit quand j'ai insinué devant Cassidy qu'elle coucherait avec n'importe qui pour arriver à ses fins. Évidemment, je savais à l'époque que ce n'était pas vrai, mais comme elle avait égratigné ma vie privée, j'avais éprouvé le besoin de riposter. D'une manière puérile. Enfin, bref. Elle aurait dû s'occuper de ses affaires. En tout cas, pour le moment, c'est elle qui est sous les feux des projecteurs.

Thomas et Casey rient tellement d'elle que cela ne m'étonnerait pas que les voisins entendent. Mia et Abby mettent du temps à se joindre à eux, mais le fou rire finit par les gagner à leur tour. Cassidy, qui fait la tête, et moi, sommes apparemment les seuls à ne pas partager cette hilarité générale. Cela dit, si je m'abstiens, c'est uniquement parce que mon entrejambe douloureux me rappelle à son bon souvenir.

Une fois que tout le monde reprend ses esprits, Casey respire un bon coup et s'essuie les yeux.

— C'est la première fois que j'ai remarqué qu'elle avait des seins. Et je les adore depuis ce temps-là.

— Casey ! s'indigne Abby, consternée.

— Pas ceux de Cassidy, maman. Les seins en général, tente-t-il de se rattraper, se rendant compte qu'il ne fait qu'aggraver son cas. Je veux dire…

— Tu ferais mieux d'en rester là au lieu de t'enfoncer davantage, mon garçon, dit Thomas d'un ton paternel.

— N'essayez pas de me faire le même coup demain quand nous ferons notre sortie en mer, dit Mia en lui donnant un coup de coude dans les côtes.

Cassidy se redresse.

— Tu l'emmènes sur ton bateau ? Je croyais qu'il était interdit aux filles.

— Je fais une exception pour Mia.

— Ah. Alors, je pense que, du coup, j'aurai le temps de vous faire visiter la ville, en fin de compte, Shaw.

Elle me sourit comme si nous étions les meilleurs amis du monde et que c'était tout à fait normal.

Ce n'est pas le cas, et je suis un peu décontenancé.

— Pardon ? Quoi ?

— Vous m'avez demandé de vous faire visiter les environs et je vous ai répondu que j'avais du travail à faire ici, mais puisque Mia est notre seule autre pensionnaire et qu'elle sera occupée avec Casey demain, je peux vous consacrer toute mon attention, à présent.

Oui, elle vient d'inventer tout cela, mais je pige. Elle se sert de moi pour essayer de rendre Casey jaloux. Ce n'est pas sympa. Pas parce que c'est méchant de lui faire cela – je m'en fiche complètement –, mais parce qu'elle joue avec moi. Sans compter qu'il n'est pas question que je sois un pion dont elle use pour que son petit copain la désire plus que l'autre fille.

Cassidy se penche vers moi et pose sur mon genou une main qu'elle laisse remonter à l'intérieur de ma cuisse. Cela me rend fou et si je ne me retenais pas, je me mettrais à genoux pour la supplier de me branler. On pourrait imaginer que c'est une situation sexy, mais avec mes noix prêtes à exploser et entourés de monde comme nous le sommes, il n'y a absolument rien à faire pour calmer l'orage qu'elle vient de déclencher dans mon pantalon.

Je repousse sa main en essayant de rester discret, étant donné que je ne tiens surtout pas à attirer l'attention d'Abby. Mais le fait que je refuse ses avances rend Cassidy curieuse et elle baisse les yeux sur mon entrejambe pour évaluer la situation. Peut-être même que je me tourne un peu vers elle et souligne la chose de la main pour qu'elle voie bien de quoi il s'agit. J'espère que cela suffira à la mettre en garde. Sauf que c'est de Cassidy Whalen qu'il s'agit, la femme qui fait de ma vie un cauchemar et qui a l'air d'y prendre plaisir.

Zut. Elle fait un petit sourire qui n'augure rien de bon. Je connais suffisamment mon adversaire et maîtresse à temps partiel pour reconnaître cette lueur dans son regard. Elle voit l'occasion de faire d'une pierre deux coups et elle ne compte pas s'en priver.

Elle repose la main sur ma cuisse avec une insistance indiquant sans équivoque qu'elle n'a pas l'intention de se laisser déloger. Pendant ce temps, elle continue avec les autres convives une conversation sur laquelle je ne peux pas me concentrer et dont je me fiche totalement, étant donné qu'elle me pétrit la cuisse. Chaque mouvement de son corps qui ponctue cette conversation n'est qu'un prétexte pour remonter la main de plus en plus haut, jusqu'à ce que ses doigts frôlent ma bite.

Je retiens mon souffle en essayant de me retenir de jouir. Statistiques sportives, catalogue de mobilier, images de clowns – rien n'y fait. Car sa main à présent posée sur ma bite ondule lentement. J'essaie de la repousser d'un coup de coude, mais ma tentative n'aboutit qu'à la forcer à m'empoigner la bite pour se cramponner. Bon sang, mais cette bonne femme est une sadique.

Elle incline la tête vers moi et se mord la lèvre tout en me branlant à travers mon jean. C'est cuit. L'orgasme commence à bouillonner, mais je ferme les yeux, tentant de vaincre la nature par la seule force de ma volonté. Je suis en train de perdre la bataille. Lamentablement. Et je suis sur le point de jouir.

— Shaw, vous vous sentez bien ?

Je sursaute en entendant la voix d'Abby et je cogne la table dans ma surprise. Je manque de passer pour un pervers, mais au moins, la main de Cassidy est retournée sur ses genoux.

Nom de Dieu !

La douleur de mon entrejambe a gagné mon bas-ventre et il me faut des nerfs d'acier pour que cela ne se voie pas sur mon visage. Quelque chose de chaud et d'humide est en train de couler le long de ma cuisse, mais je n'ai pas à réfléchir longtemps pour comprendre de quoi il s'agit. Malgré tous mes efforts pour me retenir, un peu de sperme a réussi à suinter. On pourrait croire que cela m'aurait un peu soulagé, mais pas du tout : au contraire, cela ne fait qu'empirer les choses.

Aussi pénible qu'un coup dans l'entrejambe, cette sensation qui me noue l'estomac me force à me concentrer pour ne pas tout balancer sur la table. Courir aux toilettes est inenvisageable, car même si j'ai commencé à jouir dans mon pantalon, ce n'est pas suffisant et je bande toujours autant. Et je n'ai pas envie de montrer à tout le monde la tache humide ajoutée à cette érection plus qu'évidente. Je suis coincé.

— Shaw ? répète Abby.

— Houla, on dirait que vous en avez mis partout… chantonne Cassidy sur un ton moqueur.

Oh, elle va payer chèrement son dernier forfait.

C'est seulement à ce moment que je remarque que j'ai cogné la table et renversé la saucière, répandant le liquide blanc et crémeux sur la nappe. Bon sang, c'est à croire qu'elle avait tout prévu.

— Oui, oui, je vais bien. Excusez-moi. Je vais nettoyer.

Je m'apprête à prendre ma serviette sur mes genoux, mais je me ravise. Elle peut m'être utile si je n'ai pas d'autre choix que de battre en retraite.

— Ne vous mettez pas en peine, mon petit, dit Abby en se levant. De toute façon, c'est l'heure de débarrasser et tout nettoyer. Mes garçons sont des lève-tôt.

Elle me gratifie de nouveau de son sourire maternel et je me sens tout penaud à cause de ce qui vient de se tramer juste sous son petit nez.

Tout le monde se lève, mais je ne peux toujours pas bouger. Je vais devoir attendre que la pièce se vide, puis je vais filer à mon tour. Après quoi, je vais devoir attendre encore un peu. Patiemment.

Se coucher de bonne heure signifie qu'il y a une lumière au bout du douloureux tunnel dans lequel j'ai été emprisonné toute cette fichue journée. Cassidy se lève pour aider Abby, et se penche devant moi pour prendre mon assiette et mes couverts. Je suis sûr que c'est un simple prétexte pour me coller ses nichons sous le nez, mais j'en profite pour la prévenir que je compte bien me venger.

— À peine les lumières éteintes, vous serez à moi, chuchoté-je.

Et sur ce, je laisse mes lèvres frôler le téton qu'elle a stratégiquement présenté à leur portée.

Cassidy se raidit et sa peau se couvre de chair de poule. Le bruit des couverts qui tintent sur la porcelaine trahit le tremblement de ses mains. Oui, elle sait ce qui l'attend. Ou plutôt : qui l'attend. Et elle sait aussi qu'elle n'aura pas le droit de jouir.

7

Cassidy

Il est tard lorsque Abby et moi terminons de nettoyer après le dîner. Enfin, tard selon les habitudes de Stonington, en tout cas. Outre le fait que les journées sont plus courtes si loin dans le Nord, les pêcheurs sont toujours au lit de bonne heure pour pouvoir se lever très tôt. La plupart sont déjà debout avant même les premières lueurs de l'aube.

Thomas est rentré juste après le dîner, pendant que Casey restait pour raccompagner Abby. Maintenant que je suis là, ils n'ont aucune raison de passer la nuit sur place. Shaw et Mia se sont couchés depuis un moment déjà.

Mia. Je ne sais pas trop à quoi m'en tenir sur son compte pour l'instant, mais elle a l'air d'en savoir sacrément long sur Casey. Étrange. Il s'est toujours montré plutôt réservé sur sa vie, avec tout le monde, sauf moi, évidemment. Maintenant, voilà qu'il s'épanche auprès de cette

Mia Morgan comme si… comme si c'était moi. Cela ne me plaît pas. D'autant plus que certaines de ses confidences dévoilent aussi quelques détails de ma vie. Probablement la plupart, à vrai dire.

En éteignant la lumière, je note mentalement qu'il va falloir que je le cuisine afin qu'il me dise précisément ce qu'elle sait. La maison est plongée dans la pénombre, en dehors du pâle clair de lune qui filtre par les fenêtres. Cela n'a aucune importance. Le mobilier ayant toujours été à la même place, je pourrais me déplacer les yeux fermés si nécessaire. Je monte l'escalier, l'instinct guidant mes pas pour éviter les marches qui grincent.

En entendant le froissement de mes vêtements alors que je gagne ma chambre, je me rends brusquement compte qu'il règne un silence surnaturel. Non seulement dans la maison, mais dans tout Stonington. Pas de sirènes de bateaux, pas de voix de pêcheurs qui se hèlent, pas de cris d'oiseaux ni de bruits de vagues sur la jetée. C'est comme si Dieu lui-même avait exigé le silence par respect pour les pêcheurs. Voilà qui tombe bien pour une ville qui traite sa principale source de revenus comme une véritable religion.

Arrivée en haut, j'hésite, sentant une présence invisible. Je sais qu'on m'observe et j'en ai la chair de poule. Toutes les portes sont closes, sauf celle de ma chambre, mais elle est trop loin dans le couloir pour que le clair de lune parvienne jusqu'ici. Peut-être que mon esprit me joue des tours, mais je jurerais entendre une respiration.

Je n'ai pas besoin de me tenir à la rampe, mais je me colle contre elle, ainsi personne ne pourra me sauter dessus de ce côté. Soudain, j'entends un craquement et je laisse échapper un cri de surprise.

Une silhouette sombre surgit de l'ombre, mais avant que je puisse m'enfuir, deux robustes bras m'enserrent et m'empêchent d'identifier mon agresseur. Je me raidis instinctivement, mais le flot d'adrénaline qui se déverse en moi est provoqué par une excitation née de la peur. Une peur que j'éprouve alors que je sais qui est cet homme. Son odeur, les battements de son cœur contre mon dos, l'énergie qui se dégage de lui… tout cela est familier et bienvenu.

Les lèvres de Shaw frôlent mon oreille et son haleine me brûle le cou.

— Mmm, regardez ce que je viens de découvrir en train de rôder dans la nuit.

Je souris, bien qu'il ne puisse voir mon visage, car je sais de quoi il retourne. Je me détends et m'arc-boute pour taquiner son sexe dur collé contre mes reins.

— Que se passe-t-il, vous êtes au garde-à-vous ?

Son petit rire est menaçant, et sa voix encore plus :

— Vous allez vous faire baiser. Comme je l'entends. Tout de suite. Ce ne sera pas agréable. Je ne prendrai pas mon temps. Et vous n'en retirerez aucun plaisir. (Il me mordille le lobe de l'oreille.) Vous trouvez toujours cela drôle ?

Non, pas du tout. Je crois tout ce qu'il m'a dit. Mais il se trompe sur un point. Je vais y trouver du plaisir. Énormément.

D'un geste brusque, il me pousse en avant. Bien qu'il ne me dise pas où je dois aller, je sais où je vais l'emmener. Shaw Matthews est dans ma ville natale, chez moi, et je vais le mettre dans mon lit.

Je me dirige alors vers ma chambre. Je ne me retourne pas pour regarder par-dessus mon épaule. C'est inutile. Il va me suivre et il n'a pas besoin de lumière pour me voir. À n'en pas douter, je laisse une traînée de phéromones qu'il peut suivre comme si nous étions des animaux dans la nature au plus fort de la saison du rut.

À peine suis-je entrée dans ma chambre que je me retourne et me retrouve collée contre sa poitrine. Dans le clair de lune qui filtre par la fenêtre, je peux voir le moindre détail de son visage. Il a la mâchoire crispée et les narines dilatées, tandis qu'il bande ses muscles pour se préparer à l'attaque. Le moindre tressaillement le fera bondir. Un sourire espiègle se dessine au coin de mes lèvres. Mon Dieu, que j'ai envie de le voir s'élancer. Du coup, j'entrouvre les lèvres et je laisse échapper un soupir.

Shaw bondit, ses lèvres s'écrasent sur les miennes et ses mains puissantes agrippent mes hanches et me serrent contre lui. Fébrilement, il entreprend de m'aider à me déshabiller.

J'empoigne mon pull à deux mains et le fais passer par-dessus ma tête. Shaw, qui m'a déjà baissé mon legging jusqu'aux chevilles, attend impatiemment que je défasse mes chaussures d'un coup de pied afin de terminer sa tâche. Je m'exécute et je sens l'air frais sur mes fesses nues. Sans doute que la culotte a été emportée avec le legging. Avant que je puisse m'occuper de mon soutien-gorge, Shaw l'a déjà enlevé, m'a allongée sur le lit et s'est glissé entre mes cuisses.

Ses lèvres sont partout sur moi et m'embrassent furieusement la bouche, le cou et les épaules, tandis qu'il défait sa ceinture. J'essaie de l'aider à ôter sa chemise, mais il est tellement focalisé sur son pantalon qu'il l'a apparemment oubliée.

Aux abois. Ses gestes sont désespérés et pressés, et je sais précisément pourquoi. J'ai un peu de peine pour lui. Il n'a pas eu sa part de plaisir, alors qu'il a été plus que généreux pour moi. Ce n'est pas juste. Donc, je m'abandonne et je m'offre à lui comme l'agneau sacrificiel pour qu'il fasse de moi ce que bon lui semble.

Et il ne s'en prive pas.

Sans un mot, sans même s'être assuré d'une caresse que je suis prête, Shaw me pénètre. Je me cambre devant cette présence soudaine. Bien que ce ne soit pas la première fois qu'il me prend, étant donné qu'il est particulièrement gâté par la nature, le manque de préliminaires me distend douloureusement.

Shaw gémit et ce cri de plaisir et de soulagement me gonfle de fierté, car j'en suis la cause. Il ne s'arrête pas, il n'attend pas que je m'habitue à lui, ne s'assure pas que tout va bien de mon côté. Le visage enfoui dans le creux de mon cou, il m'empoigne les cuisses et les écarte largement. Clouée sur le lit par son poids, je ne peux que subir ses sauvages coups de reins. Profonds, violents et agréables, uniquement pour lui.

Normalement, Shaw n'est pas un amant égoïste. Il s'est toujours assuré de mon plaisir, mais il est évident que, en l'occurrence, il fait passer le sien avant. Il y a quelque chose de totalement érotique à savoir que l'on est l'instrument du plaisir d'un autre. Mais l'orgasme que cela me promet ne viendra pas.

Rien de plus que trois grognements de fauve et il se retire rapidement. Il empoigne son sexe et l'astique si sauvagement que je ne parviens pas à imaginer quel plaisir cela peut lui procurer, mais son sperme brûlant vient se répandre en plusieurs giclées sur mon ventre. Je me caresse en le regardant faire, car je trouve le spectacle sexy et je sens l'orgasme monter en moi.

Shaw me saisit la main et la cloue au matelas.

— Pas question, gronde-t-il. Vous m'avez laissé deux fois insatisfait. Et vous avez décidé de jouer avec moi durant le dîner, avec du monde autour de nous, car vous saviez que je ne pourrais rien faire.

Sa main libre se pose sur ma chatte et ses doigts me massent le clitoris juste assez pour me forcer à me tortiller. Encore. J'ai besoin qu'il me caresse avec plus d'insistance, plus de force, plus de… Il reprend de plus belle :

— Vous m'avez infligé une grande frustration et vous m'avez mis dans une situation gênante. (Il regarde ses doigts, apparemment fasciné par ma réaction à ses caresses. Et pour réagir, je réagis, encore que cela ne serve pas à grand-chose. Je me cambre et ondule des hanches pour me frotter à lui, mais il se dérobe.) Vous pensiez que je ne me vengerais pas ? demande-t-il d'un ton menaçant. Je pourrais, vous savez, je pourrais vous laisser en plan. Je devrais le faire.

Je ferme les yeux, consciente qu'il pourrait bien le faire mais priant pour qu'il reste. Après tout, ce serait mérité.

— Mais contrairement à certains, jamais je ne serais aussi cruel.

Il enfonce profondément un doigt en moi. Je serre les poings et ravale le gémissement qui monte dans ma gorge, incapable de réagir autrement. Puis il commence à bouger le doigt et titiller mon point G. Mon Dieu, cet homme aurait dû être pianiste.

Je me rends compte que c'est peut-être un piège, une forme de supplice comme la fois où il m'a fait frôler le plaisir à maintes reprises sur mon balcon avant de me laisser enfin jouir. Peut-être qu'il va recommencer. Dans un cas comme dans l'autre, je ne peux ignorer ce qu'il est en train de me faire. Je me délecte de chaque infime caresse et me laisse conduire au bord du précipice.

— Pas encore, chuchote-t-il.

Avant que j'aie pu me rendre compte, Shaw cesse son manège. Il m'empoigne et me tire jusqu'au bord du lit, me retourne et me force à me pencher en avant, la joue contre le matelas. Il me tient par la nuque pendant que ses doigts caressent les lèvres de ma chatte dans d'incessants va-et-vient.

— Que c'est beau, dit-il.

Je le vois encore de biais, mais il ne me regarde pas. Du moins pas le visage. Son attention est dirigée plus bas. Je mouille de plus belle en voyant sa fascination, comme si mon entrejambe se préparait à se donner en spectacle pour lui.

Il plonge le doigt dans mes chairs et le ressort trempé pour caresser mon anus. J'ai envie de le recevoir en moi, même si je sais que cela va me faire un mal de chien. Mais ce n'est pas son intention. Une fois de plus, son doigt me pénètre et reprend ses caresses comme s'il appelait mon orgasme. Cela ne va pas tarder. Surtout s'il continue de presser son pouce contre mon anus.

Apparemment insatisfait par cette position, Shaw se met à genoux derrière moi et m'introduit un deuxième doigt pour se lancer dans des va-et-vient à la même cadence que sa bite quelques instants plus tôt. Je me cramponne à la couette et me mords la lèvre en regrettant de ne pas pouvoir le mordre lorsque le dos de sa main claque mon clitoris à chaque mouvement. Il s'enfonce si profondément qu'il touche ce point particulier en moi et que je ne peux rien faire d'autre que me crisper en attendant que l'orgasme se déchaîne. Il me branle de plus en plus vite et violemment avec ses doigts tandis que ses lèvres embrassent mes fesses qu'il écarte de son autre main. Mon anus qui se distend m'offre une délicieuse sensation qui ne fait qu'amplifier les autres merveilles qui me font tourner les sens. Puis c'est la sensation brûlante et humide de sa bouche sur cet orifice interdit qui me fait basculer.

La digue cède et la puissance de mon orgasme jaillit, libérée. Sa chaleur ruisselle le long de ma cuisse tandis que mon corps se raidit, que je serre les dents et que mon ventre se contracte pour le laisser s'échapper. Jamais je n'ai joui avec une telle intensité, une telle férocité.

— Putain. C'est comme ça que je l'aime, gronde Shaw avant de me mordiller le cul.

Il enlève ses doigts, mais continue de caresser délicatement ma chair à vif comme s'il calmait un animal sauvage en colère. Mon corps ne peut en supporter davantage et je finis par m'effondrer. Je suis incapable de bouger ou de parler, et à peine de respirer. Mes paupières sont lourdes et mon esprit s'engourdit dans un coma orgasmique qui paralyse tout mon corps. Cela va être le trou noir d'un instant à l'autre, et j'ai tout juste le temps de voir Shaw qui remonte sur mon corps nu la couverture restée au pied du lit.

— Je vous en prie. Dormez bien, chuchote-t-il avant que je sente ses lèvres frôler ma joue et que je sombre dans le sommeil.

Le lendemain matin, je roule sur le côté, m'étire délicieusement avant de me pelotonner de nouveau contre l'oreiller avec lequel je me suis endormie. J'ouvre les yeux avec un grand soupir d'aise en voyant une aube éblouissante qui teinte l'horizon d'un mélange d'orange, de rose et de bleus éclatants.

Je me rappelle ce lever de soleil. Je l'ai vu en me réveillant chaque matin pendant des années, depuis ma petite enfance jusqu'au jour où j'ai quitté Stonington pour aller à l'université. Mais cette aube me paraît différente, je ne sais pas pourquoi. Pour la première fois depuis très, très longtemps, je me sens… rafraîchie, peut-être même un peu rajeunie.

En repoussant les couvertures d'un coup de pied pour bien commencer la journée, je me rends brusquement compte que la pièce est glacée et que je suis nue. Tous mes habits sont éparpillés sur le plancher. Un sourire éclaire mon visage quand les souvenirs de la nuit précédente me reviennent un à un.

Shaw m'a offert un sacré orgasme. Le meilleur que j'aie jamais eu de toute ma vie. Je me rends compte aussi que Shaw a souillé la couette. Cela devrait me dégoûter, mais ce qui me soucie le plus, c'est de trouver le moyen de la descendre à la buanderie avant qu'Abby la découvre.

Sans compter qu'il faut aussi que je prenne une douche.

Quelques minutes plus tard, Abby passe la tête dans la buanderie alors même que je viens de lancer la machine.

— Ah, te voilà. Allez, nous devons préparer le petit déjeuner. Qu'est-ce que tu laves ? demande-t-elle en s'approchant pour voir.

— C'est juste ma couette, dis-je. Elle sentait un peu le renfermé, alors je me suis dit qu'elle n'avait pas été lavée depuis un moment.

Les demi-vérités sont préférables aux mensonges éhontés.

— Ah, fait-elle. (Puis elle me regarde et secoue la tête.) Seigneur, ma petite, mais tu n'es pas encore habillée ? (Je baisse les yeux pour m'assurer que je suis tout de même habillée, – j'ai trouvé un short au fond d'un tiroir que je portais pour dormir à l'époque du lycée –, mais pas habillée pour la journée.) Tu es partie de Stonington depuis trop longtemps. Tu as des horaires d'actrice. (Elle éclate de rire et s'en va avec un geste.) Allez, je vais m'occuper du petit déjeuner, Miss Hollywood.

J'adore Abby. Tout le monde l'adore.

Me doucher et m'habiller ne me prend pas longtemps. Les femmes de Stonington sont simples et sans chichis. Bien que la plupart ne se maquillent pas du tout – et c'est ainsi que les hommes les préfèrent ici –, je ne suis pas de celles-là, mais je me borne à mettre seulement un peu de mascara. Je ne m'attache pas les cheveux et j'enfile un débardeur et une vieille chemise à carreaux avec un jean et des bottes que je n'ai pas mises depuis la dernière fois que je suis venue. Après quoi, je descends pour le petit déjeuner, car il ne faut surtout pas qu'Abby décide de monter me chercher et me ramène en me tirant par l'oreille.

Mais je n'ai pas besoin de m'inquiéter pour cela. Abby est très occupée avec Shaw, à qui elle sert une portion de pancakes et de saucisses qui rassasierait un bûcheron et qu'il enfourne goulûment. Je n'ai jamais vu Shaw aussi… gamin. C'est mignon, mais un peu troublant.

— Qu'est-ce qui te met de si bonne humeur ? demande Abby en me voyant sur le seuil.

Je sens mes joues qui retombent : je devais sourire sans m'en rendre compte. Mais pourquoi pas ? C'est une journée magnifique et je me sens en pleine forme.

— Oui, dites-nous pourquoi vous êtes aussi resplendissante, ce matin, me lance Shaw avec défi.

Je me dirige vers la cafetière d'un pas désinvolte.

— Je n'en ai pas la moindre idée, figurez-vous. Je crois que j'ai eu quelque chose dont j'avais énormément besoin hier soir, dis-je en me servant et en lui faisant un sourire narquois.

Il me répond par un clin d'œil en mastiquant avec une mimique un peu trop sexy. C'est la première fois que je vois quelqu'un qui réussit à mâcher d'une façon quasi porno. Je jette même un regard à Abby pour vérifier qu'elle n'a rien vu.

— Eh bien, une bonne nuit de sommeil fait toujours du bien, dit-elle sans avoir rien remarqué.

Du bruit à la porte nous fait tous tourner la tête. Je vais voir ce qui se passe et mon sourire s'agrandit.

— Maman ! Dieu merci tu es rentrée ! dis-je en posant ma tasse pour aider mon père.

Maman est dans un fauteuil roulant, sa jambe surélevée dans un plâtre. Tous les deux se bagarrent avec la porte.

— Pourquoi tu n'es pas passé par la cuisine ? demandé-je.

— J'ai pensé que ce serait plus difficile de la pousser avec le gravier, grommelle mon père. Et puis nous avons fait installer un plan incliné devant. Autant qu'il serve à quelque chose.

— C'est une vieille tête de mule, dit maman en tendant les bras pour m'étreindre.

— Attendez, laissez-moi vous aider.

Devançant Abby, Shaw s'empresse de prendre le sac des mains de mon père.

— Qui êtes-vous ? demande celui-ci.

— Un pensionnaire, alors sois aimable, réponds-je.

— Pensionnaire ou pas, je crois que je suis capable de porter les petites culottes de mon épouse, renchérit-il en désignant le sac.

Shaw le lui rend, surpris.

— Oh, excusez-moi. Je voulais seulement vous aider, monsieur. Shaw Matthews, ajoute-t-il en lui tendant la main. Ravi de faire votre connaissance.

— Duff Whalen, dit mon père en lui serrant la main. Et cette charmante casse-cou est ma femme, Anna. Nous sommes les propriétaires.

— J'espère que vous avez passé un agréable séjour jusqu'ici, dit ma mère en lui souriant. Abby est aux petits soins pour les clients.

— C'est tout à fait cela, répond Shaw.

— Eh bien, maman, dis-je en soupirant. C'est une bonne chose que ta chambre soit en bas. Sinon, je ne sais pas comment nous t'aurions mise au lit.

— Je l'aurais portée, plastronne mon père en gonflant la poitrine et en rentrant le ventre, refusant qu'on puisse l'imaginer incapable de le faire.

— Heureusement pour ton dos, tu n'y seras pas obligé, répliqué-je en l'embrassant pour le récompenser de vouloir se comporter en héros pour ma mère. Allez, on y va !

Alors que je m'apprête à débloquer les roues du fauteuil pour la pousser vers le fond de la maison, ma mère m'arrête d'un geste.

— Je n'ai rien fait d'autre que de rester allongée depuis des jours. Si tu crois que tu vas me remettre dans un lit, tu te trompes. Et puis ce n'est pas le moment de se reposer. Il faut être prêt pour demain.

Mon Dieu, qu'est-ce qu'elle est encore allée inventer ?

— Qu'est-ce qu'il y a demain ? questionné-je, redoutant la réponse.

— Toute la ville a organisé une fête pour ton retour, avec un pique-nique en ton honneur.

J'en étais sûre, songé-je, accablée.

— Maman, enfin. Tu n'y penses pas ! Tu rentres à peine de l'hôpital.

— Et je vais très bien.

— Tu as conscience que rien ne pourra la faire changer d'avis, n'est-ce pas ? me précise mon père.

— Oh, ne t'inquiète pas, Cassidy, intervient Abby. C'est mon Anna qui va donner les ordres, pendant que je ferai tout le boulot.

Elle me gratifie d'un clin d'œil, comme si cela pouvait me réconforter. Peut-être un peu, mais à peine.

Même si je me fais du souci pour maman, je sais qu'elle va bien et qu'Abby et mon père ne la laisseront jamais se fatiguer. Je crois que c'est surtout cette fête pour m'accueillir qui m'inquiète. Je ne suis là que pour quelques jours. Mais comme je l'ai déjà dit, Stonington déteste perdre l'un des siens. Ce n'est donc rien de plus qu'une tentative de me convaincre de rester, cette fête qui mobilise tout le monde. Enfin, les femmes. Car pour les hommes, ce n'est qu'une simple excuse pour manger, boire et montrer leurs bateaux.

— C'est une dure à cuire, dit papa.

— Et à propos de cuisson, dit Abby en se tournant vers Shaw, j'ai une fournée de cookies qui vous attend à la cuisine. Allez vous en chercher quelques-uns.

— Oh, que vous êtes gentille, Abby, fait Shaw avec un sourire d'enfant gâté avant de lui donner un baiser sur la joue et de foncer à la cuisine.

Je suis étonnée. Cela fait deux jours que Shaw est là et ces deux-là s'entendent comme jamais. Peut-être pas comme un vieux couple, mais en tout cas, leur relation dépasse celle qui se tisse entre une maîtresse de maison et son invité pour frôler les liens mère-fils. Si Casey avait vu cet échange et savait qu'Abby donne ses cookies… Je frémis rien que d'y penser.

Abby se tourne vers moi au même moment.

— Je vais m'occuper de tout pendant que vous sortez, tous les deux. Assure-toi de l'emmener à la carrière. Il a eu l'air intéressé quand je lui en ai parlé.

Elle prend le fauteuil de maman et le pousse. À n'en pas douter, le salon va devenir le quartier général de l'opération « Retenir Cassidy ».

— Et il n'en resta plus que deux, dis-je en gloussant à mon père.

Mon père me dévisage avec un drôle d'air.

— Vas-y, je t'écoute, papa.

— Rien, dit-il en secouant la tête. Va t'amuser, mais nous en reparlerons plus tard.

— De quoi ?

— Toi et ton nouveau petit copain sous le même toit. Mon toit, dit-il en désignant la cuisine. Vous avez intérêt à dormir chacun dans votre chambre.

— Ce n'est pas mon petit copain, papa, dis-je en levant les yeux au ciel.

— Quand tu étais plus jeune et que tu avais des ennuis à cause de tes bêtises, tu t'imaginais toujours que quelqu'un t'avait dénoncée. (*Parce que c'était le cas*, songé-je.) Personne ne te dénonçait, continue-t-il en pointant l'index sur moi. C'est toi qui te dénonçais toute seule. J'ai toujours su que tu faisais une bêtise parce que tu fais une grimace quand tu mens. Et tu viens de la faire quand tu m'as dit que ce type n'est pas ton petit ami.

Je ne sais pas quoi lui répondre. Pour commencer, j'ai apparemment un tic dont je n'ai pas conscience. Et deuxièmement, Shaw, mon petit copain ? Je lève mentalement les yeux au ciel.

— Le tout est de savoir à qui tu mens. À moi ou à toi-même ?

Et sur ces mots, papa me plante là. Je n'ai guère le temps de réfléchir à la question, car Shaw arrive d'un pas guilleret de la cuisine avec un cookie entre les lèvres et un sac rempli à la main.

— Tout est prêt, sourit-il.

Je secoue la tête en riant, tellement il est adorable. Les cookies d'Abby ont fait une nouvelle victime.

8

Shaw

La visite de la ville est… brève. Deer Isle n'est qu'un point sur la carte et Stonington n'en occupe qu'une centaine de kilomètres carrés à l'extrémité, dont seulement un quart de terres, le reste étant constitué d'eau. Je me fais beaucoup dévisager par les gens du cru, surtout les pêcheurs qui reviennent de leur sortie en mer pour se remplir la panse de pizzas – sorties du four de l'unique épicerie locale – et d'alcool.

Bien que la plupart soient aussi jeunes que moi, sinon davantage, ils paraissent dix ans de plus, avec leurs trognes mal rasées et leur peau tannée par le soleil. Ils sont tous sans exception tellement en forme que j'éprouve le besoin de rentrer le ventre et bomber un peu le torse, et aucun d'eux ne manque l'occasion de me toiser. Sans doute que mes vêtements bien repassés se voient dans cet océan de chemises à carreaux et de jeans criblés de trous. Au moins, ma coiffure a l'air conforme à la mode locale, mais je pense qu'eux se lèvent comme ça, alors que moi je passe un temps fou devant le miroir.

Tous connaissent Cassidy. Presque tous ceux que nous croisons s'arrêtent pour demander si elle est de retour – alors qu'elle est là sous votre nez, bandes d'andouilles. Cassidy répond à chaque fois en souriant qu'elle les verra au pique-nique du lendemain avant de râler dès qu'ils ont le dos tourné. Je ne comprends pas. La satanée ville natale de cette fille organise une fête pour son retour et tout le monde a l'air ravi de la voir, mais elle, elle ronchonne ! Bon Dieu, qu'est-ce que je ne donnerais pas pour échanger nos vies juste une journée, le temps qu'elle voie quelle chance elle a.

Alors que nous descendons Main Street pour rentrer à Whalen House, une dizaine de camionnettes nous croisent et klaxonnent pour la saluer. C'est là que je commence à faire attention et regarde tous les véhicules garés sur le côté de la rue, mais surtout sur le quai. À part une poignée, ce sont tous les mêmes.

— Tout le monde conduit une camionnette, par ici ? demandé-je.

La brise venue de la baie souffle les cheveux roux de Cassidy sur son visage.

— Nan, répond-elle d'un ton sarcastique en les écartant. Juste les vrais hommes.

Comme c'est spirituel, songé-je en voyant ma petite voiture de location devant la maison.

— J'ai entendu dire que plus le véhicule est gros, plus l'engin est petit, contré-je.

— Eh bien, on peut appeler un des gars pour vérifier.

— Mais oui. Ça ne serait pas gênant du tout. « Excusez-moi, dis-je, imitant un pauvre scientifique tout timide, mais nous menons une étude pour savoir si les hommes qui conduisent de grosses camionnettes ont un petit pénis. Pouvons-nous voir le vôtre ? »

— Vous ne connaissez pas les gars d'ici, répond Cassidy en riant. Ils vous la sortiraient sans qu'on ait besoin de demander. Faites-moi confiance, ils ne s'embarrassent pas de faux-semblants.

— Vous dites cela comme si ça arrivait régulièrement.

— Il faut que vous compreniez où vous êtes. Nous n'avons pas de centres commerciaux ni de boîtes de nuit. Il n'y a rien à faire par ici à part traîner à l'épicerie ou rouler au hasard en buvant de la bière. L'ennui vous conduit à faire toutes les bêtises possibles. (Elle me prend la main et traverse la rue.) Bien sûr, il y a une seule chose qui peut faire passer le temps et soulager l'instinct destructeur d'un type qui s'ennuie.

Je la force à s'arrêter en la tirant brusquement vers moi et je hausse un sourcil.

— Si j'apprends que vous avez joué le rôle de chef des distractions de Stonington, vous allez prendre cher. Très cher.

L'idée de Cassidy distrayant des bonshommes me donne envie de tous les décapiter et démembrer dans un rayon de mille bornes autour de la ville.

Elle éclate de rire en renversant la tête en arrière, si gracieusement que je me radoucis.

— Pour commencer, nous n'avons pas de prison. La police locale se borne à un seul homme, et c'est plus un temps partiel. On le garde seulement pour qu'il gronde les dames mal garées. Nous faisons la police nous-mêmes. C'est plus efficace comme ça. Et ensuite…

L'attention de Cassidy est brusquement attirée par un piaillement de gamine sur la jetée. On dirait que Casey et Mia sont rentrés de leur équipée en mer et qu'elle a du mal à garder son équilibre en retrouvant la terre ferme après le roulis du bateau. Comme de bien entendu, Casey la rattrape, mais si maladroitement qu'elle lui tombe dans les bras. Cassidy ne peut détourner le regard et moi… je ne peux m'empêcher de l'observer.

— Et ensuite… reprend-elle sans détourner son attention, avant vous, je ne suis allée qu'avec un seul homme. Mais c'était il y a très longtemps. (Elle se retourne vers moi avec un sourire gêné qui ne la rend pas moins belle.) Nous ferions mieux de rentrer pour que je puisse aider à préparer le dîner, avant que maman ne vienne en clopinant me houspiller. Et n'imaginez pas une seconde qu'elle n'en serait pas capable.

Cassidy remonte l'allée et se retourne une dernière fois pour jeter un coup d'œil à la jetée. Bon sang, c'est seulement à cet instant que je prends conscience de tout ce que nous avons en commun. Peut-être que ni elle ni moi ne sommes capables de surmonter notre passé, même en nous enfuyant très loin.

C'est un pudding aux myrtilles qui compose le dessert. Je complimente abondamment Abby, qui me répond que le mérite ne lui revient pas cette fois, car elle ne l'a pas préparé. D'accord, Mrs. Whalen peut elle aussi s'occuper de la cuisine, mais elle répond que ce n'est pas elle non plus. Imaginez ma surprise quand je me tourne vers la seule autre possibilité qui reste et que je trouve Cassidy rayonnante de fierté.

Bon sang, ce que j'ai envie d'elle. Ce qui n'échappe pas à son père. À vrai dire, je crois que rien ne lui échappe. Il ne parle guère, mais je sens le poids de son regard sur moi alors qu'il observe chacun de mes mouvements et pèse chacune de mes paroles. Exactement comme Cassidy a toujours fait, finalement. Sans doute que c'est de lui qu'elle a pris cela. Je suis forcé de me demander ce qu'elle a pu lui raconter sur mon compte, car j'ai l'impression qu'il est convaincu que je saute sa fille régulièrement et qu'il a l'intention de m'égorger dans mon sommeil. Nul doute qu'un bonhomme comme Duff Whalen saurait où dissimuler un cadavre. Et dans le cas contraire, je suis sûr que la ville tout entière se liguerait pour couvrir le meurtre. Casey, l'empêcheur de baiser en rond, le premier.

Craignant un peu pour ma vie, je préfère éviter de me faufiler dans la chambre de la fille préférée de Stonington deux nuits de suite. Je me dis qu'un petit peu d'air marin me fera du bien et je sors sur la véranda me détendre sur la balancelle. De nouveau, Stonington est plongé dans la nuit, assoupi et silencieux. Je me rends compte que c'est probablement comme cela jour après jour : se réveiller avant l'aube, manger, pêcher, manger, se coucher. Et recommencer. Quel ennui. Pas étonnant que Cassidy ait fichu le camp d'ici.

Et justement, la voici qui sort me rejoindre, un plaid sur les épaules.

— Vous n'avez pas froid ? demande-t-elle.

Bien que ce soit le printemps, l'air est encore frisquet à la tombée de la nuit. Étant né et ayant vécu à Detroit, j'ai l'habitude, mais cela ne veut pas dire que je vais manquer l'occasion qui s'offre à moi.

— Un petit peu. Pourquoi ne venez-vous pas près de moi comme toute bonne hôtesse ?

Elle me jette un regard soupçonneux, mais elle vient tout de même s'asseoir à côté de moi sur la balancelle. Comme je ne peux me contenter de partager un plaid, je la prends par l'épaule et l'attire contre moi.

— Voilà, c'est mieux, lui dis-je.

Je ne comprends pas pourquoi elle me regarde comme si j'étais tombé sur la tête. Il fait froid : la chaleur corporelle est une solution logique. Rentrer dans une maison chauffée aussi, mais ce n'est pas la question. Je ne sais pas très bien quelle est la question, à vrai dire. Je sais seulement que j'ai envie qu'elle soit tout près de moi et je suis heureux qu'elle se laisse faire.

— Alors, soupiré-je. Gros pique-nique, demain, hein ?

Je la sens lever les yeux au ciel tandis qu'elle laisse tomber sa tête sur mon épaule en gémissant.

— Ne m'en parlez pas.

— Dites donc, vous êtes une vraie célébrité, par ici, continué-je en la serrant contre moi. Vous devriez être contente. Un pique-nique en votre honneur ?

— Ce n'est pas aussi extraordinaire que vous l'imaginez. C'est juste leur manière à eux de me culpabiliser.

— Personne n'a jamais organisé de pique-nique en mon honneur. Et si c'était arrivé, je ne vois pas du tout pourquoi cela m'aurait culpabilisé.

— Il faut que vous compreniez que ce n'est rien d'autre qu'un traquenard. On vous attire avec la promesse de bien manger et de vous amuser, et bim ! Tous ceux que vous connaissez se pointent pour vous souhaiter la bienvenue à la maison, « là où est votre place », ajoute-t-elle en mimant des guillemets, et on vous culpabilise d'être partie, en vous disant combien on a souffert de votre absence. Vous avez de la chance de n'avoir jamais dû subir ce genre de torture.

— De la chance ? Cassidy, mes parents ne savent même pas où je suis en ce moment. Et ils s'en contrefichent. Vous croyez que je les ai abandonnés. Pas du tout. C'est eux qui m'ont abandonné.

— Mon Dieu. Je suis vraiment désolée, Shaw.

— Ne le soyez pas. Cela m'a aguerri. Mais mon séjour ici me fait comprendre ce qui a manqué dans ma vie.

— C'est-à-dire ?

— Je n'ai jamais eu un vrai repas. (La voyant hausser les sourcils, j'explique :) Je ne me rappelle pas avoir été à table avec mes parents. À vrai dire, ils ne m'ont jamais préparé un seul repas chaud. Je me nourrissais de céréales, et la plupart du temps, je croisais les doigts pour que le lait ne soit pas tourné.

Je ne sais absolument pas pourquoi je lui confie tout cela. Je n'ai jamais rien dit à personne de ma vie privée. Cassidy en sait plus que quiconque uniquement parce qu'elle n'a cessé de fouiner jusqu'à ce qu'elle découvre des trucs. Mais pas cette fois. Cette fois, je veux qu'elle sache que je ne suis pas un salaud égoïste. Cette fois, je veux qu'elle sache quelle chance elle a que des gens tiennent à elle. Même si c'est la population entière de sa ville natale. Au moins, elle a un foyer. Au moins, elle a une mère.

— Abby a été plus une mère pour moi en deux jours que la femme qui m'a donné naissance durant toute ma vie, avoué-je.

Cassidy se tourne vers moi avec un regard compatissant que je ne connais que trop bien. Et cela ne m'irrite pas, contrairement à ce que j'aurais imaginé.

— Je suis désolée, murmure-t-elle.

Merde. Finalement, si, ça m'irrite un petit peu.

— Ne le soyez pas. Ce n'est pas votre faute.

— Non, je suis désolée de m'être méprise sur votre compte, avoue-t-elle. À Detroit. Et à San Diego aussi, pour le coup. Mon Dieu, j'ai été une vraie garce.

C'est vrai. Elle m'a fait tout un sermon parce qu'elle pensait que je vivais dans le luxe pendant que mes parents habitaient un taudis au cœur d'une ville bien connue pour sa criminalité et son délabrement. Si elle a cru cela, c'était ma faute, en fait, mais je vais bien me garder de le lui dire.

— Ce n'est rien, dis-je en la serrant contre moi pour qu'elle pose la tête sur mon épaule. (Je suis surpris d'avoir joué la comédie aussi longtemps. Ce n'est plus la peine, maintenant.) C'est peut-être agaçant, mais ne vous plaignez jamais qu'on ait trop d'affection pour vous. Parce que je vous assure que la vie peut être franchement bien pire.

Un long silence s'installe. Quelque chose a changé, et je ne sais pas très bien quoi. Depuis quand je parle de mes émotions, moi ?

Cassidy doit penser comme moi, car elle reprend avec un petit rire :

— Vous vous ramollissez, Matthews. Vous êtes censé me détester, ne l'oubliez pas.

Je sais précisément quoi lui répondre :

— Je ne suis plus obligé. Je suis votre patron, maintenant, ne l'oubliez pas.

Cassidy me décoche un douloureux coup de coude dans les côtes. C'est par plaisanterie, évidemment, et j'éclate de rire, car je l'ai probablement bien mérité. Et le bleu que je vais avoir demain matin n'est pas cher payé.

Chaque habitant de Stonington, les jeunes comme les vieux, vient au pique-nique du lendemain. Je trouve cela incroyable que toute une communauté se réunisse pour témoigner son soutien à l'une des leurs. Peut-être que le mot « communauté » n'est pas le mieux choisi. Même quelqu'un comme moi, qui n'a jamais su ce que c'était que faire partie d'une famille, comprend que c'est exactement de cela qu'il s'agit.

Duff s'occupe de frire et griller le poisson avec Thomas et deux autres costauds. Abby court dans tous les sens comme un poulet décapité, mais elle trouve quand même le temps de passer m'ébouriffer les cheveux et me faire un rapide baiser sur la joue. Je jurerais entendre Casey gronder une mise en garde, ce qui me ferait plutôt plaisir. Cela doit être déplaisant pour lui de savoir que je lui ai piqué sa nana et que je suis sur le point de devenir le chouchou de sa mère.

Mais Anna ? Elle est partout. Malgré son handicap temporaire, elle donne des ordres, accueille les invités et papillonne en passant de l'un à l'autre. À part ses cheveux roux, Cassidy est le portrait craché de sa mère, ce qui devrait la transporter d'aise, car Anna est l'exemple même de la femme d'âge mûr encore très baisable. En revanche, Cassidy n'a pas hérité de sa sociabilité. Même si elle a l'air aimable avec tous les gens qui l'approchent – et croyez-moi, ils sont nombreux –, je vois bien ce qu'il en est vraiment : elle n'apprécie pas toute cette attention.

La voyant mal à l'aise, je ne peux m'empêcher de me rappeler les innombrables fois où je l'ai vue en action dans les réunions ou pour séduire un client. Dans ces situations, elle est en tout point aussi féroce que sa mère en ce moment et cela n'a pas l'air de trop la gêner d'être sous le feu des projecteurs. Peut-être parce que la lumière est moins violente quand on est dans l'ombre d'un sportif superstar. Si elle considérait la situation présente de la même façon, peut-être qu'elle ne la trouverait pas aussi pénible.

Je m'apprête à traverser le jardin pour le lui dire quand une beauté aux cheveux noir corbeau se dirige droit sur moi. Elle est menue, mais toute en courbes. Ce qui serait déjà assez visible sans qu'elle ait besoin de porter un minishort aussi provocant. Pour commencer, il ne fait même pas assez chaud pour cela. Mais ce qui saute surtout aux yeux, c'est sa poitrine. Elle se cambre exagérément pour mettre la marchandise en avant, ce qui n'est pas nécessaire, avec le chemisier qu'elle porte. Il suffirait d'un faux mouvement pour que ses nichons en jaillissent. Mais à mon avis, cela ne la gênerait pas.

— Eh bien, eh bien, eh bien… qu'est-ce que nous avons là ? demande-t-elle en me détaillant sans vergogne de haut en bas. (Elle penche la tête de côté, puis elle me sourit.) Je suis Brittnie, et elle, c'est Whittney, dit-elle en désignant du pouce son acolyte.

Laquelle se cambre aussi, mais pour mettre en valeur son cul plutôt que sa poitrine. Un beau cul, je le lui accorde. Mais pas autant que celui d'une rousse de ma connaissance.

Je me présente à mon tour, en inclinant la tête.

— Et moi, Shaw. Ravi de vous connaître.

Et avant que j'aie le temps de dire ouf, me voilà encadré par Brittnie et Whittney, qui me prennent chacune le bras et m'emmènent vers une table libre. Elles n'arrêtent pas de babiller et apparemment, cela ne les gêne pas que je ne dise pas un mot.

— Oooh, vous êtes costaud, fait Whittney en me malaxant le biceps.

— Il faut que quelqu'un aille vous chercher à manger pour que vous le restiez, renchérit Brittnie. Whitt, va lui chercher une assiette.

— Vas-y, toi, rétorque l'autre.

— Pour te laisser toute seule avec lui ? Pas question.

Je les laisse se débrouiller, ne voulant de toute façon pas d'assiette ni de l'une ni de l'autre, à vrai dire. Mais je ne veux pas être désagréable. J'étouffe un peu sous toutes ces attentions, mais elles ne me dérangent pas trop. Elles sont toutes les deux jolies, dans le genre naturel. Comme Cassidy. Peut-être que c'est le genre de femmes que produit Stonington. Mais contrairement à Cassidy, elles sont un peu trop avides à mon goût.

Au même instant, une copieuse assiette est posée devant moi. Je lève les yeux et trouve Abby qui me sourit.

— Et voilà, mon petit. Mangez. (Elle se tourne vers les deux filles et son sourire disparaît tandis qu'elle les fusille du regard.) Ne rêvez pas, vous deux. C'est l'invité de Cassidy.

— Qu'est-ce que vous voulez dire ? répond innocemment Whittney en faisant mine de ne pas comprendre. Il était tout seul, alors on a voulu être gentilles et le mettre à l'aise.

— Mais oui. Je sais à quoi rime votre gentillesse, rétorque Abby. Et je sais aussi comment vous mettez les hommes à l'aise. Vous m'avez très bien entendue. Et si je dois me répéter, j'en profiterai pour dire à vos pères à quel point vous êtes gentilles avec toute la ville. Je suis sûre qu'ils seront fiers de vous.

J'adore Abby quand elle joue les mères fouettardes. Si je pouvais, je la ramènerais dans mes bagages.

Abby retourne à ses occupations après m'avoir fait un clin d'œil complice. À peine est-elle partie que Brittnie et Whittney s'installent à califourchon sur le banc en attendant que je prenne place entre elles. Au lieu de quoi, je prends l'assiette qu'a apportée Abby et je commence à picorer dedans en restant debout. Ce qui n'a pas l'air de décourager ces demoiselles. Et à en juger par la manière dont elles regardent le reste des invités, elles vont se mettre à jouer les commères. Et peut-être que ce que je vais apprendre me sera utile.

Je ne suis pas déçu.

Whittney croise les jambes et s'agite nerveusement.

— Alors, comme ça, vous êtes l'invité de Cassidy ?

J'opine, même si ce n'est pas réellement le cas. Je n'ai pas été invité, et sûrement pas par Cassidy. Peut-être qu'Abby aurait dû préciser que je suis le type qui traque Cassidy. Mais quelque chose me dit que cela ne découragerait pas non plus ces deux-là.

— De Californie ? demande Brittnie, pleine d'espoir. (Je hoche la tête à nouveau. Elle ajuste son top… pour m'en donner un peu plus à voir.) Oh, j'adorerais aller là-bas. J'adorerais aller n'importe où, du moment que je ne reste pas à Stonington.

— Pourquoi ? réplique Whittney en levant les yeux au ciel. Tu reviendrais. Tout le monde finit par revenir.

Après avoir avalé ma bouchée de salade, je demande finalement :

— Ah bon ? Comment ça ?

— Vous n'êtes pas d'ici, vous ne pouvez pas comprendre, répond une voix bourrue derrière moi. (Je me retourne et je me retrouve nez à nez avec Duff Whalen.) Filez, vous deux. On a à parler.

Bien que cela semble leur déplaire, Brittnie et Whittney obéissent. Un bref instant, je songe à les supplier de ne pas me laisser tout seul avec Duff. À vrai dire, il me fait un peu peur. Encore une fois, je ne sais pas trop ce que Cassidy lui a dit sur mon compte, mais je ne suis pas à l'aise avec lui. Pourquoi suis-je aussi nerveux ? Je sais comment gérer des types comme lui. J'ai séduit Dieu sait combien de parents de sportifs. Cela ne devrait pas être différent. Mais ça l'est. C'est le père de Cassidy.

Effectivement. C'est le père de Cassidy. Et je sais à quel point cela irrite la fille quand elle est convaincue qu'on essaie de l'apaiser ou qu'on ne respecte pas ce qui est important pour elle. Et de toute évidence, ce petit village de pêcheurs est important pour l'homme qui y a vécu toute sa vie.

Je pose mon assiette et le regarde droit dans les yeux.

— Aidez-moi à comprendre, alors.

Il me dévisage un moment, puis il hoche la tête.

— Regardez autour de vous, dit-il en désignant l'assistance. Vous ne pouvez probablement pas le savoir quand vous les voyez, mais beaucoup de ces jeunes gens sont très instruits. Celui-là, là-bas, dit-il en désignant un blond qui bavarde avec ses potes, il est allé à l'université et il a décroché un diplôme d'ingénieur. Vous savez ce qu'il a fait, après ? Il est revenu et il pêche le homard comme nous tous.

— Pourquoi ? demandé-je, surpris. Un ingénieur, c'est bien payé.

— Un pêcheur de homards l'est encore plus.

— C'est vrai ? Eh bien…

— La plupart de ces gars commencent à sortir avec leur père l'été de leurs quatorze ans et ils gagnent leur argent tout seuls. Vous savez ce que c'est de vous balader avec autant de fric dans les poches à quatorze ans ?

Je n'en sais rien. À quatorze ans, je traînais dans les stades et j'épiais les conversations entre joueurs, entraîneurs et agents pour apprendre les rudiments du métier. Je n'avais pas d'argent, j'avais faim la majeure partie du temps, et je portais des vêtements que je trouvais dans les friperies.

— Évidemment, certains le claquent et le gaspillent. Mais s'ils sont intelligents, ils le mettent de côté pour s'acheter leur propre bateau et leur matériel. Ceux qui font cela quittent généralement le lycée avant d'être diplômés, et c'est très bien étant donné qu'ils gagnent énormément d'argent tout seuls. (Il soupire.) Et certains se servent de cet argent pour aller à l'université, mais comme je disais…

— Ils finissent par revenir ici.

— C'est ça. Pêcher le homard, c'est ce qu'ils connaissent. C'est de l'argent propre et honnêtement gagné. Mais ce n'est pas que pour ça qu'ils reviennent. Voyez-vous, Stonington, c'est un mode de vie. Les règles sont différentes dans le monde extérieur, alors la plupart n'arrivent pas à s'en sortir. Ils partent peut-être avec de grands espoirs et l'envie de s'éloigner d'ici, mais au bout d'un an, deux tout au plus, ils reviennent là où est leur place.

Il pose sa grosse paluche sur mon épaule avec un regard qui en dit long.

— Ma petite fait partie des rares exceptions. C'est la femme la plus têtue et déterminée que je connaisse, et quand elle est face à un défi, elle le relève. Tout ça, continue-t-il avec un geste large, c'est pour ma femme, pas pour Cassidy. Et même si je ne le dirai jamais à ma femme, je n'ai pas envie que ma fille revienne ici. À vrai dire, je ne crois pas que quelqu'un qui est parti de Stonington depuis si longtemps puisse y revenir. Pas de manière définitive, je veux dire. Elle a changé. Et ça n'a rien de mauvais. Je suis fier de ce qu'elle est devenue.

— Pourquoi vous me dites tout ça, alors ?

Il sourit, et pour la première fois depuis notre rencontre, j'ai l'impression que nous avons en commun quelque chose qui n'est pas encore évident pour moi.

— Vous le comprendrez quand elle le comprendra. Et le moment venu, n'oubliez pas : l'océan là-bas est immense. Et il déborde de casiers remplis d'appâts appétissants. (Il éclate d'un rire tonitruant et un peu inquiétant en m'assenant une tape sur le bras.) Et méfiez-vous de Whitt et Britt, dit-il en se retournant pour les désigner du menton. Elles vous tournent autour comme deux vautours depuis que je les ai envoyées balader. Elles sont la numéro deux et la numéro trois. Cassidy est la numéro un. Elles essaient de prendre la place.

Quoi ? Là, il y a quelque chose que je ne comprends pas.

— Je suis sûr que vous êtes en train de me dire quelque chose de très important, mais je n'ai pas la moindre idée de ce que c'est, monsieur.

— Je vous ai dit que c'était un monde différent, ici. Il y a une hiérarchie chez les célibataires. Les gars sont classés selon leurs revenus, leur talent de pêcheur. Et les filles selon leur beauté. Cassidy est la numéro un et Casey, étant d'une famille ancienne, est le numéro un. C'était entendu qu'ils finiraient ensemble tous les deux, mais quand Cassidy est partie, la donne a changé. Maintenant qu'elle s'intéresse à vous, les autres filles vont essayer d'attirer votre attention. (Il secoue la tête, incrédule.) Ces gamins se marchent dessus pour décrocher celui ou celle qui est le plus haut dans le classement. Votre meilleur ami est capable de vous piquer votre copine sous votre nez, si vous ne faites pas gaffe. Évidemment, je n'ai jamais eu à me méfier de Thomas, c'est un mec sûr.

— Monsieur, Cassidy et moi ne sommes pas…

Je ne sais pas comment finir ma phrase, mais ce n'est pas nécessaire. Duff comprend.

— Oui, eh bien, rappelez-vous ce que je viens de vous dire et vous ne finirez pas comme appât à homards.

Et après m'avoir collé une tape sur l'épaule, il retourne à son poste.

Et comme par hasard, Brittnie et Whittney refont leur apparition.

— Nous revoilààà, chantonne la première.

— Je vois ça, constaté-je avec un sourire narquois.

Brittnie me reprend par le bras en collant ses nichons contre moi.

— Et si on vous emmenait ailleurs ? On vous montrerait des cachettes secrètes où on pourrait mieux faire connaissance, tous les trois ? demande-t-elle d'un ton lourd de sous-entendus.

Je glousse en me disant qu'elles sont mignonnes de me proposer quelque chose qu'elles croient que je ne connais pas. Elles ont tort. Les plans à trois, c'est bon, mais en fait, c'est beaucoup plus fatigant pour l'homme, puisqu'il doit s'occuper de deux filles alors qu'elles se répartissent la tâche. Il suffit de faire le calcul pour voir que ce n'est pas très juste.

Mais je ne suis pas un amant paresseux. Et il n'y a dans les parages qu'une seule femme qui puisse en attester. Une seule femme pour qui cela m'intéresse de me donner autant de mal. Et elle est de l'autre côté de la pelouse, en train d'observer un autre couple plongé dans ce qui semble être une conversation distrayante.

Casey et Mia. Pour Cassidy, cela commence à devenir une habitude. Peut-être même une obsession. Qui ne me plaît guère.

Sa posture m'est beaucoup trop familière. Je la devine énervée et elle a beaucoup de mal à contenir l'énergie qui bouillonne en elle. Finalement, elle détourne son attention de Casey et Mia, mais il est évident qu'elle cherche à la fixer sur autre chose. Tournant la tête d'un côté et de l'autre, à la recherche de quelque chose – ou peut-être de quelqu'un –, elle s'arrête quand nos regards se croisent et je comprends qu'elle a trouvé. Sa cible localisée, Cassidy se tourne et se dirige vers moi à grands pas.

Elle fusille du regard Brittnie et Whittney, qui ont profité de ma distraction pour se montrer encore plus amicales, pour ne pas dire entreprenantes. Et c'est là que je comprends…

Nom d'un chien. Elle va les égorger. Ou bien c'est moi qui vais être la victime. Dans un cas comme dans l'autre, un meurtre va être commis. Si j'étais un trouillard, je m'emparerais d'une des filles en guise de bouclier, mais ce ne serait pas bien.

Arrivée devant nous, elle redresse les épaules et se plante devant Brittnie.

— Excuse-moi, fait-elle en agitant la main au-dessus de l'opulente poitrine que dévoile Brittnie, mais il faut que je l'emprunte un instant. Va t'exhiber ailleurs.

Houla !

Puis elle me prend la main et m'entraîne à sa suite.

— Où m'emmenez-vous ?

Je suis prêt à prendre le risque de poser des questions.

— Loin d'ici.

Génial, on ne retrouvera pas mon corps.

Je commence à égrener mentalement les noms des gens qui savent où je suis. Demi, Sasha, Quinn ? Non, ils l'aideraient sûrement à dissimuler son crime. Ben ? Non, il ne dirait rien pour pouvoir prendre ma place. Chaz ? Demi menacerait de les lui couper et elle serait capable de le faire. Landon ? Oui ! Landon est un soldat et il estimerait sûrement qu'il est de son devoir de dénoncer le crime.

Mais peut-être qu'il y a une explication logique et que je dois garder mon sang-froid et la lui demander. Je croise les doigts.

— Pourquoi ?

— Parce que je veux m'éloigner d'ici.

— Pourquoi dois-je venir ?

La question est légitime. Et je me sentirais mieux si je connaissais la réponse.

— Parce que je veux être loin d'ici avec vous.

Au moins, elle a dit qu'elle voulait être avec moi, pas qu'elle voulait me tuer. Cependant, j'estime nécessaire de lui faire remarquer que son absence ne va pas passer inaperçue.

— Vous êtes l'invitée d'honneur. Vous ne croyez pas qu'on va se lancer à votre recherche ?

— C'est probable, mais on ne me trouvera pas. Vous non plus.

— C'est bien ce que je craignais, marmonné-je.

9

Cassidy

Je ne suis pas Dorothy. Je n'ai pas de souliers en rubis ni de petit chien prénommé Toto ni de Tante Em. Mais Stonington commence à ressembler de plus en plus à Oz. Tous les gens que je connais sont là, familiers, mais différents. Les mêmes noms, visages et lieux m'entourent, mais tout ce dont j'ai envie, c'est de m'arracher la peau comme si elle n'était pas à moi. Comme si je n'étais pas chez moi.

Des hordes de gens ne cessent de venir à moi pour me souhaiter la bienvenue à la maison et me dire que je suis partie beaucoup trop longtemps. Tous éprouvent le besoin de me raconter tout ce qui leur est arrivé depuis mon départ – comme si mon absence avait été la cause de leurs problèmes et que mon retour allait brusquement tout arranger. Ce en quoi ils se trompent. Et je ne suis pas rentrée pour toujours, nom d'un chien.

Comme cette vieille sensation d'étouffement que je pensais avoir laissée derrière moi est de retour, je cherche naturellement l'unique personne qui a jusqu'ici su m'en protéger.

Casey.

Je me hausse sur la pointe des pieds et sautille tout en sillonnant la foule et je finis par l'apercevoir. Il est sous l'érable géant, un pied posé sur un banc, accoudé sur son genou, décontracté comme à son habitude. À n'en pas douter, il parle bateaux et homards avec un de ses potes, car il agite les mains et que son magnifique sourire me fait oublier les conversations autour de moi. C'est alors que la foule s'écarte et que je vois qu'il n'est pas en compagnie de ses copains. Il est avec Mia.

Je note mentalement de vérifier dans les réservations combien de temps cette Mia compte séjourner chez nous, car elle commence à occuper un petit peu trop mon Casey. Franchement, de combien de renseignements peut-elle avoir besoin pour écrire son idiot de bouquin ? Et il y a chez elle quelque chose qui neutralise le sixième sens de Casey, lui qui sait toujours quand j'ai besoin de lui, car j'ai beau me concentrer de toutes mes forces pour qu'il se tourne et me regarde, il ne bouge pas. J'ai besoin de lui. C'est mon Épouvantail, mon Bûcheron en Fer-Blanc, mon Lion, mon Toto et mes souliers de rubis à lui tout seul. Mais pour le moment, c'est comme si je criais dans le désert, car il n'entend rien du tout.

Je suis furieuse, dépitée et jalouse. Je suis vexée et je veux seulement rentrer chez moi. Sauf que je ne sais plus où c'est, chez moi. Mais je sais qui peut m'aider à le retrouver. Le Magicien, évidemment.

Je scrute de nouveau la foule et je le trouve. Contrairement à Casey, Shaw est déjà en train de m'observer. Peut-être que j'ai envoyé mes ondes de damoiselle en détresse à la mauvaise personne. Cela dit, en voyant les deux singes volants qui le harcèlent, Brittnie et Whittney, je me dis que c'est peut-être lui qui a envoyé le SOS.

Coupant court à la conversation dont Mrs. Paddock fait toute seule les frais, je traverse le jardin. Shaw continue de me regarder tout le long du chemin, mais il me semble percevoir comme un soupçon de peur. C'est probablement ma faute. J'ai retroussé les babines en voyant Brittnie frotter ses nichons contre lui. Il est à moi, c'est la seule chose ici qui m'appartienne encore, et personne ne va m'empêcher de le revendiquer.

J'empoigne Shaw et l'entraîne avec pour unique idée de me retrouver seule avec lui quelque part. Il pose des questions, auxquelles je réponds, mais je ne suis pas d'humeur à bavarder. Ce que je veux, c'est quelque chose d'excitant. Quelque chose qui va me rappeler que le morne et terne quotidien de Stonington n'est pas le mien.

Nous nous mettons donc en route sur la route de briques jaunes pour gagner le parc voisin, et nous ne nous arrêtons qu'une fois arrivés à la Cité d'Émeraude, l'unique lieu de distraction de Stonington. La cage à écureuils où je jouais quand j'étais petite a été remplacée par une installation plus grande et plus élaborée composée de passerelles, filets, balançoires et toboggans. Il y a aussi une cabane avec un toit vert. C'est notre destination.

— Allez, dis-je à Shaw en me dirigeant vers l'échelle que je commence à gravir.

— Vous essayez de revivre votre enfance ? se moque-t-il.

— C'est complètement l'inverse, en fait.

D'un pas vif, je franchis le pont suspendu et parviens à la cabane. Je me retourne, pensant que je vais voir Shaw toujours en bas, mais il n'en est rien. Il m'a suivie, sans vraiment savoir pourquoi je veux qu'il m'accompagne. C'est du Shaw tout craché. Il prend des risques, il relève des défis, il n'hésite pas à se lancer. Il me galvanise. J'ai envie d'être comme lui. Mais plus que toute autre chose en cet instant, j'ai envie de me griser en le sentant en moi.

— Et maintenant ? demande-t-il une fois qu'il m'a rejointe.

Je l'empoigne par le devant de sa chemise et le tire vers moi en me haussant sur la pointe des pieds pour lui répondre par un baiser qui devrait lui faire comprendre le but de notre escapade. Il me rend mon baiser, et m'étourdit de ses lèvres et de sa langue. Mon Dieu, ce type sait s'y prendre.

Comme je n'ai aucune intention de perdre du temps, je continue sur ma lancée et je le fais reculer en le poussant tout en m'activant sur sa ceinture. Une fois que je suis dans la partie de la cabane qui me convient, je glisse la main dans son pantalon pour empoigner fermement sa bite longue et épaisse.

Shaw me saisit le bras et interrompt brusquement son baiser, mais il ne se dérobe pas.

— Holà, holà ! Ici ? En plein air ?

Sans prêter attention à ses réticences, je le chauffe en continuant de le caresser sur toute la longueur.

— Oui. Ici. Et tout de suite. Parce que j'ai envie de vous.

— Et si quelqu'un nous voit ?

Il a beau poser des questions, il suit le rythme de ma main. Oui, il a envie aussi.

Je me penche en avant et l'embrasse dans le cou.

— N'ayez pas peur, Shaw. Tout le monde est au pique-nique.

— N'ayez pas peur, qu'elle me dit, glousse-t-il. Je suis un étranger dans une ville qui n'a pas de poste de police et dont la fille préférée veut que je la saute sur une cage à écureuils, alors que les habitants pourraient à tout moment quitter le pique-nique donné en son honneur et venir nous surprendre.

Il proteste, mais la tête qu'il rejette en arrière pour me permettre de l'embrasser tout à mon aise est une invitation à continuer.

— Ils ne viendront pas, lui chuchoté-je à l'oreille tout en lui mordillant le lobe et en déboutonnant son pantalon dont je baisse la fermeture Éclair.

Il laisse échapper un râle tout en me pétrissant les fesses.

— Ils pourraient.

Je fais glisser son jean et recule d'un pas pour admirer le gros lot. La bite de Shaw vaut le coup d'œil. Je soupire à la perspective de la prendre en moi.

— Je m'en fiche.

Et je suis sincère quand je réponds ça. J'enlève ma chemise, gardant mon débardeur, puis je l'étale sur le banc de bois avant de pousser Shaw pour qu'il s'assoie dessus.

— Je vous assure que votre père m'a menacé de me réduire en appât pour homards, dit-il en enlevant son pantalon.

Il finit par se taire quand je l'enfourche et commence à frotter ma chatte sur sa bite.

— S'il vous plaît ?

Je me balance d'avant en arrière pour imprégner sa bite tout en lui mordillant délicatement la lèvre. Mon Dieu, mais que c'est bon, ce que je sens entre mes cuisses. Et ces lèvres sont si délicieuses.

Shaw m'empoigne les cuisses, puis les fesses.

— Pas la peine de demander, dit-il d'une voix rauque. Vous pouvez avoir ce que vous voulez. Il suffit de le prendre. (Je lis un défi dans son regard tandis qu'il encourage mon mouvement.) Qu'est-ce que vous voulez, Cassidy ?

Je soulève les hanches et incline mon corps de manière à ce que sa bite puisse me pénétrer.

— Vous, dis-je avant de me laisser retomber sur lui.

Je gémis à cette sensation qui me dilate et me remplit. Shaw en fait autant et cela ne fait que décupler mon plaisir. Cramponnée à ses épaules, j'ondule au-dessus de lui, pour faire entrer sa bite de plus en plus profondément jusqu'à ce que je sois habituée à la taille de son sexe.

Shaw m'enlace et m'attire contre lui tout en fourrant son nez entre mes seins encore couverts.

— Ce n'est pas moi que vous désirez, c'est ma bite, corrige-t-il.

Peu importe que ce soit vrai ou pas. Être de retour à Stonington après une aussi longue absence, c'est comme gambader en songe dans un champ de coquelicots et il est temps pour moi de me réveiller. Peut-être que Shaw a eu une bonne idée en refusant d'affronter pendant des années la vérité de son existence et en donnant à voir aux gens ce qu'il voulait leur faire croire. Les tours de passe-passe, les illusions… c'est magique et impressionnant, et personne ne peut dire que Shaw Matthews est quelqu'un de terne. C'est le magicien et je veux vivre dans son monde.

Emmenez-moi loin d'ici, c'est ce que j'ai en tête, même si je n'ose pas le dire à voix haute de peur qu'il se méprenne. Mais Shaw a brusquement acquis le don de lire dans mes pensées – quelque chose qu'il va falloir que j'étudie de près plus tard, quand je ne serai pas en train de chevaucher ce type qui a une bite énorme. Il me saisit par les hanches et prend les commandes pour me faire aller et venir d'avant en arrière afin que mon clitoris bénéficie de ce délicieux frottement que j'adore tant.

— Bon sang, pourquoi je ne suis jamais rassasié de vous ?

La sensation est partagée. Même dans cette ville où chaque endroit est peuplé du souvenir de quelqu'un d'autre, je ne désire que Shaw et je n'en ai jamais assez. Je devrais me sentir coupable, mais il n'en est rien. Pourquoi le serais-je ?

Casey, lui, n'a pas l'air de culpabiliser puisqu'il passe tout son temps avec quelqu'un d'autre.

Shaw me soulève et me rassoit sur sa bite, comme pour me faire revenir à la réalité… et à lui. C'est efficace. J'ouvre les yeux et je le vois, les lèvres entrouvertes et les pupilles dilatées, le front perlé de sueur malgré l'air frais du Maine. Je l'empoigne par les cheveux et lui renverse la tête en arrière pour découvrir son cou. Et oui, je prends même du plaisir à entendre le grognement que cela lui arrache et ses mains qui se crispent sur mes hanches. Il va me faire des bleus et il ne le regrettera pas, car je les ai mérités.

Oui, emmenez-moi loin d'ici…

Jamais Casey n'accepterait cela. Il préférerait quelque chose de plus romantique et respectable. Il me ferait l'amour, me caressant tendrement le visage et les cheveux tout en murmurant des choses qui me feraient des trucs partout. Il plongerait son regard dans le mien pour y puiser une signification plus profonde… tout comme le fait Shaw en cet instant, je m'en rends brusquement compte.

Du coup, une tornade de pensées se met à tourbillonner sous mon crâne. Les visages des deux hommes les plus importants de ma vie se superposent comme deux univers qui s'entrechoquent. Où commence l'un et où finit l'autre ? Mon héros est devenu celui dont on doit me sauver et mon ennemi est à présent mon sauveteur.

Ce n'est pas ce que je voulais. Et ce n'est absolument pas ce qu'il me faut.

— Non, lui dis-je avant de fermer les yeux et d'enfouir mon visage dans le creux de son cou.

— Non, quoi ? demande Shaw. (Il m'imite, mais je me cramponne à ses épaules en refusant de me redresser.) Vous venez de me demander de vous emmener loin d'ici. Qu'est-ce que vous voulez dire ?

Zut. Je ne m'étais pas rendu compte que j'avais parlé à voix haute. Mon Dieu, qu'est-ce qu'il doit penser.

— Vous allez tout gâcher, marmonné-je. Je vous en prie, non.

Je suis aux abois. J'ai besoin de ce lien qui m'apporte la plénitude. Mes gestes se font précipités et maladroits pour assouvir ce besoin égoïste. Mais pas Shaw. Il se tait tandis que je le chevauche, mais il est trop tard. J'ai beau faire, je ne peux effacer de mon esprit la manière dont il m'a regardée. Il a vu quelque chose de différent en moi. Ou bien c'est moi qui vois quelque chose de différent en lui à présent. Disparus, son arrogance, son égoïsme, le salaud que j'avais fini par détester. Quand donc le grand et puissant magicien est-il devenu un simple bonhomme caché derrière un rideau ?

— Hé !

Il me secoue gentiment de nouveau, d'une voix trop douce pour que je l'ignore. Je cède et redresse la tête pour qu'il puisse me voir. Shaw prend mon visage entre ses mains et le scrute pour y chercher la réponse à une question muette. J'imagine qu'il la trouve, car une lueur éclaire ses yeux.

— Je ne vais rien gâcher du tout, dit-il en me caressant la lèvre du pouce. Servez-vous de moi.

Et c'est le lien qu'il me fallait. Avec une ferveur renouvelée, je reprends mes ondulations d'avant en arrière, glissant sur sa bite comme si ma vie en dépendait, car c'est bien de cela qu'il s'agit.

Shaw m'embrasse langoureusement, sa langue se mêlant à la mienne au rythme de mes hanches. Puis lâche prise et me laisse prendre le contrôle.

C'est exactement ce qu'il me faut.

Je le chevauche. Sans ménagement. Mes genoux me font mal, éraflés par le bois à travers la fine étoffe de ma chemise. Mais je l'observe. Je ne quitte pas Shaw des yeux, même si je sais que je vais le regretter plus tard. C'est ma bouée de sauvetage, c'est grâce à lui que je m'échappe d'un monde qui ne tient plus debout. Peut-être que ce n'est pas le magicien, en définitive. Peut-être que c'est mon Kansas.

Shaw

C'est presque à la tombée de la nuit que Cassidy et moi rentrons à Whalen House. Une fois qu'elle s'est épuisée sur ma bite, je la serre dans mes bras et j'attends. Je ne sais pas pourquoi. Sans doute que j'ai l'impression de bien faire. Je ne jouis même pas et cette fois, je m'en contrefiche. Pour commencer, nous n'avons pas de mouchoirs en papier ni rien et je ne vais pas me répandre partout dans une cabane de gosses – ce serait dégoûtant et grossier – et je ne jouis jamais dans une femme, car je n'ai pas un tempérament de futur père. Et deuxièmement – raison probablement la plus importante –, dans ce qui s'est passé entre nous, ce n'était pas moi qui comptais. C'était Cassidy et ce dont elle avait besoin. Je l'ai su dès l'instant où j'ai vu dans ses yeux ce regard désespéré quand elle m'a demandé de l'emmener loin. Je ne sais toujours pas ce qu'elle voulait dire, mais peu importe.

Cassidy Whalen est la personne la plus sensée que je connaisse. Chez elle, tout est logique et professionnel, ce n'est pas le genre de gamine qui se laisse gouverner par ses émotions. Si tel est pourtant le cas, elle s'est très bien débrouillée pour le cacher. Pas aujourd'hui. Aujourd'hui, je ne sais pas dans quel état d'égarement elle se trouvait, mais cela se voyait dans ses yeux. C'est sûrement pour cela qu'on dit qu'ils sont le miroir de l'âme. Elle n'avait plus tous ses esprits. Elle était sens dessus dessous, déchirée par des tourments intérieurs, et j'ai été plus qu'heureux de la laisser se servir de moi pour retrouver un peu d'équilibre.

Si ça ce n'est pas la preuve que Shaw Matthews « évolue » et devient humain… Ma mère serait vraiment fière – si elle se souciait de moi. Celle de Cassidy, c'est tout le contraire, en revanche. Et c'est précisément pour cela qu'elle se précipite sur elle à peine nous avons un pied dans la maison.

— Cassidy, mon Dieu, mais où étais-tu passée ?

Cela ne fait que deux jours qu'elle a son fauteuil roulant, mais Anna Whalen le pilote comme une pro de la F1. Peut-être que je devrais la prendre sous contrat si jamais je me décide à me lancer dans ce sport.

— Ne sois pas constamment sur mon dos, maman, s'agace Cassidy comme une gamine irritable. Shaw et moi étions fatigués de tout ce monde, alors nous sommes allés faire un tour.

Tout ce monde ? Si elle s'est volatilisée aujourd'hui, c'est peut-être plutôt parce qu'elle avait l'impression d'étouffer. Parce qu'elle était au bout du rouleau, sans aucun doute. Qu'elle ne savait plus où elle en était. En tout cas, elle savait où elle était quand elle était assise sur moi et qu'elle a eu un orgasme phénoménal. Tout comme ceux que j'ai eus avec elle jusqu'ici.

Quand nous baisons ensemble, c'est toujours fabuleux.

Cassidy s'apprête à gagner l'arrière de la maison, mais Anna refuse de la laisser s'échapper à nouveau et la suit.

— Ah bon ? Tu étais fatiguée ? Eh bien, c'est moi qui ai été obligée de te trouver des excuses. Tout le monde voulait voir l'invitée d'honneur, mais elle était introuvable. Sans compter qu'il y avait tout un tas de choses à faire ici, mais heureusement, Casey et Mia ont donné un coup de main. Franchement, Cass, je ne sais pas où tu as la tête. Ce n'est pas ton genre de…

Sa voix décroît à mesure que les deux femmes s'éloignent. J'ai un peu de peine pour Cassidy, mais d'une certaine manière, je suis aussi jaloux. Je pouvais disparaître durant des jours : ma mère ne s'est jamais souciée de savoir où j'étais.

D'un autre côté, je comprends maintenant de qui Cassidy tient son énergie.

— Vous avez pris la bonne décision.

Je me retourne et trouve Duff appuyé au chambranle de la porte de la cuisine, un canif et une pomme à la main.

— Pardon ?

C'est la seule chose à dire à un homme armé d'un couteau dont on vient de laisser la fille sauter sur votre bite dans un lieu public et dont on ignore s'il est au courant.

Il coupe un quartier de pomme et la glisse dans sa bouche en désignant le couloir du menton.

— De ne pas avoir ajouté votre grain de sel, explique-t-il.

Je me retiens d'essuyer la sueur qui perle sur mon front.

— Oui, ça avait l'air un peu tendu.

— Ma femme va dire ce qu'elle a sur le cœur, Cass va s'excuser, et puis tout ira bien. (Il coupe un autre morceau qu'il me tend, mais que je refuse poliment.) Vous avez pris une autre bonne décision, aujourd'hui.

— Laquelle ?

Je m'abstiens de toute allusion à ce que nous avons fait ensemble sa fille et moi, car j'imagine que ce n'est pas de cela qu'il veut parler.

— Vous avez bien fait de l'emmener faire un tour cet après-midi.

Ah si, c'est de ça.

— Je n'ai pas vraiment eu le choix. C'est elle qui m'a entraîné.

Et elle ne s'est pas arrêtée là non plus, mais là encore, je ne pense pas que ce serait prudent d'en parler. Duff éclate de rire.

— C'est ma fille tout craché ! Elle ressemble plus à sa mère qu'elle veut bien l'avouer. Chaque fois que Casey et elle faisaient des bêtises, c'est lui qui s'accusait. Mais je savais bien ce qu'il en était. Cassidy portait la culotte, dans cette relation.

Elle la portait peut-être avec Casey, mais avec moi, elle l'enlève, plutôt. Mais là encore, je m'abstiens de toute remarque.

— Peut-être qu'il n'aimait pas discuter, avancé-je.

— Et vous, si ?

— Oui, je crois bien. (Puis, me penchant, je continue en baissant la voix.) Ne lui dites pas, mais c'est la seule qui soit capable de m'en remontrer.

C'est la vérité. Et à bien des égards.

Sentant la fatigue de la journée et conscient que je dois contacter Denver avant de dormir, j'étouffe un bâillement.

— Eh bien, je crois que je vais aller me coucher.

— Qu'est-ce que vous avez prévu pour demain ? demande Duff avant que j'aie eu le temps de faire un pas.

— Je ne sais pas trop encore. Pourquoi ?

Il se redresse et vient me coller une tape dans le dos.

— Passez une bonne nuit de sommeil. Je vais vous emmener en mer, demain matin, mon gars. On a besoin d'un coup de main.

Bon sang. Quelqu'un m'a vu avec Cassidy et à l'heure qu'il est, demain, je serai en train de dormir avec les poissons. Mais bon… il m'a donné du « mon gars ». Les assassins sont-ils aussi affectueux avec leurs futures victimes ? Peut-être que oui, quand ce sont des tueurs psychopathes.

Avant que j'aie le temps de décliner poliment l'offre, Duff est déjà à la moitié du couloir. De toute évidence, je n'ai pas voix au chapitre. Et si Cassidy porte la culotte, c'est de son père qu'elle a hérité cela, pas de sa mère.

10

Cassidy

Impossible de savoir ce qui m'a réveillée d'aussi bonne heure, mais j'ouvre l'œil avant tout le monde. Et pas moyen de me rendormir malgré tous mes efforts. Du coup, plutôt que de continuer à me tourner et retourner dans mon lit, je me lève péniblement, sans trop savoir ce que je vais faire. J'ai bien l'idée de passer rendre une petite visite à Shaw dans sa chambre, mais quand maman a terminé son sermon hier soir, j'ai découvert que papa avait l'intention de l'emmener en mer et je n'ai pas envie que nous nous fassions pincer.

Peut-être que je devrais courir au secours de Shaw et l'empêcher d'être tourmenté par mon père, mais la vérité est que je suis très préoccupée et qu'un peu de solitude me permettra de réfléchir. Je me rends donc dans l'unique endroit qui m'a toujours servi de refuge.

Je descends le couloir au parquet ciré glacé sous mes pieds nus. Une fois au bout, j'ouvre une porte qui pourrait donner sur une chambre quelconque, mais il n'en est rien. Elle débouche sur un escalier en colimaçon menant à une sorte de nid-de-pie tout en haut de la maison. C'est une petite pièce vitrée jouissant d'une vue panoramique sur tout Stonington, le port y compris. Cela a été mon refuge, celui où Casey et moi allions pour être seuls quand nous avions besoin de fuir la réalité ou simplement un endroit vraiment sympa pour se rouler des pelles.

Je me demande combien de fois il y est monté sans moi depuis que je suis partie. Combien de fois il y est venu en pensant à moi, en regrettant que je sois à des milliers de kilomètres de là au lieu d'être en sa compagnie. Peut-être pas une seule, en fin de compte.

Je m'installe sur le banc capitonné rouge que papa a installé dans la paroi, pose le coude sur le rebord de la baie vitrée et contemple le port. À l'horizon, l'aube commence à peine à colorer de ses roses et oranges poudrés le ciel violacé où scintillent encore des étoiles. Les feux rouges et verts des bateaux parsèment le port, tandis que les mouettes se chamaillent dans le sillage des embarcations qui se glissent sans un bruit dans la paisible tranquillité d'une nouvelle journée.

Stonington est vraiment magnifique. Pour les gens de l'extérieur, c'est une sorte de rêve peint, de carte postale, ou un décor de cinéma. Mais cet endroit existe réellement. Peut-être qu'il a fallu que je le quitte afin d'en apprécier toute la beauté.

En bas, la jetée grouille d'activité, des dockers chargent le matériel pour les pêcheurs qui commencent à arriver les uns après les autres dans leurs camionnettes. Casey doit être parmi eux. Mais mon père également, ainsi que Shaw.

Seigneur, l'expression de Shaw hier, l'éclat de ses yeux bleus… Je me suis servi de lui comme d'une bouée de sauvetage après avoir vu Casey en compagnie d'une autre femme. Et il m'a laissée faire. Je crois qu'il a dû s'en rendre compte, mais il ne m'a pas retenue. L'opinion que j'ai de Shaw Matthews évolue lentement. Peut-être que ce n'est pas le salaud égoïste que j'ai toujours cru. Peut-être que c'est moi l'égoïste. À la manière dont il m'a regardée en cet instant, j'ai compris immédiatement qu'il m'aurait donné tout ce que je lui aurais demandé. Il me regarde comme cela souvent, ces derniers temps.

Je dois fermer les yeux pour balayer cette image avant qu'elle me submerge encorc. « Désorientée », le mot n'est pas assez fort pour décrire l'état dans lequel je suis en ce moment. Je ne peux pas me permettre de me laisser aller. Je ne peux pas aller au-delà de ce que c'est censé être. Du sexe et rien de plus. Si je m'autorise à avoir des sentiments pour lui, je vais faire courir un risque énorme à mon cœur.

Casey, en revanche, c'est une autre affaire. C'est la constante sur laquelle j'ai toujours pu compter. La seule personne autour de moi qui sera toujours de mon côté, quoi qu'il arrive. Peut-être que j'ai toujours tenu pour acquis que cela ne changerait jamais, qu'il ne cesserait de m'attendre, où que j'aille.

— Waouh ! Tu ramènes tout à toi, Cassidy Rose. Tu es incroyablement égoïste, dis-je à haute voix, pour bien imprimer en moi ces mots cruels.

Peut-être que Shaw et moi avons plus de points communs que je ne veux bien l'admettre.

Parce que les choses ont bien changé entre Casey et moi.

Nous avons changé.

Même si, dans les faits, nous avons rompu il y a longtemps, quand j'ai quitté la ville, je ne crois pas que j'aie vraiment intégré l'idée, dans mon esprit et plus encore dans mon cœur, que nous n'étions plus ensemble. Le voir se comporter avec une autre comme il m'a toujours traitée, en me faisant même passer au second plan, cela m'a fait souffrir plus que je n'aurais pensé. Et je connais ce regard. Il regarde Mia comme il me regardait naguère. Le sourire qu'il lui adresse, avec ce pétillement dans l'œil, comme s'il regardait l'étoile la plus éclatante du ciel… c'est le sourire auquel j'étais la seule à avoir droit.

J'ai été remplacée. Mais lui aussi l'a été, finalement. C'est Shaw, après tout, vers qui je me suis tournée, quand je me suis effondrée en voyant que Casey m'ignorait. Enfin, c'était purement physique, non ? Seigneur, je n'arrive plus à savoir.

Ce n'est pas comme si je prévoyais de revenir à Stonington pour de bon. Je n'ai aucun désir d'être avec Casey, physique ou autre. Je sais que cela ne tient pas debout, ce que j'éprouve, mais je ne veux pas le perdre, tout simplement. Et je suis en train de le perdre, mon refuge. Je le sens. Toutes les folies qui ont accompagné ce jeu du chat et de la souris entre Shaw et moi, mon incapacité à séparer désormais le physique de l'émotionnel, tout cela me donne envie de m'accrocher désespérément à quelque chose de familier. Casey, c'est la sécurité. Mais Casey n'est plus à moi.

Est-il à Mia ? Et si c'est le cas, cela veut-il dire que je l'ai totalement perdu ?

Et voilà que la confusion monte d'un cran ou deux.

Je tire sans doute des conclusions précipitées concernant Casey et Mia. Casey a toujours été un gentil garçon. Oui, c'est cela. Il est tout simplement gentil avec une étrangère. Pas vrai ? Ça ne veut rien dire du tout. Mia est un auteur de romans d'amour qui écrit l'histoire d'un pêcheur de homards, et quelle meilleure manière de se renseigner sur son sujet que de s'adresser à quelqu'un dont c'est le métier ? Et Casey en rajoute sûrement pour lui faire plaisir : le jeune héros fringant, un peu mal dégrossi, avec ses larges épaules et son splendide sourire, son corps parfait, sa voix grave et des yeux tellement beaux et sincères que toutes les femmes sont immédiatement chavirées.

Sans le moindre doute, Mia s'est laissée prendre à son charme. C'est l'effet qu'il a sur toutes les femmes. Pour un peu, j'ai presque de la peine pour le chagrin que cela va inévitablement lui causer si elle se laisse aller à croire qu'il puisse être à elle. Beaucoup ont essayé et échoué. Je suis la seule exception. Pour le bien de Mia, j'espère qu'elle va obtenir tous les renseignements dont elle a besoin et ficher le camp de Stonington. Parce que personne ne reste ici, à moins d'y être né.

Seulement, voilà, c'est moi qui ai le sentiment de ne pas être d'ici, ces derniers temps. Tout ce qui est familier me paraît un peu étranger et cela ne me correspond plus. Ou plutôt, c'est moi qui ne suis plus à ma place ici. Ce qui soulève la question : une fois que l'on a quitté sa ville natale, peut-on vraiment y revenir ?

Peu importe. Je n'ai pas l'intention de revenir. Du moins, pas autrement que pour des visites occasionnelles. Du coup, il faut que je comprenne pourquoi je suis jalouse de Mia. Casey mérite d'être heureux. C'est ce que je désire pour lui.

Peut-être que je n'ai jamais imaginé qu'il puisse l'être sans moi. Et moi qui baise avec un autre, enfin ! Un autre pour qui j'éprouve des sentiments pas très cohérents. De quel droit serais-je jalouse ?

— Mince, Cassidy.

Je me passe la main sur le visage, dépitée et agacée par mon propre comportement. Je suis revenue à mon point de départ sans avoir entrevu la moindre solution.

Mon Dieu, j'ai hâte de retourner à San Diego et retrouver mes amis et mon boulot. C'est cela ma vie, désormais. Au moins, là-bas, je suis trop occupée pour me laisser absorber par mes pensées. S'arrêter pour réfléchir, ce n'est pas toujours une bonne chose. Il arrive qu'on réfléchisse trop. Surtout quand on finit par se rendre folle ainsi que ceux qui vous entourent. Ça suffit. Étant donné que ma mère a toujours dit que l'oisiveté était la mère de tous les vices, je décide de redescendre donner un coup de main et préparer le déjeuner pour l'unique pensionnaire restée à la maison.

Et peut-être… qui sait, je la sonderai pour savoir ce qu'il y a entre elle et mon petit copain. Euh, mon ex-petit copain. Enfin, bref.

Je me lève péniblement et je n'en crois pas mes yeux en apercevant le bateau de mon père qui sort du port avec, à son bord, un membre d'équipage inattendu. Il y a encore dans la pièce la lanterne et les jumelles que Casey et moi utilisions dans notre adolescence pour épier les gens. Je m'empare des jumelles pour vérifier ce qu'il en est.

C'est Casey Michaels l'autre personne à bord. Cela dit, j'aurais pu le deviner à sa posture, façon Poséidon, souverain des mers.

— Oh, voilà qui n'augure rien de bon, murmuré-je pour moi-même.

Mais d'ici, je ne peux rien y faire, à part formuler une prière silencieuse pour que Shaw revienne en un seul morceau et ne finisse pas en chair à pâté pour les requins. Cela lui apprendrait à me harceler et à me suivre de l'autre côté du pays. La seule manière pour lui d'en réchapper, c'est de fermer sa grande gueule, ce qui ne risque pas d'arriver, j'en suis sûre.

Oh, et puis tant pis. Je verrai bien plus tard ce qu'il ressortira de cette excursion en mer chargée de testostérone. Pour le moment, moi aussi, je vais aller à la pêche. Après tout, me documenter à fond sur un sujet qui me passionne, c'est ce que je fais le mieux.

Au même moment, je remarque quelque chose de bizarre sur le quai. Les dockers ne préparent pas le matériel pour décharger la cargaison au retour des bateaux. Ils sont en train de tout ranger et d'arrimer les grues. C'est ce qu'ils font quand un grain menace. Je jette un coup d'œil vers le large et je vois les bateaux se préparer à l'affronter eux aussi et non s'occuper à relever les casiers.

Je me tourne sur ma droite et c'est seulement là que je remarque les nuages noirs qui arrivent du sud-est. Toute la paisible tranquillité que j'ai remarquée n'était rien d'autre que le calme précédant la tempête. Bon sang. Bien que je n'y aie pas fait attention sur le moment, étant préoccupée par autre chose, mon cerveau très organisé a enregistré ce que me disait Mrs. Paddock au pique-nique, et tout me revient. Elle me parlait d'un ouragan qui menaçait.

Nous ne sommes pas prêts, c'est la pensée qui me vient à présent. De combien de temps disposons-nous ? Il y a tellement de choses à faire et Whalen House n'a pas été sécurisée. À moins que si ? C'était de cela que maman parlait hier soir ? Nom d'un chien. Maintenant je sais pourquoi je me suis réveillée d'aussi bonne heure. Mon inconscient y a veillé, alors que je ne prêtais pas attention à ce qui m'entoure, tellement j'étais occupée à analyser mes sentiments et mes émotions.

Nous allons y mettre bon ordre sur-le-champ. Il est temps de se ressaisir et de faire quelque chose de productif et d'utile.

Je passe à la salle de bains pour une rapide toilette. Je me brosse les dents, me change, puis je me précipite en bas pour voir comment se porte maman. Laquelle est évidemment déjà réveillée et en train de regarder les informations à la télévision dans le salon.

— Bonjour, Cass, dit-elle avec un sourire inquiet avant de tapoter l'accoudoir du canapé auprès duquel elle a arrêté son fauteuil.

— Qu'est-ce qui se dit ? demandé-je en m'asseyant.

Elle me fait signe de me taire pendant que la présentatrice reprend la parole.

Harmony Hale est plantée derrière son bureau avec un sourire rayonnant comme si la Nature, saisie de folie, n'avait pas décidé de s'en prendre à Stonington.

— Le Maine doit se préparer au pire. La tempête tropicale Ayla a été reclassée en ouragan de catégorie 1 et se rapproche des côtes. Pour en savoir davantage, voyons ce qu'il en est avec notre spécialiste météo, Kipp Edgington. Kipp ?

La caméra passe à un grand type svelte aux dents éclatantes et couvert d'autobronzant. Kipp n'est manifestement pas du Maine.

— En effet, Harmony. Tout le monde a le regard tourné vers le ciel, et avec raison. (Il montre divers points sur la carte située derrière lui.) La trajectoire actuelle d'Ayla traverse les îles côtières du Maine, mais on ignore actuellement si elle atteindra le continent. Bien qu'il soit inhabituel de connaître une menace de cette ampleur à une période aussi précoce de l'année, les températures plus chaudes que de saison enregistrées le long des côtes sud et est dans l'Atlantique ont fourni les conditions idéales. Et ne vous méprenez pas, chers téléspectateurs, cette tempête a le potentiel pour devenir un véritable fléau. Elle risque d'être reclassée en catégorie 2 ou 3 d'ici peu. Cela, ce sont les mauvaises nouvelles, enchaîne-t-il. Les bonnes, c'est que le front chaud qui remonte du golfe du Mexique va nous empêcher d'être ensevelis sous la neige. Les inondations constituent encore un risque, bien entendu, ainsi que les dégâts causés par le vent, mais au moins, quand cet épisode sera passé, nous n'aurons pas à lutter contre les congères.

Il continue ses explications météorologiques, mais je suis déjà en mode urgence.

— Qu'est-ce qu'il reste à faire ? demandé-je à ma mère.

Elle me regarde, d'un air déterminé et serein.

— Le petit déjeuner, se contente-t-elle de répondre.

Et sur ce, elle desserre le frein de son fauteuil et entreprend de se diriger vers la cuisine.

— Maman ? La tempête ?

— Elle n'empêche pas nos pensionnaires d'avoir faim, répond-elle. Et puis étant donné que nous ne savons pas combien de temps il reste avant qu'on ait une coupure de courant, il faut qu'on s'occupe de préparer quelque chose qui se conservera le temps que l'électricité revienne.

Manger ? C'est cela qui la préoccupe ?

— Mais, et la maison ?

Elle s'arrête et fait pivoter le fauteuil pour se retourner vers moi. Impressionnante, la manœuvre.

— Tu n'as donc rien entendu de ce que je t'ai dit hier soir ? Pendant que tu gambadais dans la nature, tout le monde a donné un coup de main pour préparer la maison. Notre pensionnaire y compris.

Interloquée, je regarde les fenêtres du salon. Les volets tempêtes n'ont pas encore été fermés, mais ils ont été installés. Comment cela a-t-il pu m'échapper quand Shaw et moi sommes rentrés hier soir ? Seigneur, peut-être que tout ce sexe avec Shaw ces derniers temps m'a déréglé le cerveau.

Shaw !

— Papa a emmené Shaw relever les casiers, n'est-ce pas ?

Maman a déjà fait demi-tour et est presque arrivée à la cuisine. J'accélère le pas pour la rattraper.

— Il avait besoin d'un coup de main, Cass.

La panique me saisit. Je sais à quel point la houle est mauvaise quand une tempête approche, et c'est pire encore au large.

— Mais Casey est là pour ça !

— Casey est avec eux, dit-elle sans me regarder. Tu t'inquiètes autant pour lui aussi ?

— Quoi ? Mais je n'ai pas besoin de m'inquiéter pour Casey, maman. Il a l'habitude. Pas Shaw. Je ne sais même pas s'il est déjà monté sur un bateau, et encore moins durant une tempête. Il pourrait ne pas en réchapper !

— Arrête de te faire du souci, répond ma mère avec un geste désinvolte. Tu sais que ton père et Casey veilleront sur lui.

Mon père ? Oui. Casey ? Eh bien, je ne peux pas en être aussi sûre. Il est très protecteur, et avec tout ce que je lui ai dit de mal sur Shaw et nos querelles à San Diego…

Il se peut qu'on n'entende plus jamais parler de Shaw.

— Bonjour ! claironne d'une voix bien trop enjouée l'autre pensionnaire de Whalen House alors que nous entrons dans la cuisine.

Mia Morgan est assise devant l'îlot central, tenant dans ses doigts menus une tasse de café brûlant, comme si elle se prélassait devant un feu de cheminée. Ses cheveux noirs tombent en cascade sur ses épaules enveloppées d'un plaid en crochet en guise de châle.

— Alors, comme ça, nos hommes sont sortis braver les éléments pour que tout soit prêt pour la longue nuit qui nous attend, dit-elle d'une voix rêveuse, nous laissant seules toutes les trois à les attendre en faisant ce que nous pouvons. Par quoi faut-il commencer ?

— Nos hommes ? répété-je en haussant un sourcil.

Le sourire extatique disparaît et elle rougit, gênée.

— Oh, excusez-moi, je voulais simplement dire que…

Elle n'achève pas, et ce n'est pas nécessaire. Je sais ce qu'elle veut dire. Elle essaie simplement de faire son intéressante, ce qui peut marcher avec n'importe qui d'autre, mais pas moi. Et une chose est sûre, « nos » hommes ne sont pas les nôtres. Ce sont mon père, mon meilleur ami et mon… eh bien, peu importe ce qu'est Shaw, mais il est à moi. C'est du moins ce que dit mon bas-ventre. Et ils font tous partie de mon histoire. Une histoire qui devient mouvementée, au propre comme au figuré. Mes hommes sont sortis sur une mer capricieuse dans des conditions dangereuses et je veux qu'ils rentrent tous sains et saufs à la maison avant que les éléments se déchaînent.

Miss Mia Morgan a besoin de redescendre sur terre. Nous ne sommes pas dans un roman à l'eau de rose. Whalen House n'est pas un bungalow dans le Vermont. Il n'y a pas de feu de cheminée devant lequel se pelotonner, nous ne nous barricadons pas pour éviter une romantique tempête de neige, et elle ne va pas se blottir toute nue avec Casey sous une couverture pour se réchauffer.

C'est seulement quand maman me donne un coup de coude dans les côtes que je me rends compte que je foudroie Mia du regard comme pour la défier d'oser rajouter un seul mot. Encore que Mia ne me regarde pas. Elle a baissé la tête d'un air soumis et fixe sa tasse de café comme si des crevettes étaient en train d'y faire un ballet.

Je me racle la gorge et détends mes muscles prêts à l'attaque. Mais qu'est-ce qui m'a pris ?

— Non, je suis désolée, ce n'est pas ce que je voulais dire. (Je mens effrontément comme une vraie pro. Je crois que Shaw déteint sur moi.) Je m'inquiète simplement pour eux.

Maman me prend gentiment la main.

— Tout ira bien, Cass. Nous, en revanche, il faut que nous nous mettions au travail.

Shaw

À Detroit, les seuls à être réveillés à 4 heures du matin sont les voleurs, les meurtriers, les violeurs, les prostituées, les drogués et les policiers qui ont pour tâche de les surveiller. Tous ces horribles individus prospèrent la nuit et jusqu'à l'aube. À Stonington, il n'y a que les pêcheurs et les dockers qui sont de sortie. Et ils ne sont pas moins effrayants.

Quand Duff et moi arrivons, nous trouvons Casey qui nous attend sur la jetée. Ce crétin fait exprès de nous dire qu'il est là depuis un bout de temps, mais Duff lui explique que nous avons eu quelques petits problèmes d'habillement ce matin, ayant dû nous mettre à deux pour que je puisse enfiler son surpantalon en caoutchouc, son jean et sa chemise élimés deux fois trop grands pour moi. J'étais loin d'avoir apporté une tenue complète pour chalutier. Quant à Casey, il s'est apparemment déjà occupé d'arrimer son bateau en prévision de la tempête et il se propose pour aider Duff à en faire autant. Cela aurait été bien d'être au courant avant de revêtir tout cet accoutrement, mais je crois que Duff m'aurait quand même emmené. Je le fais pour Cassidy, et parce que cela a l'air très important. Je n'ai jamais vu de près une tempête tropicale. Je ne savais même pas que ces fichus machins remontaient aussi loin au nord. Mais je veux bien donner un coup de main dans la mesure de mes capacités. En tout cas, ce sera sûrement une aventure que je n'oublierai pas de sitôt.

Il fait sombre, froid et humide, la mer est de plus en plus agitée et je manque de glisser dix fois en essayant de descendre l'échelle de coupée. Il ne manquerait plus que je tombe et que je me fende le crâne, et que cela m'arrive en plus devant le père de Cassidy et son ex-petit copain serait encore plus humiliant.

Ne vous méprenez pas : je suis un dur, mais un dur de la rue, alors que ces deux-là sont des marins. Je me suis battu contre des voyous. Eux se battent contre Mère Nature. Donc, dans les faits, ce sont des mauviettes, parce que les vrais durs ne s'attaqueraient pas à une femme.

Une fois que nous avons chargé notre matériel – et je serais incapable de vous dire comment tout cela s'appelle –, Duff se met à la barre et le moteur démarre en rugissant. Malgré le grondement sourd, c'est le bourdonnement de plus petits moteurs qui filent à nos côtés que je remarque le plus.

— Pourquoi les autres sont dans des bateaux plus petits ?

Je regrette aussitôt la question en voyant que Casey me regarde comme si j'étais idiot. Je me crispe un peu, car je déteste qu'on me prenne pour un demeuré.

— Vous voulez parler des yoles ?

Oui, bon, comment voulez-vous que je connaisse le terme technique ?

— Leurs bateaux, ce sont ceux qui sont ancrés dans la baie. Ils font l'aller-retour en yole, parce qu'ils ne peuvent pas s'amarrer au port.

— Pourquoi ?

— Parce que ce privilège est réservé aux descendants.

— Les descendants ? C'est-à-dire ?

À un moment, je commence à poser mes questions moins par simple curiosité que pour agacer Casey.

Et ça marche. Il prend la mouche.

— Les descendants, ce sont les membres des plus anciennes familles, ceux qui pêchent depuis longtemps. Le quai où ils s'amarrent leur est réservé. Duff est un descendant. Mon père aussi. Et quand il prendra sa retraite, ce sera moi le descendant.

— Alors, votre bateau est à l'ancre dans la baie aussi ?

J'aurais mieux fait de ne pas poser la question.

Il tend le bras vers un bateau d'un blanc éclatant avec des lignes bleues.

— Oui, il est juste là.

Le nom *Étoile filante* est élégamment calligraphié sur la poupe. Je me crispe encore plus en me rappelant une étoile filante identique tracée sur la hanche de Cassidy avec le nom de cet abruti inscrit dessous. Ce doit être l'équivalent des tatouages jumeaux, chez eux.

— Belle bête, non ? demande Casey.

Je ne peux que hocher la tête, car, oui, Cassidy est belle, effectivement.

— C'est le moment de se mettre en route, les gars, nous crie Duff depuis la barre. Le temps change plus vite que prévu. Faut pas qu'on se laisse prendre au piège.

Casey saute de son perchoir et tire sur l'amarre à la proue.

— Vous êtes prêt ? demande-t-il en désignant la poupe.

Je ne le suis pas du tout, mais pas question de l'avouer. Je vais tirer la deuxième amarre.

— Bien sûr. Ça ne doit pas être si terrible, non ? réponds-je en haussant les épaules.

Il ne s'agit jamais que de tirer une corde. J'entends Casey et Duff glousser dans mon dos.

— Je pense que vous allez vous rendre compte par vous-même de ce que cela fait.

Le bateau s'élance brutalement et je manque de perdre l'équilibre une fois de plus, alors que Casey est resté sans broncher à la proue dans sa pose de capitaine Morgan.

Dans quoi me suis-je encore fourré ?

11

Shaw

Ce qui était encore hier un océan tout bleu est devenu d'un noir charbonneux que des vagues aux crêtes blanches déchirent irrégulièrement. Les bouées tressautent et penchent parfois tellement que je me dis qu'elles ne se redresseront jamais. Les nuages qui se sont lentement accumulés sont maintenant au-dessus de nous, cachant le soleil et nous plongeant dans l'obscurité. Je dois avouer que je suis intimidé par la puissance brutale de Mère Nature.

À une demi-douzaine de milles de la pointe d'Isle au Haut, Duff lutte contre un courant particulièrement violent. Même moi, je peux voir le savoir-faire nécessaire pour manœuvrer ce bateau, et il n'en manque pas. Il va avoir droit à mon respect éternel.

Casey avait dit que je me rendrais compte « par moi-même de ce que cela fait » et je ne suis pas déçu.

J'ai travaillé dur toute ma vie, j'en ai bavé chaque minute et chaque jour dans mon boulot, mais seulement psychologiquement. Là ? C'est du travail physique pur. Sept cents casiers en acier à hisser à bord du bateau de Duff. Sept cents pièges remplis d'eau et lestés qui exigent dans les biceps, le dos et les épaules la force et les muscles d'un champion olympique d'haltérophilie. Je ne connais pas de pommade ou de liniment qui pourront soulager la douleur que je ressens partout, mais je me débrouille bien pour le cacher. Enfin, je crois.

Nous sommes accablés par le vent et la pluie. Une pluie glacée qui vous transperce et qui vous fouette à en laisser des marques sur la peau. Et étant donné que le bateau est secoué dans tous les sens comme un canard dans le bain d'un gosse surexcité, je peux ajouter à cela un mal de mer carabiné. Et bien sûr, Casey l'a remarqué.

— Vous avez l'air un petit peu vert sur les bords, mon vieux. Vous feriez bien de vous asseoir, dit-il pendant que Duff manœuvre habilement jusqu'à l'emplacement suivant. Le dernier, Dieu merci.

Je redresse les épaules et j'affiche un masque stoïque. J'ai l'habitude d'en porter un la plupart du temps. Cette fois-ci, il faut simplement que j'aille le chercher au fond de mon sac à malice. J'ai beau avoir peur pour ma vie, pas question de laisser Casey s'imaginer que je ne peux pas affronter la même chose que lui. Il n'a pas encore transpiré ni montré le moindre signe de fatigue et il se tient sur ce bateau secoué en tous sens comme un cow-boy dressant un cheval sauvage. Je ne peux me consoler qu'en constatant qu'il est aussi trempé que moi. Mais cela lui va mieux, cela dit.

Je le déteste.

Je réprime mon envie de répandre mes tripes sur tout le pont et lui fais le sourire dont je gratifie tout client potentiel. Celui qui assure de mon aplomb et de mon audace. Il ne me battra pas. Personne ne me bat jamais. Sauf que Cassidy m'a déjà battu, dans les faits, mais je suis sorti victorieux au final.

— Shaw Matthews ne se défile jamais, dis-je.

— Cassidy avait raison vous concernant, sourit-il en secouant la tête. Vous êtes vraiment égocentrique.

— Elle vous a dit ça ?

— Elle me dit tout.

Son expression est lourde de sous-entendus, mais je doute qu'elle lui ait dit que je l'avais sautée en maintes occasions. Je me demande s'il ferait autant le malin s'il était au courant.

— Mais même si elle n'avait rien dit, je m'en serais rendu compte dès l'instant où vous avez parlé de vous à la troisième personne.

Le bateau s'arrête devant l'emplacement suivant et Casey et moi allons hisser les casiers. Plus vite ils seront à bord, plus vite nous pourrons rentrer à terre et c'est mon objectif du moment.

Je dois sûrement avoir l'air d'un ivrogne qui erre dans la rue quand je traverse le pont, mais j'ai renoncé à marcher droit et je considère qu'atteindre l'autre côté sans m'étaler les quatre fers en l'air est un exploit personnel.

— Je ne vois rien de mal à avoir une haute opinion de soi-même. Il se trouve que je me considère comme un type plutôt génial.

— Vous êtes bien le seul.

Il attrape le filin et le tire à lui avant de l'accrocher à la grue.

— C'est censé vouloir dire quoi, ça ?

Casey agrippe le premier casier et s'interrompt pour me regarder.

— Pourquoi vous êtes là, au fait ?

— Pour la même raison que vous, réponds-je avec désinvolture. J'aide Duff.

— Non, pas là, sur le bateau. Là, à Stonington. Et vous n'avez pas gagné le droit d'appeler cet homme par son prénom, alors abstenez-vous. Ayez un peu de respect.

Waouh ! C'est le genre de sortie qui me fout en rogne. Je regarde du côté de « Mr. Whalen » pour voir sa réaction et m'excuser, sauf que je le trouve en train de tenir la barre, l'air perdu dans ses pensées. Mais Casey m'a demandé autre chose, il m'a posé une question dont je n'entrevois la réponse que maintenant.

— Je suis là parce que je ne pouvais pas la laisser s'enfuir.

Mes paroles me choquent tout autant que Casey, apparemment.

— Si Cass fuyait quelque chose, c'était vous. Mais ne vous surestimez pas. La vérité, c'est qu'elle courait retrouver quelque chose.

— Vous croyez que vous la connaissez si bien que ça, hein ?

Il hausse un sourcil.

— Vous croyez que vous la connaissez ne serait-ce qu'un peu, vous ? Cass et moi, on est des amis d'enfance et des amours d'adolescence. Je la connais mieux que personne.

— Ah bon ? Eh bien, vous n'auriez pas remarqué que cela l'agace que vous passiez autant de temps avec Mia ? Parce que moi, oui.

Casey hisse brutalement le dernier casier sur le pont et se redresse, crispé et tendu. L'attitude défensive classique.

— Mais pour qui vous vous prenez, merde ?

— Pour celui qui fait attention. Vous devriez essayer, de temps en temps. Ça a ses avantages.

Peut-être que j'en ai trop dit, mais je m'en fiche. Je ne cesse de revoir le désespoir que j'ai lu dans les yeux de Cassidy hier soir et de me rappeler comment elle s'est cramponnée à moi. Et tout cela après l'avoir vue le cœur brisé, parce qu'elle avait aperçu ce type avec une autre femme, ce type en qui elle avait tant confiance.

— Cassidy vous déteste et le sujet est clos. Retournez au boulot.

Casey empoigne le casier suivant et le fait glisser dans ma direction. Sans prêter attention à la douleur cuisante que j'éprouve dans tous mes muscles, je le soulève comme s'il ne pesait rien du tout et je l'empile sur les autres.

— Peut-être que vous avez raison. Peut-être qu'elle me déteste, effectivement. Mais vous savez ce qu'on dit. La frontière est mince entre la haine et l'amour. Sauf que dans ce cas, il faudrait plutôt parler de désir.

Je me tourne pour lui décocher mon célèbre sourire sarcastique, sauf que je suis accueilli par un sacré coup de poing en pleine face. Pas moyen de me préparer à quelque chose que je n'ai pas vu venir, mais à quoi j'aurais dû m'attendre. Il me fait l'effet d'une boule de démolition dans un bâtiment en briques, mais en plus rapide. Une douleur fulgurante irradie aussitôt ma mâchoire et je me demande si elle n'a pas été déboîtée. Qu'est-ce qu'ils ont tous ces gens avec leur propension à la violence ? À Detroit, je m'attendais à ce genre de choses. Mais dans une petite ville de pêcheurs, nettement moins.

Duff braille depuis la barre quelque chose que je ne distingue pas tant mon oreille bourdonne, mais cela n'a aucune importance. Là, je vois rouge et la colère bouillonne dans mes veines. Retrouvant mon équilibre, je balance un direct à Casey. Il esquive, mais j'enchaîne aussitôt avec un uppercut au menton qui le projette en arrière.

Le bateau penche de côté. Surtout, rester debout. Si j'ai appris quelque chose dans les rues de Detroit, c'est qu'il ne faut jamais laisser votre adversaire vous faire tomber. Mais tout se ligue contre moi : la météo, l'océan, le pont trempé et les intentions de Casey. Il se précipite sur moi et me plaque au sol. Nous nous étalons tous les deux contre les casiers à homards que j'avais méticuleusement empilés. L'un des coins en acier s'enfonce cruellement dans mon dos, ce qui n'arrange rien.

Fatigué de toutes ces conneries, j'empoigne Casey par le col de son stupide suroît et je le repousse de toutes mes forces. Cela me donne assez de temps pour me relever, mais dans mon effort, l'un des casiers me cogne le crâne. Cela a suffi à Casey pour se ressaisir et revenir à la charge. Je me prépare à l'impact, conscient que, cette fois, je vais finir le souffle coupé, mais il m'est impossible de prévoir ce qui va m'arriver.

Alors que j'étais fermement campé sur mes pieds, la seconde d'après, je me retrouve à boire la tasse. J'ai été projeté par-dessus bord et l'océan m'engloutit. Instinctivement, je réagis et remonte, prenant une longue goulée d'air à peine ai-je refait surface. Au même instant, je vois une muraille d'eau qui se dresse devant moi. Elle s'écrase sur moi avec une telle force que je me retrouve de nouveau sous l'eau. Je me débats de plus belle, sans trop savoir dans quelle direction est le haut, mais bien décidé à le trouver. À force de m'agiter, je finis par ressortir de l'eau et reprendre ma respiration.

Je ne devrais pas me donner tant de peine. La mer joue au chat et à la souris avec moi. Profitant d'un moment de répit, je me retourne en tous sens, cherchant le bateau de Duff du regard. Il est toujours là, mais j'ai été entraîné très loin.

— Ici ! hurlé-je.

Enfin, je crois que je hurle. Étant donné la quantité d'eau salée que j'ai avalée, j'ai la voix éraillée et la gorge à vif.

Et c'est alors qu'une autre vague me submerge. Celle-là est encore plus grosse, plus violente et décidée à me faire passer par le fond. Me débattant en tous sens, j'essaie de reprendre un peu d'air. Tout est sombre. Je ne vois plus la lumière de la surface et j'ai les poumons en feu. Mais pas moyen de respirer. Car ce serait signer mon arrêt de mort. Et une chose est sûre : Mère Nature n'a pas l'intention de me lâcher.

Arrive un moment où je suis trop épuisé pour bouger les bras. Je ne sais même pas si je les agite dans le bon sens, de toute façon. Ensuite, ce sont mes jambes qui m'abandonnent. Tout commence à devenir flou et je me rends brusquement compte que c'est ainsi que Shaw Matthews va mourir. J'ai survécu à Seven Mile et à une existence où les obstacles se sont accumulés contre moi, tout cela pour succomber devant une force à laquelle on ne peut résister.

Finalement, je peux être battu. Et c'est le cas.

Je laisse échapper le souffle que je retenais, je renonce et je lâche prise. C'est étrange comme l'océan est calme sous le tumulte de la surface. Ce sera un paisible repos pour ma dépouille. Et j'ai presque l'impression qu'il me prend dans ses bras alors que je sombre.

Casey

J'aurais dû le laisser se noyer. Vraiment, j'aurais dû. J'y ai songé, j'ai même pensé à l'explication que je donnerais à Cassidy et aux autorités.

« Oh, zut ! Il est tombé par-dessus bord et il n'y a tout bonnement pas eu moyen de le récupérer. Quelle perte tragique. » Voilà ce que j'aurais dit, en baissant la tête et en faisant mine de m'en vouloir d'avoir été incapable de le sauver.

Mais je suis un héros, bon sang. Depuis toujours. Du moins, c'est comme ça que Cassidy m'a toujours vu. Et s'il y a une chose qui ne m'est jamais arrivée et que je ne supporterais pas, c'est de savoir que je l'ai déçue.

Parfois, c'est vraiment nul de devoir être le plus fort.

Mettant ma vie en danger, je plonge dans cet abysse glacial et je nage dans la direction où j'ai aperçu Shaw pour la dernière fois. Ça n'a rien d'évident. Les éléments sont contre moi, mais je suis un marin et par conséquent, un excellent nageur. Sans oublier que je suis costaud. Je plonge et, plus bas, j'aperçois le suroît jaune trop grand pour lui. Avec un peu de chance, il est toujours dedans, car je ne vois rien d'autre.

Le temps que j'arrive à lui, il est inerte. Livide, les lèvres bleutées, on dirait un cadavre qui flotte dans le réservoir d'un laboratoire. Je ne sais vraiment pas si on pourra le ramener à lui, mais en tout cas, je vais m'assurer qu'il ne soit pas perdu en mer.

J'empoigne sa main et je remonte vers la surface en le remorquant. Seigneur, j'ai les poumons en feu. Le phare du bateau de Duff perce l'obscurité comme la lumière au bout d'un tunnel. Ce serait réussi, si nous mourions tous les deux ici. Bon sang, la seule chose que j'ai en tête, c'est que Cassidy serait effondrée de nous perdre l'un et l'autre au même moment.

Rassemblant toutes mes forces, et il m'en faut avec le poids mort que représente Shaw, je surgis hors de l'eau comme un marsouin et je prends une grande goulée d'air. Les vagues ont encore enflé, et il faut que je fasse attention, tandis que je nage en soutenant la tête de Shaw hors de l'eau. Encore que cela n'ait pas grande importance, car apparemment, le gars ne respire plus.

Duff est penché sur le bastingage, prêt à le hisser à bord, et c'est une sale situation, car il ne manquerait plus que le pauvre finisse à l'eau comme Shaw et moi. C'est un vieux loup de mer, cela dit, donc il y a peu de risques qu'il perde l'équilibre.

— Il est en vie ? crie-t-il par-dessus le vent et la pluie.

— Je crois pas !

Une fois arrivé au bateau, j'empoigne l'échelle de corde que Duff a jetée et je hisse Shaw à sa hauteur. Je l'aide autant que je peux, mais ce n'est pas grand-chose, étant donné l'énergie que j'ai dépensée rien que pour le ramener jusqu'ici. Quand Duff manque de tomber à son tour, j'ai un brusque sursaut d'adrénaline et d'une dernière poussée, je parviens à faire basculer Shaw sur le pont.

Le temps que je sorte de l'eau à mon tour, Duff est déjà en train de tenter de le ranimer.

— Bon Dieu ! s'exclame-t-il. Le cœur ne bat plus !

Je le laisse s'occuper du bouche-à-bouche, car il n'est pas question que j'embrasse ce connard, mais je lui ouvre son suroît pour pouvoir lui faire un massage cardiaque. Trente tentatives plus tard, Duff cherche de nouveau le pouls. Rien.

— Continue ! hurle-t-il en abandonnant son poste et en retournant prendre la barre.

Merde. Je poursuis le massage cardiaque.

— Qu'est-ce que tu fais ? Il ne respire toujours pas, dis-je.

— Je fous le camp d'ici et je nous ramène à la maison. Maintenant, sauve sa putain de vie !

Le moteur accélère et le bateau s'élance comme un hors-bord sur une vague. Je m'efforce de maintenir Shaw tout en essayant de ramener ce salaud à la vie. Ravalant ma fierté, je lui pince le nez et pose ma bouche sur la sienne pour insuffler de l'air dans ses poumons. Je m'en fiche. Il n'y aura que moi pour savoir que mes lèvres ont touché les siennes. Même si Shaw s'en sort, il ne s'en souviendra pas et j'emporterai ce secret dans ma tombe.

Je me baisse et colle l'oreille à sa bouche, guettant un souffle, mais pas moyen d'entendre quoi que ce soit avec le mugissement du vent, le fracas des vagues et le grondement du moteur. Je cherche son pouls à tâtons, mais ayant les doigts gelés comme tout le reste de ma personne, qui doit être au bord de l'hypothermie, je ne sens rien du tout.

Je reprends mon massage cardiaque et finalement, Shaw est saisi d'une quinte de toux et crache l'eau qui encombrait ses poumons. La gorge de ce pauvre gars va lui faire un mal de chien pendant les jours suivants. Il ouvre tout grands des yeux paniqués et pendant un bref instant, je perçois sa terreur. Ne voulant pas m'être donné tout ce mal pour le voir s'étouffer, je le roule sur le côté et le laisse tout expulser. Quelques minutes plus tard, il se redresse, continuant à tousser, mais bien vivant. Je lui assène une bonne claque entre les omoplates, juste pour l'aider – enfin, si on veut –, puis je m'écarte pour lui laisser de la place.

Il relève la tête et me foudroie du regard.

— Quoi ? Vous ne me remerciez pas de vous avoir sauvé la vie ?

— Excusez-moi, répond-il, essoufflé. Merci surtout pour le coup de poing qui m'a fait basculer par-dessus bord, connard.

— De rien, me contenté-je de répliquer avec un sourire narquois.

J'aurais dû le laisser se noyer.

Le moteur commence à ralentir et je me relève, voyant que la jetée se rapproche. Ainsi que ma mère, Mia et Cassidy. Évidemment. Elles accourent vers nous, l'air paniqué et inquiet. Je n'ai jamais vu ma mère courir aussi vite. Je ne l'ai jamais vue courir du tout, à vrai dire. Mais ce n'est pas la première fois que je vois Cassidy effrayée ainsi.

C'était il y a longtemps. Nous venions de sortir tous les deux sur le parking d'un magasin quand deux apprentis délinquants, Jeremy et Kennedy – comment on peut vouloir être un petit dur avec un prénom pareil, d'ailleurs ? – m'ont braqué avec un flingue pour une embrouille de pêche. Ils s'étaient aventurés un peu trop loin dans les emplacements de ma famille et je leur avais coupé leurs filins. Rien à foutre d'eux. Ni de leur flingue de mauviette. Lequel flingue était parti durant l'échauffourée et la balle s'était logée dans mon épaule. Même blessé, j'avais filé à ces gamins une leçon qu'ils ne risquaient pas d'oublier. On se frotte pas aux descendants. Nous autres descendants, on est des dingues.

Mais ce regard effrayé à la pensée de me perdre a désormais un autre objet. Cassidy est presque en larmes quand elle aperçoit Shaw.

— Oh, mon Dieu ! Dégagez de là ! crie-t-elle aux dockers qui s'efforcent de nous amarrer.

Au moment où elle s'apprête à monter sur le bateau, Duff l'arrête.

— Pas question qu'on soit obligé de te repêcher aussi. Reste où tu es.

— Quoi ? Qui est tombé à l'eau ? Shaw ! Vous allez bien ? Que quelqu'un appelle les secours !

Ouais, merci de t'inquiéter pour moi, Cass. Je vais bien aussi.

— Non, n'appelez personne ! s'écrie Shaw. Je vais bien.

— Vous n'avez pas l'air. Papa, il faut qu'on…

— Non, il a raison, la coupe Duff en arrêtant le moteur. Ça n'aurait aucun sens, de toute façon. Il leur faudrait trop longtemps pour arriver ici, surtout avec la tempête qui déferle sur nous. Il faut qu'on remonte à la maison, tout de suite.

Duff et moi attendons que Shaw débarque, aidé de Cassidy et de ma mère, puis nous leur emboîtons le pas. Selon les instructions de Duff, les dockers se mettent en devoir d'arrimer le bateau en prévision de la tempête, pendant que je regarde ce voleur de mère et de petite amie se faire escorter jusqu'à Whalen House où il va sans aucun doute faire l'objet de toutes leurs attentions.

Mia reste avec moi et essaie de paraître calme et pleine d'assurance alors que son regard trahit tout autre chose. C'est ce que j'apprécie tant chez elle. Elle a des yeux éblouissants, mais ils sont tellement sincères que je n'ai jamais à me demander ce qu'elle a en tête.

Elle frissonne et croise les bras pour se réchauffer comme elle peut. Debout sous la pluie battante, ses cheveux dégoulinants et collés au visage, elle me demande d'une toute petite voix :

— Casey ? Tout va bien ?

Enfin, quelqu'un montre un peu de compassion et se soucie du héros délaissé.

C'est alors que je me comporte d'une manière inattendue. Toujours très protecteur, cette fois à l'égard d'une autre femme, je passe le bras autour de l'épaule de Mia et l'attire contre moi. Je n'ai pas beaucoup de chaleur à lui offrir, mais elle peut prendre tout ce que j'ai.

— Ça va. Rentrons à l'abri.

12

Cassidy

J'ai fait les cent pas dans la maison en allant d'une fenêtre à l'autre, guettant le bateau de mon père. L'ouragan Ayla est déjà déchaîné et passe en catégorie 2 en un rien de temps. Abby et Thomas sont venus nous tenir compagnie, car nos deux familles font toujours tout de concert. Et si nous devons mourir, ce sera ensemble aussi.

Je me retiens de hurler à Thomas que c'était à lui d'aller aider son fils et mon père, car je sais qu'il était occupé à sécuriser leur maison avant de venir et qu'il n'aurait donc pas pu leur prêter main-forte, même s'il avait voulu. Et l'envie ne devait pas lui en manquer.

Maman et Abby se sont activées en cuisine et m'ont chassée, car je les agaçais à tourner en rond en me tordant les mains. Mia a eu le droit de rester, en revanche, car elle a « tellement envie d'apprendre » et « sa présence est un plaisir ». Je crois que je les ai foudroyées du regard en sortant. Je n'ai pas besoin d'apprendre à cuisiner. J'ai peut-être passé beaucoup de temps dans mon enfance sur les quais, mais quand je n'y étais pas, j'étais dans la cuisine avec maman. Elle y tenait.

Peu importe. Je suis contente d'avoir le temps de scruter le port, même si c'est seulement depuis la fenêtre du salon.

Le ciel est de plus en plus noir à chaque seconde qui passe et la première averse a déjà atteint le rivage. Mais le pire, c'est le vent. Mon imagination s'emballe et je vois déjà le bateau chavirer ou se briser en deux avant d'être englouti. Et l'eau… le golfe du Maine est absolument glacial au printemps. Peu importe que le présentateur météo ait dit que la température était élevée pour la saison, cela ne change rien pour l'océan.

Je suis soulagée quand j'aperçois enfin le bateau de mon père par-delà les rues inondées. Plus il approche, plus je me convaincs que quelque chose cloche. Je me précipite de nouveau au nid-de-pie, sans prêter attention à maman qui me crie de ralentir sous peine de me rompre le cou, comme elle le faisait quand j'étais petite. Une fois en haut, je reprends les jumelles et je constate que je ne me suis pas trompée. Shaw est allongé sur le pont et Casey est penché sur lui. Sans réfléchir un instant je dévale les escaliers.

Mais Abby me barre le chemin une fois que je suis arrivée en bas.

— Où crois-tu aller ? Il y a un ouragan dehors, tu as oublié ?

— Désolée, Abby, dis-je en la bousculant pour ouvrir la porte. Tu pourras me crier dessus plus tard, mais ils sont en mer et quelque chose cloche.

— Quelque chose cloche ? (Je n'ai pas l'intention de la paniquer, mais je n'ai pas le temps de la rassurer, surtout que je ne le suis guère moi-même.) Je viens avec toi.

— Moi aussi, dit Mia en surgissant de la cuisine, d'où elle nous épiait sûrement.

Peu importe. Je me fiche bien d'elle, en ce moment. Je sais que je devrais convaincre Abby de rester, mais je n'ai qu'une idée en tête : retrouver Shaw. Je m'élance. Aussi vite que je peux, sautant par-dessus les flaques et les obstacles, sans prêter attention à la pluie et au vent. Je ne vois que mon objectif, le bateau de mon père et ses passagers. L'un d'eux en particulier.

J'ai un pincement de cœur quand j'arrive au bateau et que je vois la pâleur de Shaw. Ses lèvres sont décolorées, il frissonne, il a une entaille au front et la mâchoire un peu tuméfiée.

J'essaie de m'approcher de lui, mais papa ne l'entend pas de cette oreille. En plus, pas moyen de les convaincre d'appeler une ambulance, mais mon père a une bonne raison pour cela. Je suis simplement heureuse que tout le monde soit sain et sauf et revenu à bon port. Et je ne désire plus qu'une chose : ramener Shaw à la maison et vérifier par moi-même si tout va bien.

Abby est évidemment de la partie. Elle m'aide à ramener Shaw qui ne répond à aucune de nos questions.

— Il ne s'est rien passé. Je vous expliquerai plus tard, dit-il comme si ce n'était rien du tout. Je suis gelé et je veux juste rentrer.

Mon père a réussi à nous rattraper, étant donné que nous marchons lentement pour ménager Shaw. Il monte la rampe jusqu'à l'entrée, où Thomas est en train de vérifier les volets. Je tiens la porte pour Abby et Shaw, mais mon père m'arrête alors que je m'apprête à les suivre.

— Cass, occupe-toi de calfeutrer les fenêtres, dit-il en me désignant l'autre côté de la maison.

— Mais papa, Shaw…

— Tout ira bien, me coupe-t-il. Abby s'occupe de lui. Nous n'avons plus beaucoup de temps. Va faire ce que je t'ai dit, ajoute-t-il d'un ton sans réplique.

— Attends, où est maman ? demandé-je à Thomas, qui est occupé à fermer un volet en poussant le loquet d'un coup de paume.

— Occupée à ce qu'elle sait faire le mieux : se tordre les mains et se faire un sang d'encre tout en restant collée devant les infos en nous donnant de minute en minute des nouvelles de la météo, comme si on ne savait pas que c'est une foutue tempête.

Et il reste une dernière personne dont je dois m'inquiéter, même si, à ce que je vois, ce n'est vraiment pas la peine. Casey et Mia arrivent à leur tour, Mia blottie contre lui. Et ce n'est pas pour le soutenir. Peut-être que je me suis trompée. Peut-être que mon auteur de romans à l'eau de rose va finir par l'obtenir, en fin de compte, son câlin sous une couverture avec mon Casey devant un feu de cheminée.

Je claque un volet en les regardant d'un œil noir quand ils arrivent sur la véranda. Casey le remarque et s'écarte brusquement de Mia avec un air navré. Il a de bonnes raisons d'être désolé. Pas à cause de Mia, mais pour Shaw. Parce que je parierais jusqu'à mon dernier sou que c'est lui le responsable de ces blessures. Du coup, quand il se précipite pour m'aider à fermer les autres volets, je l'arrête d'un geste.

— Je me débrouille très bien toute seule.

Il s'arrête, manifestement choqué que je ne le laisse pas jouer les héros avec moi cette fois-ci.

— Laisse-moi t'aider, Cass.

— Je t'ai dit que j'y arrivais très bien toute seule. Contente-toi de rentrer avec ta très chère amie. (Là, je fais mouche. Sur les deux. Casey *et* Mia. Et je n'en suis pas mécontente.) Je m'occuperai de vous plus tard.

— Très bien, répond-il sans insister. Fais comme tu veux.

— Comme toujours, marmonné-je en me remettant au travail.

Je ne me rappelais plus que la maison comportait autant de fenêtres. Cela dit, je me demande comment j'ai pu l'oublier, étant donné que leur nettoyage était l'une de mes corvées mensuelles quand j'étais petite. Ce n'est pas grave. Je vais profiter de ce temps pour me calmer, mais cela ne dure pas, car mon père, ne supportant pas de voir sa petite fille dehors par ce temps de chien, me dit de rentrer. Je saute sur l'occasion, impatiente de voir comment se porte Shaw et d'apprendre enfin ce qui s'est passé.

En arrivant, je le trouve en pleine conversation avec Abby. Il a ôté ses vêtements trempés et est enveloppé dans une couverture thermique. Comme je ne veux pas les interrompre, je n'entre pas et les écoute depuis le couloir.

— Je sais que cela ne me regarde pas, mais l'expression que j'ai lue sur le visage de Cassidy quand elle l'a vu avec une autre femme au pique-nique… Il lui a vraiment fait de la peine. Qu'elle l'avoue ou pas.

— Et elle ne risque pas, répond Abby.

— Je ne sais pas pourquoi cela m'a autant troublé.

— Eh bien, peut-être que vous appréciez notre petite Cassidy plus que vous ne le pensiez, dit Abby en imbibant d'alcool un morceau de coton.

— Franchement, je l'ai toujours appréciée. Admirée, même. Elle est belle et intelligente et elle a de l'humour. (Brusquement, il se tait comme s'il se rendait compte qu'il en a trop dit.) Si elle savait que je vous ai confié cela, elle trouverait le moyen de l'utiliser contre moi.

— Votre secret ne risque rien avec moi, sourit Abby. Maintenant, ne bougez pas, cela va piquer un peu.

Shaw tressaille et siffle entre ses dents quand elle tamponne la blessure. Quel bébé.

— Désolé, mon petit. Cela vous rappelle sûrement l'époque où votre mère vous soignait vos bobos, hein ? On pourrait croire que ça pique moins avec l'âge, mais non.

— Non, ça ne me rappelle rien. La femme qui m'a donné naissance n'était pas vraiment une mère, vous savez. Si nous avions eu une armoire à pharmacie, elle m'aurait dit de me débrouiller tout seul.

Il a beau glousser, on sent bien que le souvenir est douloureux pour Shaw.

J'ai envie de le prendre dans mes bras. Et aussi d'ajouter sa saleté de mère à la liste des gens que j'aimerais baffer.

Abby repose son coton et s'assied sur le tabouret face à lui.

— Un garçon a besoin d'une mère, mon petit. Je n'arrive pas à imaginer qu'une femme ne puisse pas avoir envie de vous avoir comme fils, mais il y en a certaines qui ne sont pas faites pour cela. Heureusement pour vous, j'ai énormément d'amour et d'attention à offrir. Alors, si je vous adoptais officieusement ?

Shaw a d'abord l'air abasourdi, puis il prend l'expression d'un enfant émerveillé.

— Je crois que ça me plairait beaucoup, dit-il avec une chaleur dans la voix que j'entends pour la première fois.

Abby a droit à l'étreinte que j'aurais voulu lui offrir, mais je ne suis même pas jalouse. Je suis heureuse qu'elle s'occupe de lui. Mais je ne sais pas trop comment Casey va prendre cela quand il l'apprendra.

— Waouh ! s'exclame Shaw une fois qu'elle l'a lâché. Le coup en traître que m'a flanqué votre fils en valait la peine.

— Il vous a fait ça ? nous écrions-nous en chœur, Abby et moi.

Shaw et Abby se retournent et s'aperçoivent de ma présence. Je dois ressembler à Carrie durant le bal du lycée, ma peau d'Irlandaise écarlate comme du sang de cochon tellement je suis furieuse. Un coup en traître ? Ce n'est pas comme ça qu'on se bat, ici. On affronte nos adversaires et on les prévient de ce qui les attend, parce que c'est la seule manière de procéder. Je suis scandalisée que Casey, plus qu'aucun autre, ait fait un coup pareil. Et il va devoir subir ma colère.

— Calme-toi, Cassidy, dit Abby, consciente de ce qui risque d'arriver.

— Abby, n'essaie même pas de le défendre, la préviens-je.

— Je n'y songeais pas. Je veux juste que tu te calmes. Tout le monde est sain et sauf et c'est le plus important.

— Ah bon ? Tout le monde va bien ? Shaw a basculé par-dessus bord !

— Ce n'est pas à cause du coup en traître, répond-il, dédouanant ainsi Casey.

— Non ? demandé-je, une main sur la hanche. Et si vous me racontiez comment c'est arrivé, alors ?

Shaw s'apprête à répondre, puis il se ravise.

— Peu importe. Ce qui compte c'est que je sache me débrouiller tout seul, Cassidy. Je n'ai pas besoin que vous preniez ma défense.

— Si, ça importe. Et si vous ne me le dites pas, j'irai simplement poser la question à Casey, dis-je en tournant les talons pour aller trouver ce grand dadais.

— Cassidy ! crie-t-il en se levant d'un bond.

— Laissez-la faire, entends-je Abby lui dire en montant l'escalier. Écoutez votre mère, pour cette fois, mon petit.

Oui, Shaw, écoutez votre mère. Malgré ma colère contre Casey, Shaw m'attendrit.

Je sais très bien où Casey se trouve et je ne me suis pas trompée. Mais je suis surprise de voir qu'il n'est pas seul dans notre nid-de-pie. J'ai la réponse à la question que je me posais tout à l'heure. Casey est venu ici avec d'autres femmes. Cela me met en fureur qu'il ait profané ce lieu qui était sacré pour nous. Il est à nous, ce nid-de-pie, pas à lui et à Mia. Pourtant, en ouvrant la porte de l'escalier qui mène là-haut, j'entends distinctement la voix de la romancière.

Casey a du culot. Nous allons voir s'il en aura encore une fois que j'en aurai fini avec lui. Mais avant, je tends l'oreille. Mia l'a bien fait tout à l'heure, pourquoi je me gênerais ?

— Vous êtes toujours amoureux d'elle, est-elle en train de lui dire. C'est tout à fait normal que vous soyez bouleversé par la situation.

— Je me suis mis en colère. Je n'aurais pas dû. Je jure que je n'avais pas l'intention de le faire tomber à l'eau.

— Mais c'est vous qui l'avez secouru, Casey. Vous avez risqué votre vie pour sauver la sienne. Cela fait de vous le héros, pas le méchant.

Je l'imagine en train de battre des faux cils devant lui. Bon, d'accord, je ne peux pas prouver qu'ils sont faux. Mais ils le sont forcément. Et dans un cas comme dans l'autre, ce spectacle m'écœure. Elle est sûrement convaincue de jouer les Lois Lane avec son Superman.

— Elle ne le verra pas comme ça, en revanche. Ce n'est qu'une question de secondes avant qu'elle rapplique ici et qu'elle m'en colle une.

— Je crois que vous vous faites une montagne de pas grand-chose.

Non, Miss Morgan, pas du tout. Et vous devriez vous occuper de vos affaires avant de finir en victime numéro deux.

— Vous ne connaissez pas Cassidy aussi bien que moi, plaisante Casey. Quand elle est en colère, hou là là !

— Eh bien, elle vous criera dessus. Et alors ?

— Non, elle ne criera pas. Je préférerais. Elle m'en voudra à mort.

Je souris intérieurement en me rappelant quelques-unes de nos chamailleries quand nous étions ados. Une fois, j'avais passé tout un mois à lui répondre uniquement par monosyllabes et sans jamais le regarder. Tout cela parce qu'il avait évité mes coups de fil pendant toute une journée et que j'avais découvert que c'était parce qu'il avait eu un appel de Brittnie qui lui avait dit que sa voiture était en panne, que son père était parti en mer et qu'elle ne savait pas qui appeler d'autre. Eh bien, n'importe qui, sauf mon petit ami. Mais ce qui m'avait rendue furieuse, c'est qu'il ait décroché pour elle et pas pour moi, et qu'il ne m'ait pas appelée avant de sortir de chez lui pour m'expliquer ce qui se passait. C'était louche comme jamais et puisqu'il ne pouvait pas me parler au téléphone, eh bien, je refuserais de lui parler tout court. Oui, j'étais allée un peu loin, mais nous étions ados, n'oublions pas. Et comme Casey n'avait jamais recommencé, je dirai que cela lui avait servi de leçon.

— Oh. Le coup du silence, encore ? demande Mia.

Quoi ? elle est au courant ? Bon sang, mais il lui a donné tous les détails de notre vie ?

— Exactement, répond Casey.

De toute évidence, c'est la réponse à sa question mais aussi à la mienne.

— Eh bien, si j'étais elle… commence Mia. (*Ha ! Tu aimerais bien, hein !*) Je voudrais que vous me disiez la vérité sur ce qui s'est passé, ce qui vous a mis en colère. Elle a besoin de savoir ce que vous éprouvez. Et si elle n'éprouve pas la même chose, au moins vous le saurez et vous pourrez finalement tourner la page.

Apparemment, écrire des romans à l'eau de rose la rend compétente pour faire de la thérapie de couple. Mais bien sûr.

Cela semble être un moment pas pire qu'un autre pour m'en mêler. Je fais connaître ma présence en montant bruyamment les marches. Casey et Mia se taisent, et quand j'arrive en haut, je les trouve en train de me fixer.

Eh bien, s'ils ne sont pas mignons comme tout, assis l'un à côté de l'autre, genou contre genou et les jambes croisées ? Au moins, ils ne sont pas tout nus, même si je me demande s'ils se sont changés ensemble une fois revenus avec leurs vêtements trempés.

La lanterne allumée éclaire d'une lueur romantique les deux tourtereaux. Ce serait le décor idéal pour l'une des scènes d'amour sirupeuses de Mia s'il n'y avait le vacarme épouvantable de la pluie qui crible les vitres et du vent qui mugit et secoue les montants des fenêtres. La tempête Ayla déboule en ville et elle est de mauvais poil.

Mais ce qui me préoccupe davantage, c'est la tempête intérieure. Celle que j'ai dans le cœur et sous mon crâne.

— J'aimerais te dire un mot, déclaré-je à Casey en croisant les bras sur ma poitrine. En privé, si ça ne t'ennuie pas. Et même si ça t'ennuie, je m'en fiche.

Mia pose la main sur le genou de Casey comme si c'était le geste le plus naturel du monde. J'ai envie de la déloger d'un revers, mais je me retiens.

— À tout à l'heure ? lui demande-t-elle.

Il hoche la tête avec un sourire rassurant. Ce n'est pas le sourire qu'il me donnait, mais il ne ressemble à aucun des sourires que je lui connais. Sur ce, elle se lève et s'apprête à partir, prudente malgré toutes ses simagrées.

Je ne m'écarte pas et je la laisse me contourner, ce qui est grossier, mais là, je n'ai pas envie d'être polie. Puisqu'elle s'est manifestement suffisamment documentée pour pouvoir écrire tout un roman sur moi, elle devrait comprendre mon humeur et ne pas le prendre pour elle. Bon, je m'excuserai plus tard. Je n'ai franchement aucune raison d'être fâchée contre elle. Je suis juste jalouse, déraisonnablement. C'est le couplet classique : « Je ne te désire plus, mais je ne veux pas que quelqu'un d'autre te prenne. » Peut-être que les hommes ont raison. Peut-être que les femmes sont vraiment folles. En tout cas, je sais que je suis limite, là.

Casey s'est levé pour venir me rejoindre et a fourré ses mains dans les poches, les épaules basses. Il a le même regard que la dernière fois que nous nous sommes dit adieu. Que chaque fois que nous nous sommes séparés. C'était toujours comme s'il se disait que cette fois-là serait la dernière. Et bien que j'aie envie de lui hurler dessus pour ce qu'il a fait à Shaw, instinctivement, je veux m'assurer qu'il va bien.

Il n'a pas de bosses, de bleus ni d'entailles sur le visage ou ailleurs. Il ne boite pas, et il ne grimace pas quand il doit faire un mouvement. Il a l'air d'aller parfaitement bien. Si je ne le connaissais pas, je dirais que rien n'est arrivé.

Je lui prends le menton entre les doigts et lui tourne le visage d'un côté et de l'autre pour être sûre qu'il n'a vraiment aucune marque.

— Il a réussi à t'en mettre un ?

Il recule, montrant enfin un peu de gêne.

— Oui. Un sacré uppercut au menton. Je crois même que je me suis ébréché une molaire.

— Oh. Désolée, dis-je sans le penser vraiment. Tu veux que je jette un coup d'œil, ou bien ta petite copine s'en est déjà occupée ?

Il lève les yeux au ciel et se retourne vers moi.

— Cass…

— Quoi ?

— Ce n'est pas ma petite copine, dit-il en se détournant et en secouant la tête.

— Ah non ? Parce que vous avez l'air inséparables, je trouve. Depuis que je suis là, tu passes tout ton temps avec elle, alors que d'habitude c'est avec moi. Enfin, vous finissiez pratiquement vos phrases l'un l'autre au dîner, Casey. Et ensuite, elle s'est précipitée sur le quai tout à l'heure, tellement inquiète pour son grand costaud de pêcheur qu'elle a éprouvé le besoin de te raccompagner elle-même… blottie contre toi comme si tu étais son petit ami.

— Ah oui ? rétorque-t-il en me regardant enfin droit dans les yeux. Qu'est-ce que ça peut te faire ? Tu te souciais bien plus de ce connard que de moi !

Je ne sais pas si c'est ce qu'il vient de me dire, mais je me fâche vraiment.

— Parce que tu lui as collé un coup de poing en traître, Casey ! Vraiment ? Pourquoi ? Pourquoi tu as fait un truc pareil ? (Il essaie de répondre, mais je suis si énervée que je ne le laisse pas en placer une.) Ça ne te suffisait pas que papa et toi l'ayez entraîné en mer en pleine tempête, il a fallu que tu ailles chercher la bagarre par-dessus le marché ! Tu ne t'es même pas battu loyalement !

— Je ne voulais pas le... essaie-t-il à nouveau de se défendre.

— Et vous avez tous les deux fini à l'eau ! Tu aurais pu y rester, Casey ! Shaw aussi ! C'était d'une bêtise ! Et tout ça pour quoi ? Je sais que Shaw a une grande gueule et, crois-moi, il y a des tas d'occasions où j'ai eu envie de lui en coller une en pleine face et, d'ailleurs, je l'ai fait une fois, mais c'était mérité. Mais toi ? Tu vaux mieux que ça. Tu vaux mieux qu'un coup en traître, Casey Michaels. Alors, dis-moi... Qu'est-ce qui t'a conduit à t'abaisser à ce point ?

Casey ne répond pas. Il se contente de rester là, les dents serrées, en secouant la tête, sans même me regarder dans les yeux. Je sens qu'il a envie de me dire quelque chose, mais qu'il se retient. Et plus cela dure, plus j'enrage.

— Crache le morceau !

Seigneur, il me cloue le bec d'un regard furibard.

— Très bien. Je t'ai vue, Cassidy. Je t'ai vue avec lui dans le parc. En train de baiser.

Je suis abasourdie et réduite au silence. Une grimace peinée déforme le visage de Casey et son chagrin me transperce littéralement. Je sens mon cœur qui se brise pour lui. Pire, qui vole en éclats.

— Oh, mon Dieu, Casey. Je suis tellement désolée.

J'essaie de le prendre dans mes bras, mais je m'arrête en le voyant reculer.

— Non.

Qu'est-ce que j'ai fait ?

— Je n'avais pas l'intention de...

Cette fois, c'est moi qui suis incapable de terminer.

— Tu imagines ce que ça a pu me faire de savoir que je t'ai attendue tout ce temps pour finir par te voir avec un autre ? Je suis là, moi ! s'exclame-t-il en ponctuant chaque mot d'un coup sur sa poitrine, avec une violence qui me fait frémir. J'ai toujours été là. À attendre. Comme le plus grand crétin du monde.

Je ne sais pas quoi dire. Je ne crois pas avoir jamais imaginé que Casey m'attendait. Cela dit, comment aurais-je pu ne pas remarquer cela ? Il a toujours été disponible pour moi quand j'appelais, il a toujours trouvé du temps quand je venais. Il n'y avait jamais d'autre femme, il ne parlait pas d'autres relations, et nous faisions l'amour chaque fois que je revenais. Je connais suffisamment bien Casey pour savoir qu'il n'aurait pas fait cela s'il y avait eu quelqu'un d'autre dans sa vie.

— Je croyais que tu le détestais. Tu comprends que je sois surpris. Comment on peut détester un mec et baiser avec lui dans un parc pour enfants ?

Ce sont des questions légitimes. Le ton est agressif, mais je sais qu'il est simplement blessé.

— Je ne sais pas, dis-je en secouant la tête. Mais je ne le déteste plus.

— Eh bien, tant mieux, répond-il en levant les bras au ciel. Content que vous ayez réussi à vous entendre. J'espère que tu ne t'es pas pris d'échardes durant la médiation.

Ça, ce n'était pas nécessaire.

— Casey, ne te comporte pas en idiot.

— En idiot ? Tu n'as pas entendu ? Je t'ai attendue, Cassidy. J'ai perdu des années à attendre quelque chose qui n'était rien du tout.

À m'attendre ? Eh bien, je suis sûre que c'est un geste romantique que sa nouvelle amie pourra apprécier. Peut-être même qu'elle se pâmera. Mais moi ? Je suis une fille qui bouge. Je n'attends rien. Si je désire quelque chose, vraiment, je prends l'initiative. J'ai donc du mal à comprendre ce qu'il me dit alors, que son comportement est diamétralement opposé.

— C'est un choix que tu as fait, Casey, lui rappelé-je. Tu es resté ici à Stonington et tu m'as laissée partir à l'autre bout du pays commencer une nouvelle vie. Loin de la tienne.

— Je t'ai donné ce que tu voulais, Cassidy. Comme toujours. Et je continue encore jusqu'à aujourd'hui. Qu'est-ce que j'étais censé faire ? Te suivre à San Diego et faire l'époux qui attend sagement à la maison ?

— Non. Tu étais censé m'aimer suffisamment pour me demander de rester.

Ces paroles franchissent mes lèvres malgré moi. Je ne savais même pas que je pensais cela. Peut-être que malgré tous mes efforts pour être indépendante et autonome, je me suis convaincue que sa décision me conviendrait toujours.

— Oh, Cass... soupire-t-il. Tu ne comprends pas ? Je t'aimais assez pour te laisser partir.

— En effet. C'est ce que tu as fait. Tu m'as laissée partir, Casey. Et tu as attendu. (Je marque une pause.) Mais Shaw s'est lancé à ma poursuite.

La phrase semble faire mouche. Je m'en veux de le blesser, mais c'est la vérité.

— Il ne t'aime pas, dit-il d'une voix sourde, mais que j'entends très bien. Moi, je t'aime.

— Je sais.

— Alors qu'est-ce que tu veux, maintenant ? Qui tu veux ?

Je me passe les mains sur le visage, dépitée par la situation, par moi-même, par cette question.

— Je n'en sais rien. Je ne sais pas où j'en suis, en ce moment.

Shaw est un vrai égocentrique la plupart du temps, mais il m'a montré une facette différente ces derniers jours. Casey a toujours été l'homme que tous veulent être, foncièrement bon, et cela ne changera probablement pas. N'importe quelle femme dans ma situation le choisirait, mais je ne suis pas n'importe quelle femme.

J'ai besoin d'un homme qui me laisse vivre en toute indépendance, prendre mes décisions toute seule et assumer mes erreurs. Et en même temps, quelqu'un qui sait instinctivement quand me sauver de moi-même, quand intervenir et dire : « Ça suffit. Laisse-moi faire. » J'ai besoin d'être à la barre dans ma vie… en dehors du lit.

Mais dans le lit, je veux être dominée, dévorée et anéantie. Mais les murs de la chambre peuvent-ils empêcher que cela déteigne sur mes émotions et ma raison ?

Casey est le choix le plus sûr. Mais il n'est pas Shaw.

— Eh bien, moi, je sais où j'en suis. Je désire la même chose et la même personne que depuis toujours : toi. (Il s'approche, me prend dans ses bras et m'attire contre sa poitrine tout en pliant les genoux pour se mettre à ma hauteur et me regarder droit dans les yeux.) Tu m'as manqué, ma chérie. Ton parfum, ta peau… ta saveur.

Son haleine est chaude et suave, comme les cookies d'Abby à peine sortis du four, dont l'arôme appétissant me titille les sens et me désarçonne encore plus.

Je ferme les yeux, conquise par ce que je connais si bien. Puis je sens ses lèvres sur les miennes, douces et souples, se tendre dans leur muette supplication de lui rendre son baiser. Ce baiser me manquait. Casey me manquait. Et bien que mon esprit me souffle que ce n'est pas raisonnable, que je vais le regretter, je cède et l'embrasse.

À l'instant où mes lèvres s'écartent, la passion de Casey prend le dessus. Il saisit mon visage entre ses mains et le tient comme s'il avait peur que je lui échappe s'il me lâche. Je pose mes mains sur les siennes avec l'intention de faire précisément cela, mais au lieu de quoi, je les guide jusqu'à ma taille. Puis je le prends par le cou et l'attire contre moi, renversant la tête pour lui offrir ma bouche afin qu'il retrouve cette saveur qui lui a tant manqué. Et il ne s'en prive pas. Nos langues s'enlacent et je fonds en lui. Les baisers de Casey ont toujours été animés par sa passion pour moi, et je la sens en cet instant. Mia a vu juste. Il est toujours amoureux de moi. Et d'après ce que je sens durcir et se coller contre mon ventre, il me désire encore aussi.

Ses mains glissent sur mes fesses et il me soulève pour que j'enroule les jambes sur ses hanches. Je me rends, je succombe à son baiser, à ce monde que j'ai connu autrefois. Mon dos touche le banc capitonné et Casey s'allonge sur moi. Ses lèvres quittent ma bouche et commencent à descendre, brûlantes, le long de mon cou, tandis que sa bite dure frotte lentement et puissamment mon entrejambe.

— C'est comme ça que je l'aime, souffle-t-il dans mon cou.

C'est alors que je flippe. Ce sont les paroles de Shaw, mais ce n'est pas sa voix.

— Arrête… Casey, arrête, dis-je en le repoussant et en me dégageant.

Casey se redresse, mais il ne s'éloigne pas totalement. Il a le souffle court et il est manifestement encore tout excité, ce qui me donne l'impression d'être la pire allumeuse du monde. Mais ce que je remarque le plus, c'est l'expression peinée qui creuse son beau visage viril. On dirait que je viens de le gifler.

— Pourquoi ? Qu'est-ce qui ne va pas ?

— Je ne peux pas, dis-je en secouant la tête. Excuse-moi, mais je ne peux pas, c'est tout.

— À cause de lui ?

— Non. Oui. Je veux dire, non. (Je me lève d'un bond en grognant, énervée et agacée contre moi-même. Je respire un bon coup et je reprends.) Je ne peux pas parce que ce n'est pas bien, Casey. Je t'aime. Ça ne changera jamais. Mais la manière dont je t'aime, elle, a changé.

Je me rappelle d'une fois où j'étais avec Shaw et où j'avais l'impression de tromper Casey. À présent, la situation est inversée. Que Shaw éprouve la même chose pour moi ou pas, peu importe. J'éprouve quelque chose pour lui. Et bien que je ne sache pas vraiment ce que c'est, je sais que je vais devoir le découvrir.

En attendant, ce n'est pas juste de traiter Casey comme une poire pour la soif. Il a toujours été mon repère ; l'unique personne toujours prête à me rattraper si je tombais. Peut-être que je lui laissais miroiter inconsciemment quelque chose afin qu'il conserve ce rôle, si jamais quelque chose tournait mal dans ma vie. Ce n'est pas juste et ce n'est pas bien. Et je refuse de lui faire vivre cela plus longtemps.

Casey se rassoit, les épaules basses.

— Alors, ça y est ? C'est fini entre nous ?

— Non, ça n'est pas ça, Casey. Tu es mon meilleur ami. Tu l'as toujours été. Nous ne sommes tout simplement pas faits pour être ensemble d'une autre manière. (Je marque une pause, pas pour le laisser digérer ou parce que j'attends sa réaction, mais parce qu'il y a autre chose que je dois lui dire et que j'ai du mal à exprimer. Il n'est plus mon Casey. Je dois lui rendre sa liberté.) Tu es libre, Casey. Vraiment libre. Sois heureux. C'est tout ce que j'ai toujours voulu pour toi.

— Et tu vas être heureuse avec Shaw ?

C'est une question à laquelle je ne peux pas répondre. Pas encore. Je ne sais pas si Shaw veut de moi. Je ne sais pas si j'ai envie de lui. Je ne sais tout simplement rien pour l'instant, mais en tout cas, je ne veux pas que Casey continue de m'attendre. Je lui fais un sourire et me penche pour déposer un baiser sur la joue de mon meilleur ami. Je me rends compte alors que c'est uniquement ce genre de baiser que nous allons désormais échanger.

Je lui essuie la joue du bout du pouce en me redressant, puis :

— Je serai heureuse de savoir que tu es heureux.

Et je suis sincère quand je lui dis ça.

13

Cassidy

Je suis absolument épuisée, ayant émotionnellement subi des montagnes russes toute la journée, sans oublier le stress mental lié aux décisions concernant mon avenir et la fatigue physique de la préparation de Whalen House en prévision de l'ouragan Ayla. Malgré les mugissements et les sifflements de la tempête qui vient d'atteindre les côtes, je n'ai qu'une envie, c'est me traîner jusqu'à mon lit et me terrer sous les couvertures jusqu'à ce que tous ces drames soient terminés.

Je viens de terminer de prendre ma douche ; j'enfile chemise de nuit et petite culotte et je m'installe confortablement parmi une myriade d'oreillers, quand on frappe à ma porte. Avec un soupir agacé, je repousse la couette, sors du lit et vais accueillir d'un pas lourd l'intrus qui s'aventure dans mon repaire.

C'est Abby. Encore que cela ne me surprenne guère, à vrai dire. Avec ce fichu ouragan, c'est normal que les parents s'inquiètent.

— Tu as de la chance que ce soit moi et pas Anna, dit-elle en voyant mon agacement. Si elle avait pu monter en fauteuil jusqu'ici – et crois-moi, elle a essayé –, elle t'aurait ligotée et traînée pour te ramener en bas.

Ce n'est pas exagéré. Ma mère en serait capable.

— Bon sang, Abby, tu peux lui demander de se calmer, s'il te plaît ? Je suis dans la maison, saine et sauve. Si le toit commence à s'arracher, je promets que je descendrai. Mais pour le moment, je veux juste qu'on me laisse en paix.

— Très bien. Je vais faire mon possible, dit-elle, compréhensive. Où est mon garçon ? Tu en as laissé assez pour que je puisse l'enterrer ?

— Je n'ai pas levé le petit doigt sur lui. (Enfin, si, mais sans violence.) Cherche Mia et je suis sûre que tu le trouveras. Et Shaw ? Il va bien ?

— Il en avait l'air quand je suis passée le voir, répond-elle en haussant les épaules. Encore un peu ébranlé, absorbé dans ses pensées peut-être, mais physiquement, tout va bien.

— Merci de ce que tu as fait pour lui, Abby. Je ne crois pas que tu aies conscience de ce que ça signifie pour lui.

— J'en ai plus conscience que tu n'imagines, rétorque-t-elle avec un clin d'œil en me tapotant la joue. Va te reposer, ma petite. Je vais veiller sur la maison. Et mets un pantalon, au cas où il faudrait ficher le camp en vitesse.

Elle tourne les talons et je referme la porte derrière elle. Au diable le pantalon. Je retourne d'un pas traînant jusqu'au lit qui me fait signe de le rejoindre et je me pelotonne sous la couette en essayant de me vider l'esprit et de faire venir le sommeil. Mais plus je m'y efforce, plus les pensées fourmillent sous mon crâne.

Ai-je pris la bonne décision concernant Casey ? Oui, sans conteste. La plupart des femmes n'ont jamais la chance de trouver l'homme idéal. Moi, pour le coup, j'en ai deux. Choisir entre eux n'a pas été facile, mais quand je prends la peine d'analyser, je perçois les différences entre mon meilleur ami et l'outsider.

Tandis que Casey m'a toujours laissé le temps et la latitude de faire mes choix, Shaw me malmène. Tandis que Casey soutient toutes mes décisions sans discuter, Shaw ne me laisse pas me reposer sur mes lauriers et me lance de nouveaux défis. Alors que Casey est mon plus ardent supporter, Shaw m'accompagne dans ma course jusqu'à la ligne d'arrivée quand je relève ces défis. Et alors que Casey m'a aidée à façonner la femme que je suis devenue,

Shaw m'a aidée à comprendre celle que je voulais être.

Oui, Shaw est l'outsider, celui auquel personne ne pensait, mais qui a réussi à franchir les éliminatoires, malgré ses états de service guère impressionnants. Maintenant que j'ai une vue d'ensemble, je me rends compte que je ne joue plus les arbitres, mais que je suis l'équipe adverse. Sera-t-il celui qui remportera mon cœur ?

On frappe de nouveau à ma porte, ce qui me met hors de moi. Bon sang, maman a dû se laisser tomber de son fauteuil et clopiner jusqu'ici. Je me lève de nouveau et gagne la porte du pas irrité d'une gamine prête à piquer sa crise. Mais quand j'ouvre, ce n'est pas ma mère que je trouve. Ni Abby.

Je manque de tomber à la renverse en essayant de m'écarter devant Shaw qui entre dans ma chambre en trombe. Si notre histoire mouvementée m'a appris quelque chose, c'est que lorsque Shaw Matthews est dans tous ses états, comme c'est le cas en cet instant, un affrontement tout sauf discret va s'ensuivre. Je referme donc la porte, en espérant que le vacarme de l'ouragan Ayla empêchera les parents et Casey d'entendre. Surtout Casey. Il ne faut surtout pas que je lui donne une raison pour enfoncer la porte et venir terminer la bagarre qu'ils ont commencée dans la journée.

Je me retourne et Shaw est tellement près que je manque de me cogner à sa poitrine. Mais cela ne m'empêche pas de remarquer à quel point son jean tombe scandaleusement bien sur ses hanches, souligne ses cuisses et la protubérance au milieu. Son T-shirt blanc est tendu sur sa poitrine et ses épaules musclées et son col moule parfaitement son cou. Pour la première fois de toute ma vie, j'ai envie de laisser ma marque sur un homme. Celui-ci en particulier.

Là aussi, il y a une différence dans ma manière de considérer Shaw et Casey. Avec Casey, j'avais envie de me blottir dans le confort de ses bras. Mais Shaw, j'ai envie de lui grimper dessus et d'enfoncer mes dents en lui. Et j'ai envie qu'il me repousse pour que ce ne soit pas si facile. Il y a quelque chose de malsain là-dedans, voire de dérangeant. En même temps, c'est la seule et unique personne qui réussit à me rendre dingue.

À en juger par son expression, ce n'est pas le moment d'attaquer. Il n'arbore pas son sourire insolent, ne crispe pas la mâchoire et ne hausse pas le menton d'un air supérieur. Son regard flamboie, mais il y a quelque chose de délicat dans ses yeux. Il n'est pas venu pour que nous nous querellions. Alors, qu'est-il venu chercher ?

— J'ai frôlé la mort aujourd'hui et cela m'a fait prendre conscience de quelque chose.

J'ai un pincement de cœur et l'idée que Shaw puisse mourir me rend malade. Je n'ai probablement pas réfléchi à la manière dont cette expérience l'a affecté, ce qui est incroyablement bête de ma part. Ce n'est pas de moi qu'il s'agit en l'occurrence, mais de lui. Il faut que je trouve le moyen d'arranger cela.

— Shaw, commencé-je.

Il m'arrête d'un geste et me prend par les épaules, fermement, mais sans brutalité.

— Non, laissez-moi terminer. Sinon, je n'arriverai jamais à tout sortir.

— D'accord, dis-je en baissant les yeux vers mon épaule.

Il se détend, comme s'il s'était rendu compte de ce qu'il vient de faire.

— J'ai failli mourir aujourd'hui et j'étais tout seul. Comme je l'ai été durant toute ma vie. J'ai toujours cru que cela ne me gênerait pas, mais je me trompais. (Il marque une pause et me prend le visage dans les mains.) Cassidy, je ne veux plus être seul. Pas cette nuit. Ni aucune autre.

Avant que je puisse digérer ce qu'il vient de dire, Shaw m'embrasse. Et bien que tout son corps soit tendu, ses lèvres sont tendres. Je n'arrive pas à identifier ce qui est différent, mais quelque chose a indiscutablement changé. Peut-être que c'est parce qu'il a frôlé la mort. Ou bien l'ouragan qui fait rage au-dehors. Ou bien c'est la tempête intérieure qui agite Shaw et qui finit par s'exprimer.

À l'opposé de la douceur de sa bouche, les doigts de Shaw s'agrippent fermement à mes hanches. C'est alors qu'il empoigne ma chemise de nuit et interrompt son baiser pour la faire passer au-dessus de ma tête avant de plaquer à nouveau ses lèvres sur les miennes. Il est toujours habillé et même si je ne désire rien davantage que changer cela, c'est Shaw qui mène le bal.

Il me fait reculer tandis que sa bouche descend sur mon cou, mes épaules, la vallée qui sépare mes seins, qu'il finit par pousser l'un contre l'autre pour en dévorer successivement chaque téton. Quand j'atteins le bord du lit, ses mains abandonnent ma poitrine pour s'emparer de mes fesses, me hisser et m'asseoir sur le matelas. Ses cheveux bruns hirsutes sont la seule chose que je vois, tandis qu'il laisse tomber sa tête sur mon ventre et poursuit sa descente…

— Oh, mon Dieu, gémis-je en sentant la chaleur de sa bouche mouiller ma culotte.

Enfin, sa bouche n'est peut-être pas la seule responsable, mon corps a sans doute aussi son mot à dire, mais, mon Dieu, cet homme sait comment éveiller tout ce qui fait de moi une femme. Il faut que je vérifie qu'il n'y a pas une cible stratégiquement placée sur cette culotte, car Shaw a réussi à trouver mon clitoris sans le moindre problème. Il était pourtant bien caché.

J'empoigne ses cheveux à deux mains et je me cramponne. Cette interruption de mes réflexions est bienvenue, en vérité. Même si je ne sais pas très bien comment je pourrais penser à quoi que ce soit quand Shaw commence à me faire son petit numéro… tout cela à travers ma petite culotte.

J'essaie de m'allonger afin de savourer le cadeau qui m'est fait, mais Shaw marmonne un « mmm-mmm » étouffé et me maintient fermement en place. Je fais donc ce que n'importe quelle autre femme ferait dans ma situation. Je le regarde, et je ne le regrette vraiment pas. Sa tête bouge à un rythme lent et régulier pendant que sa langue me fait l'amour. Puis, enfin, la petite culotte est écartée et il enfonce deux doigts profondément en moi.

Je me cambre et, cette fois, il me permet de m'allonger sur le matelas. De sa langue, ses lèvres et ses dents, il entreprend de me rendre folle. Il fait aller et venir ses doigts, tantôt légers, tantôt profonds, afin de rester imprévisible. Je n'y tiens plus. Je ne supporte plus qu'il soit aussi loin et je ne supporte plus cette fichue culotte qui l'empêche de faire autre chose que me titiller à m'en faire perdre la tête.

Je pourrais jouir. Et je suis certaine que c'est l'intention de Shaw, mais je ne veux pas. Je veux que ce soit sa bite qui me fasse connaître mon premier orgasme avec lui ce soir.

— Shaw, j'ai envie de vous. Je vous veux.

Il s'interrompt et l'espace d'un moment, je change presque d'avis pour le laisser continuer. Mais il me regarde avec cet air d'abandon allié à une avide lueur de désir dans le regard et cela me donne la chair de poule.

— Vous m'avez déjà, répond-il avec une conviction tranquille.

Je ne sais pas ce qu'il y a dans le choix de ses paroles, mais je me redresse et prends son visage entre mes mains pour l'embrasser et me goûter sur ses lèvres. Il faut qu'il sache qu'il m'a lui aussi, et c'est ce que j'essaie de lui faire comprendre avec ce geste aussi simple que passionné. Car mes paroles n'ont aucun sens sans une preuve physique.

Il empoigne mes cuisses et m'attire vers lui, et je sens la chaleur de sa poitrine à travers ce T-shirt en tout point aussi agaçant que ma stupide petite culotte. Il faut qu'elle disparaisse : je l'attrape et la fais passer par-dessus sa tête. Comme il se rassoit et me regarde d'un air interrogateur, j'y vais franchement.

— Je voulais dire que je vous veux en moi.

Mon ancien rival et désormais amant se lève sur ses pieds nus. Sans me quitter des yeux, il défait le bouton de son jean et baisse sa braguette. Je contemple sa poitrine ciselée, les ondulations de ses abdominaux et les courbes de sa ceinture d'Apollon. Je prends le risque de tendre la main et de caresser du bout des ongles la ligne de poils qui descend de son nombril à son pubis. Shaw respire longuement tandis que son ventre tressaille sous mes doigts.

Il est si beau.

Et impatient.

Faisant glisser son jean sur ses hanches étroites, il s'en débarrasse d'un coup de pied et se redresse. Sa bite aussi est dressée pour moi, me suppliant presque de la goûter, tellement elle pointe vers moi. Mais ce n'est pas le moment, car Shaw se penche et me force à m'allonger à nouveau. Tant mieux, car lorsqu'il glisse ses doigts sous la ceinture de ma culotte et tire dessus, je n'ai même pas le temps de lever les fesses pour l'aider. Il n'a pas besoin d'un assistant : il veut simplement que je sois nue pour lui.

Alors qu'il me rejoint sur le lit, il me redresse contre les oreillers tout en se soutenant d'une main. Puis il a un geste bien trop délicat pour le Shaw Matthews que j'ai toujours connu. Tendrement, il passe les doigts dans mes cheveux pour les écarter de mon visage, presque méthodiquement, comme pour en faire un halo rougeoyant autour de ma tête.

Les veines de son avant-bras sont si fascinantes que je ne peux en détourner le regard ni réprimer une furieuse envie de les goûter. Alors, égoïstement, je me sers, ma langue suivant une veine gonflée de sang qui palpite sous la peau. Shaw pousse un gémissement entre protestation et approbation, comme s'il hésitait entre m'arrêter afin de rester maître du jeu, ou m'encourager afin de perdre le contrôle.

Je referme ma bouche sur sa peau pour lui faire un suçon, et c'est là qu'il prend sa décision. Avec l'insistance dominatrice d'un lion, il se penche et écarte ma bouche de son bras afin de pouvoir saisir ma lèvre entre ses dents. Il peut faire ce que bon lui semble. Je l'aime tel qu'il est.

Sauf que… je ne l'aime pas, si ? Confondre l'amour avec le désir est un piège dans lequel je refuse de tomber. Pas avec un homme qui a le pouvoir de m'anéantir. Pas avec un homme comme Shaw.

Son épaisse crinière de lion est douce entre mes doigts. Je l'empoigne et tire pour tenter de le forcer à libérer ma lèvre avant de me faire saigner, mais il n'y a pas de victoire à remporter ici. Par bonheur, l'appétit de Shaw pour la chair laisse la place à cette tendre et pourtant ardente passion qu'il m'a montrée quand il est entré dans ma chambre.

Glissant un genou puis l'autre entre les miens, il me force à écarter les jambes pour pouvoir s'y installer. Et mon Dieu, sa bite s'étale, lourde et épaisse, sur ma cuisse. Son baiser s'intensifie, devenant presque impossible à suivre jusqu'au moment où, sans crier gare, il l'interrompt pour me regarder. Le souffle court, je suis certaine que je dois sembler déconcertée, étourdie, tandis que l'air devient torride entre nous.

C'est alors qu'il me pénètre. Son gland large force ma chatte serrée et me prépare pour recevoir l'épaisse hampe. Je retiens mon souffle devant cette intrusion tellement puissante qu'elle en est presque douloureuse. Mais la douleur va rapidement décroître pour laisser la place au plaisir. J'en suis arrivée à ne rien attendre de moins et Shaw ne m'a jamais déçue.

Une fois qu'il est entièrement en moi, il entreprend de me remplir avec lenteur, avant de se retirer à nouveau. Le coup suivant est accompagné d'un frottement délibéré pour stimuler mon clitoris. Oh, que c'est délicieux !

Je ferme les yeux, m'offrant tout entière à la présence de Shaw sur ma peau, dans mon esprit et mon corps, le laissant s'enfouir de plus en plus dans un lieu que je ne l'aurais jamais imaginé occuper : mon cœur.

— Non, Cassidy. Je vous ai dit que je ne voulais pas être seul. Il faut que vous soyez là ici avec moi en cet instant. Pas seulement physiquement, mais de toutes les façons imaginables. Regardez-moi.

Je ne sais pas très bien comment interpréter ces paroles, mais je sais que, même si cela risque de me détruire au bout du compte, j'ai envie de lui donner tout ce qu'il peut me demander.

— D'accord, murmuré-je en hochant imperceptiblement la tête.

Je ne suis même pas sûre qu'il l'ait entendu dans le grincement des volets et le fracas des débris qui s'abattent sur le toit, mais quelque chose doit le convaincre que tout est possible, car la manière dont il bouge en moi, dont il m'embrasse… Que les dieux aient pitié de mon âme quand elle traversera pour gagner l'autre monde. Car ce nouveau Shaw sera ma mort.

Bien que nous venions seulement de commencer, nous devons nous interrompre pour reprendre notre souffle et cela ne nous dissuade pas de vouloir aller plus loin. Il m'embrasse à nouveau, longuement, son front posé sur le mien entre chaque baiser, le regard fixé sur mes lèvres. C'est le genre de baiser qui vous monte droit à la tête et vous fait oublier tout le reste, y compris comment respirer. Le cerveau privé d'oxygène, je suis tout étourdie et je dois me tenir pour ne pas tomber. Mais il est trop tard. Je suis déjà tombée, et la chute est dure. Il n'y a pas de filet de sécurité et c'est une chute sans fin. Je n'ai plus qu'à espérer que Shaw sera là pour me rattraper.

Je me cramponne à lui, les cuisses enserrant ses hanches pour tenter de le coller plus encore contre moi. Ses mains encadrent mon visage tandis que mes doigts tentent de lui agripper les cheveux. Comme cela ne suffit pas, je passe les bras sous les siens pour me tenir à ses épaules. Enfin, la sécurité. Quelque chose à quoi me cramponner. Quelque chose qui me rend mon équilibre.

Je veux contrôler le jeu plus encore, mais Shaw ne me laisse pas faire. Chaque fois que j'essaie de conduire les ébats, il fait montre de domination et contre chacun de mes gestes en s'écartant ou en me mordillant la lèvre. Non. Mon Dieu. Je ne peux pas le laisser faire. Je ne peux pas lui laisser autant de contrôle et je ne peux pas lui dire qu'il a ce pouvoir. Si jamais il savait ce que j'éprouve, s'il savait que je suis amoureuse de lui…

Mon souffle s'arrête dans ma gorge. Amoureuse de lui. Allons bon.

Tout s'arrête dès que j'en prends conscience, comme si une divinité avait figé le mouvement du monde. Tout est immobile. Trop. Même le vent hurlant et la pluie battante se sont calmés.

Shaw ralentit ses mouvements, ses hanches abandonnent leurs va-et-vient pour se concentrer sur le frottement. Il est si profondément en moi. Tellement loin en moi. Plus qu'il ne l'a jamais été.

— C'est l'œil du cyclone, murmure-t-il. Mais ce n'est pas encore terminé. En fait, tout va redevenir violent. Vous êtes prête ?

Je sais qu'il parle d'Ayla, mais je ne peux m'empêcher de songer que la phrase s'adapte parfaitement à tout ce qui se passe entre nous en cet instant.

— Non, je ne crois pas que je le sois. Mais je n'ai jamais reculé devant un défi.

Et je suis sincère.

— C'est comme ça que je l'aime, murmure-t-il en se frottant contre moi avec une lenteur et une force qui manque de me donner un orgasme. Ma femme.

Puis il enfouit son visage dans mon cou, le mordille et l'aspire… pour me faire une marque. Sa femme. Dieu me vienne en aide, mais c'est bien ce que je suis.

Je laisse glisser mes mains le long de son dos, fascinée par les muscles tendus, jusqu'au moment où j'atteins son cul. Je ferme les yeux et me remémore ses fesses telles que je les ai vues dans le miroir lorsqu'il m'a sautée dans la salle de bains du jet privé. Sauf qu'il ne me saute pas, à présent. Il me fait l'amour. Peut-être que c'est une illusion que je me fais, causée par un esprit encore ébranlé par la révélation que je viens d'avoir, mais même si c'est le cas, je m'en fiche.

Je me laisse aller à croire qu'il m'aime lui aussi. Même si cela ne dure que cet instant.

J'enfonce mes ongles dans ses fesses divines, sentant les muscles se bander sous mes doigts à chacun de ses mouvements. Plus près. Je veux qu'il soit encore plus près. Alors, je soulève les jambes jusqu'à ce que mes genoux arrivent à la hauteur de ses côtes et je l'en enserre tout en empoignant ses fesses pour l'attirer encore plus en moi.

— Putain, ce que vous êtes bonne, murmure Shaw dans un râle à mon oreille. Je veux rester en vous éternellement. Pour toujours.

Mon Dieu, moi aussi j'aimerais tellement qu'il reste en moi. Mais je ne peux pas le lui dire. Cela lui donnerait beaucoup trop de pouvoir sur moi. Même si, à vrai dire, il le détient déjà.

Son pubis masse mon clitoris avec une délicieuse insistance qui fait monter le plaisir en moi. Je ne pourrais pas le retenir, même si je voulais. Et je ne veux pas. Je veux jouir sur sa bite, je veux qu'il sente mon orgasme l'attirer en lui et je veux faire jaillir le sien.

Je sens sur moi la chaleur de sa peau, rendue plus brûlante par la fièvre de sa passion que par le sang qui coule dans ses veines. Chaque coup de reins ponctué d'un râle m'emmène plus loin, sa bite épaisse s'enfonçant délibérément en moi pour aller titiller follement ce point où se concentre le plaisir. Il doit être gonflé à force d'être stimulé, gonflé et prêt à exploser. Oh, mais je suis prête à connaître un double orgasme, l'un grâce à mon point G et l'autre grâce au frottement sur mon clitoris.

— Shaw, je suis presque… gémis-je, incapable de terminer ma phrase.

— Je sais, mon ange. Moi aussi. J'essaie de vous attendre, mais vous êtes tellement étroite…

Il s'interrompt et pousse un long râle tout en s'enfonçant encore en moi. (Je lui mords l'épaule et il se cabre.)

— Bon sang, ne faites pas ça ! Vous allez me faire jouir.

Je m'en fiche. Je suis au bord de l'orgasme et cela déclenche en moi une sorte de frénésie. J'ai envie de le dévorer, de sentir sa chair entre mes dents et de savourer sa peau salée. Je m'attaque à son cou, que je suçote tandis que monte en moi le gémissement de l'orgasme. C'est alors que Shaw redouble d'énergie et que ses va-et-vient m'ébranlent de la tête aux pieds. Comprimés sous sa poitrine, mes tétons durcis sont délicieusement endoloris tandis que mes battements de cœur sont de plus en plus déchaînés.

Je pousse un gémissement qui doit vibrer dans tout son corps. Chacun de ses muscles se raidit encore plus, tandis que ses fesses se crispent sous mes mains. Il a besoin que je lui laisse un peu de marge de manœuvre.

Je commence à desserrer l'étau de mes cuisses, mais il m'arrête :

— Non. Tenez-vous à moi, Cassidy. Ne me lâchez pas.

Je resserre mon étreinte en ondulant sous lui en rythme avec les mouvements de ses hanches. Oh, mon Dieu… son pubis ruisselant qui frotte contre mon clitoris, sa bite gonflée de sève qui palpite en moi et le grognement de plaisir qui résonne dans mon oreille… Je n'ai d'autre choix que d'y succomber.

Mon geignement est d'abord sourd, puis il enfle en même temps que mon orgasme. C'est mon clitoris qui m'offre la première vague de plaisir, suivie aussitôt par celle que me procure mon point G. Shaw se redresse pour contempler mon visage.

— Oh, putain, murmure-t-il avant de plaquer sa bouche sur la mienne dans un gémissement.

Je la sens. La chaleur de son sperme. Pas sur mon ventre ni sur ma cuisse. Non, son orgasme se fond avec le mien, tout au fond de moi. Et alors que ses mouvements ralentissent progressivement, je sens ma chatte qui se contracte sur sa bite tout en continuant de savourer le plaisir qu'il me donne.

Puis, enfin, le baiser de Shaw se fait moins charnel, plus tendre. Sa bouche se fait plus douce et sa langue moins impérieuse. Et après avoir tiré une dernière fois sur ma lèvre, il se redresse pour reprendre son souffle et me permettre d'en faire autant.

Il ne bouge pas, mais je sens encore sa bite qui palpite en moi et c'est la sensation la plus intense qu'il m'ait jamais été donné de connaître. Presque aussi intense que sa manière de me regarder, les lèvres entrouvertes, encore haletant, des gouttes de sueur perlant sur tout son corps. Mais ce que je remarque le plus, c'est son expression à la fois perplexe et pensive. Il n'est pas le seul à être déconcerté.

Je sens son absence avant même qu'il se soit complètement retiré, mais je suis toujours comblée. Je laisse retomber mes jambes afin qu'il puisse rouler sur le côté, mais il ne change pas de position.

Qu'est-ce qu'il y a dans sa manière de me regarder qui me fait danser des papillons dans le ventre ?

— Vous voulez que je m'en aille ? demande-t-il.

Je n'ai même pas besoin de réfléchir. J'ai assez réfléchi ce soir pour tenir toute une vie. Et si cette nuit est la seule que je vivrai ainsi avec Shaw, je la prends. Sans aucun regret.

Alors, en secouant la tête, je réponds, sincère :

— Je ne veux plus être seule non plus.

Le sourire qui éclaire son visage me coupe presque le souffle. Puis il se laisse retomber sur le dos, glisse un bras sous mes épaules pour me ramener contre lui et me forcer à poser la tête sur sa poitrine.

— Tant mieux, dit-il.

Et j'entends le sourire dans sa voix.

Oui, c'est délicieux.

14

Mia

Je me mets rapidement au travail dans ma chambre et je griffonne tous les détails de la tempête qui fait rage dehors. Je couche par écrit tout ce que je vois et entends : en effet, si je dois décrire un ouragan plus tard, je pourrai le raconter de mon propre point de vue, ce qui rendra le récit tout à fait authentique pour mes lecteurs.

Mais l'ouragan n'est pas la seule chose dont je prends note.

Casey a eu une réaction émotionnelle violente qui a eu pour conséquence une bagarre, un homme à la mer qui a frôlé la mort et le chagrin de perdre l'unique femme au monde pour laquelle il a jamais éprouvé quelque chose. Enfin, du moins, je crois qu'il l'a perdue. Il l'a vue de ses propres yeux baiser avec un autre homme, nom d'un chien ! Et si j'ai appris quelque chose sur Casey à force de l'étudier, c'est qu'il n'y a pas plus loyal que lui, et qu'il exige que ce soit réciproque.

Je suis aussi choquée que lui par cet intéressant retournement de situation : Cassidy qui s'acoquine avec un homme qu'elle est censée mépriser. Nous avons tellement parlé d'elle et de ce qu'ils ont partagé tous les deux que j'ai l'impression de la connaître personnellement. Même si, à vrai dire, elle m'intimide considérablement. Elle possède tout : une famille qui l'aime et la soutient, une carrière exceptionnelle, la notoriété dans sa ville natale, et un petit ami (pardon, ex-petit ami) qui est une véritable perle rare. Comment a-t-elle pu renoncer à tout cela ?

Les gens me fascinent. Comprendre ce qui les motive, voilà ce qui m'obsède. J'étudie la manière dont tel individu marche, parle, s'habille, se comporte. Ses gestes, ses mimiques, ses mots et ses inflexions, ses décisions… tout. Tout ce qui fait de chacun de nous un être singulier. Non seulement j'étudie tout cela dans le présent, mais aussi dans le passé. Nous sommes le produit de notre environnement. La manière dont nous réagissons aux situations est conditionnée en partie par notre génétique, en partie par le contexte dans lequel nous avons grandi et en partie par les leçons que nous avons tirées par nous-mêmes. Tout ce que nous faisons a été programmé à un moment donné et je cherche à connaître tous ces facteurs. C'est un jeu, une énigme à résoudre.

Mais mieux connaître ces gens – mieux connaître Casey – a mis fin à ce jeu pour moi. C'est réel. Ses émotions sont réelles. Et j'ai voulu simplement vivre dans son univers. J'ai donc fait ce pour quoi je suis le plus douée. J'ai écrit sur le sujet. À l'intérieur de ces pages de réflexion personnelle, c'est moi qui tiens les commandes. Je suis en mesure de sentir ses mains, savourer ses baisers, apaiser ses peurs cachées... Je peux lui offrir une vie de conte de fées. Et imaginer qu'elle se déroulera en ma compagnie. Et cela même si la frontière entre ce qui provient de mon imagination et ce qui relève de la réalité commence à être de plus en plus floue.

Casey et Cassidy sont des personnages de fiction au sein d'un monde artificiel produit par un esprit romantique en surchauffe. C'est le rêve de tout écrivain de pouvoir toucher ses personnages et interagir avec eux d'une manière tangible et réelle. Mes personnages, Jayson Bass et Janell Kain, ont pris vie sous mes yeux et je suis submergée d'excitation. Bien sûr, cela signifie peut-être aussi que je suis devenue bien trop familière avec leurs modèles du monde réel, une proximité que Casey et Cassidy ne pourraient pas comprendre et ne partagent sûrement pas. À tous les coups, ils voient en moi une folle qu'ils doivent juger beaucoup trop intrusive. Espérons qu'ils me laisseront poursuivre ma petite fantaisie encore un peu pour que je puisse arriver au bout de mon manuscrit.

J'aurais déjà dû être partie, mais Anna s'est blessée et Casey m'a annoncé que Cassidy était en route pour rentrer ici. Je ne pouvais pas partir sans rencontrer cette femme et voir si elle ressemble à ma Janell. J'avoue qu'après toutes les discussions que nous avons eues sur elle – toute l'admiration dont elle a fait l'objet, concernant sa beauté, son talent, sa réussite, son absolue perfection –, j'aurais presque de l'affection pour elle. En revanche, elle ne m'apprécie guère.

Cassidy n'est pas du tout réceptive à mon égard, mais j'essaie de ne pas le prendre personnellement. Après tout, je suis une étrangère et j'ai passé énormément de temps avec son ex-petit ami, lequel ne comprenait pas qu'il était un ex, si j'en juge par nos conversations. C'est pourtant si évident. Casey est encore fou amoureux d'elle. Il serait prêt à décrocher la lune pour elle.

J'aimerais bien que quelqu'un en fasse autant pour moi.

Un coup frappé à ma porte me fait sursauter et je manque de tomber de mon lit. Ce qui d'ailleurs finit par m'arriver vraiment quand j'essaie de me lever et m'emmêle dans les draps. Un autre coup retentit, pressant, cette fois. Seigneur, avec la tempête qui fait toujours rage, j'espère qu'il n'est rien arrivé de grave.

Je finis par retrouver mon équilibre et je vais ouvrir en me répétant d'arrêter de trop réfléchir. C'est vraiment une mauvaise habitude chez moi. Mais mon instinct reprend le dessus quand j'ouvre et que je vois qui est planté sur le seuil.

C'est Casey, qui respire avec ce proverbial « calme précédant la tempête ». Ironie du sort, étant donné celle qui mugit dehors. Ces yeux bleu clair qui promettaient naguère confort et sécurité sont ce soir de la couleur sombre de la baie et font penser à un marin perdu en mer qui cherche désespérément à s'accrocher à tout ce qui lui tombe sous la main pour pouvoir regagner le rivage. Oh, c'est bien trouvé, ça. Où ai-je fourré mon calepin ?

Avalant le nœud que j'ai dans la gorge, je décide de parler plutôt que de rester les bras ballants comme une idiote.

— Quelque chose ne va pas ?

— Oui, quelque chose ne va pas du tout, dit Casey d'une voix encore plus rocailleuse que d'habitude, mais avec un côté menaçant et terriblement sexy.

Je suis forcée de reculer quand il entre et referme la porte comme s'il était chez lui. Il y a quelque chose dans ses yeux qui change tout et qui m'excite, tout en éveillant la peur en moi.

— Vous m'avez déclaré que la manière dont quelqu'un embrasse en dit long sur cette personne.

J'opine.

Allant droit au but, il me saisit par la nuque et m'immobilise en collant sa bouche sur la mienne et en la forçant de sa langue. Il n'y a rien de délicat dans ce baiser. Pas de léger mordillement de ma lèvre, de suçotement préliminaire au coin de la bouche, pas de caresse de la langue pour implorer mon accord comme on le lit dans les romans à l'eau de rose. Il n'y a dans son geste ni douceur ni lenteur. C'est si différent de l'homme qu'il me semblait connaître, mais c'est cependant exactement tel que je m'y attendais.

Il se recule et l'intensité de son regard va de pair avec ce baiser.

— Et qu'avez-vous appris de celui-ci ?

Je déglutis de nouveau, puis je sors la première chose qui me vient en tête :

— Vous avez besoin de baiser.

Je n'en reviens pas de mon audace.

— Exact. Alors, si vous ne voulez pas en faire les frais, vous avez intérêt à le faire savoir maintenant.

Je ne dis pas un mot. Même si je le voulais, mes lèvres refuseraient d'obéir. Mais il doit avoir vu à mon expression que j'étais consentante, car l'atmosphère déjà électrique s'embrase pour une chose à laquelle je ne suis peut-être pas préparée.

— Déshabillez-vous.

J'obéis, pas parce que je suis terrorisée, mais parce que j'ai surtout peur qu'il puisse changer d'avis si je n'obtempère pas. Je veux le soulager. Je me dépêche donc de défaire mon jogging et mon T-shirt trop grand, et je remercie le ciel d'avoir pris une douche et laissé de côté petite culotte et soutien-gorge. Une fois cela fait, je reste sur place, toute nue et gauche, attendant que Casey en ait fait autant. Je veux l'aider, je le ferais volontiers, mais quelque chose me dit que ce ne serait pas bienvenu.

Casey se redresse et je reste bouche bée. Je dois baver, même. Nom d'un chien, ce type est encore plus splendide nu que le Jayson que j'ai pu imaginer dans mes rêves les plus insensés. Et je dois avouer qu'ils ont été nombreux depuis que je suis sur cette île. Casey a une poitrine robuste et ample, avec une petite touffe de poils entre les pectoraux, des bras aux veines saillantes et la traînée de poils qui descend de son nombril mériterait tout un chapitre à elle seule. Mais je n'ai pas le temps d'écrire, car un peu plus bas, je vois un trophée de granit qui mérite toute mon attention. Le sexe de Casey se dresse, long et épais, et je le dévore du regard.

Il ne prend pas le temps de me détailler autant. J'en suis presque reconnaissante. Je ne suis pas faite comme les femmes de mes romans. Je n'ai qu'un bonnet B et je n'ai pas une taille de guêpe. Je suis moyenne – ni maigre ni grosse –, un peu lourde à force de rester assise devant mon ordinateur toute la journée et de mal manger.

Casey me prend par le bras, me conduit vers le lit et me retourne. Il est d'une efficacité redoutable. Cela me plaît. Puis il me pousse doucement et je me retrouve couchée à plat ventre sur le matelas. Cela me plaît aussi.

— Vous êtes prête ?

— Oui.

Et même plus.

Sans la moindre préparation – même si, à vrai dire, je ruisselle déjà –, Casey s'enfonce profondément en moi.

— Oh, mon Dieu, oui… murmuré-je en me cambrant.

— Pas un mot, dit-il en se penchant en avant. (La chaleur de son corps me brûlerait presque le dos.) Et je vous conseille de vous cramponner.

Je sens sa bite qui se retire d'un coup, et je manque de protester bien qu'il m'ait ordonné le silence, mais j'ai de nouveau droit à la délicieuse douleur de chaque centimètre qui s'enfonce en moi. La cadence accélère et la puissance de ses coups de reins est de plus en plus exigeante. Il a raison : il faut que je me cramponne, et du coup, j'agrippe les draps. Sa manière de me couvrir de tout son corps, d'enfoncer ses dents parfaites dans la peau de mon épaule… c'est charnel, intense. Sublime.

Il me saisit par le cou et me cloue au lit. Je suis prise au piège et incapable de bouger. Je ne vois pas son beau visage buriné, ce qui signifie qu'il ne peut pas voir le mien. Et c'est précisément ainsi qu'il veut que ce soit. Cependant, j'entends nettement les grognements à mon oreille. Je ferme les yeux et je laisse ce bruit, la sensation de son corps et son odeur m'entraîner dans mon rêve, là où j'ai enregistré chaque nuance de mon Jayson, et les deux hommes se fondent en un seul.

Tout comme dans son baiser, il y a une détermination à ces va-et-vient rapides et réguliers. Il ne dévie pas de l'angle qu'il a choisi, il ne se perd pas en lents frottements. Il ne s'attache pas à me donner du plaisir. Il cherche le sien, mais je ne peux m'empêcher de me demander si ce plaisir va lui apporter autre chose que de la peine.

Je ne me fais aucune illusion sur le sens de tout cela. Sa bite est en moi parce qu'il est tombé follement amoureux de la femme surgie de nulle part au moment où il était le plus désespéré de sa vie. Ce n'est même pas parce que je suis si voluptueuse et séduisante qu'il ne peut tout simplement pas me résister. Et ce n'est pas non plus mon insolence qui l'étourdit et lui donne envie de m'apprendre les bonnes manières.

Casey n'est pas Jayson Bass et je ne suis pas Janell Kain. Mais j'ai tout de même envie de lui.

Arrachée à mon monde imaginaire et ramenée sans ménagement à la réalité, je suis interloquée quand la sublime bite qui occupait ma chatte si avide disparaît d'un coup. Et encore plus lorsque Casey me soulève comme si j'étais aussi légère qu'une plume et que je me retrouve à califourchon sur ce fauve.

Sans avoir apparemment besoin que je l'aide, Casey guide mes hanches jusqu'à ce qu'il m'ait totalement embrochée à nouveau. Je gémis, savourant une fois de plus cette sensation. Mais ma personne ne compte pas, et j'en ai la preuve quand il commence à me faire coulisser de bas en haut sur sa bite, dans un va-et-vient aussi rapide que brutal. J'en suis réduite à me cramponner à ses épaules et le laisser faire ce que bon lui semble, aussi paradoxale que soit la position.

En tant que femme et auteur de romans sentimentaux, j'ai toujours considéré qu'en chevauchant un homme, une femme exprime la domination qu'elle exerce sur lui, la possibilité de prendre les choses en main. Ce n'est tout bonnement pas le cas avec Casey. Comme un cheval débridé, il n'en fait qu'à sa tête. Il est sauvage et libre, ses muscles souples saillent à chaque mouvement et ses halètements sont aussi puissants que l'énergie qui l'anime. Casey est devenu un étalon qui ne connaît ni clôtures ni entraves. Enfin.

Il faut que j'écrive cela. Je vais les immortaliser, lui et ce moment, dans les pages de l'un de mes livres. Car cela mérite de l'être. En bon écrivain, je mémorise chaque infime détail – ses robustes épaules contractées, ses mains implacables qui m'empoignent, le cal de leurs paumes sur mes fesses, l'exquise sensation dans mon anus à chaque fois qu'il me soulève, et le claquement des peaux l'une contre l'autre lorsque je retombe. Mais plus que tout, je vais saisir et garder dans mon esprit chaque nuance d'émotion brute que je lis dans ces yeux, aussi bleus qu'un marlin pris à l'hameçon qui tente désespérément de s'échapper. Car ses gestes ont beau paraître libres, ce que disent ses yeux, c'est une tout autre histoire.

Je suis rivée à son regard, incapable de m'en détourner de peur de manquer quelque chose de capital. Ce que Casey voit quand il me regarde, ce n'est pas du tout moi. À la place des ternes cheveux châtains, il voit d'éclatantes boucles auburn luisantes. Au lieu de la peau ambrée, il voit un ivoire immaculé. Et à la place des yeux bruns si communs, il voit des pupilles couleur de feuilles au printemps. Ce qu'il voit, celle qu'il voit, c'est Cassidy.

Ses mains desserrent leur emprise sur mes fesses, mais la bite qui est en moi n'a rien perdu de sa raideur. Quand Casey cesse de me faire coulisser sur lui, je me demande s'il a changé d'avis et ne veut plus achever ce qu'il a commencé. J'arrête alors moi aussi de bouger et j'attends qu'il me dise de descendre. Il n'en fait rien.

Au lieu de cela, il m'attire en avant par les hanches, m'encourageant à prendre les commandes, à bouger comme je le désire… à le chevaucher. Mon cœur s'emballe dans ma poitrine, je suis grisée par l'opportunité qui m'est offerte de posséder cet homme. Je n'ai rien désiré d'autre depuis notre première rencontre. Casey est grand, avec de larges épaules, robuste et puissant, c'est une montagne qui me donne envie de sortir mon attirail d'alpinisme pour le gravir jusqu'au sommet. Mais je suis parvenue jusque-là à maîtriser mes pulsions, intimidée par sa simple présence, lui auprès de qui je me sens minuscule. À présent, il est entre mes cuisses, et toute cette force brute est à ma portée. Je saisis donc cette occasion qui n'arrive qu'une fois dans la vie et j'accepte ce qu'il m'offre.

Je me penche en avant et positionne mes hanches pour mieux glisser, avant d'onduler d'avant en arrière à un rythme qui est beaucoup plus sensuel que les coups de boutoir qu'il m'a assenés. Je ne veux pas qu'il se défoule de sa colère. Je veux qu'il se sente désiré, vénéré. Je l'étreins et enfouis mon visage dans son cou. Quand je l'entends pousser un lent soupir et qu'il incline la tête pour s'offrir à moi, j'en profite pleinement. Mais je sais que je dois prendre garde de ne pas l'effrayer. Alors, je prends mon temps, je le suçote délicatement, en faisant attention pour ne pas laisser de marque. Il n'est pas à moi. Je ne fais que l'emprunter.

Quand mes lèvres emprisonnent le lobe de son oreille et que mes dents le mordillent, il tressaille. Je m'enhardis de me savoir capable de faire un tel effet à cet homme. J'ai trouvé son point faible et j'ai achevé mes recherches. Mais je n'en ai pas tout à fait terminé avec lui. Il reste autre chose que je désire et que je n'ai pas eu l'occasion de faire. C'est un risque, mais qui vaut la peine d'être pris. Je titille une fois de plus son oreille dans l'espoir de le mettre dans un état plus réceptif, puis je dépose des baisers le long de sa mâchoire sculptée jusqu'à sa bouche.

Casey ne m'a pas embrassée depuis l'unique baiser du début. Je ne suis même pas sûre qu'il va accepter de recommencer ; peut-être que c'est un geste trop intime pour qu'il le supporte. Mais embrasser Casey n'est pas mon intention. Je veux simplement enfoncer mes dents dans sa fichue lèvre si charnue. Alors, d'un mouvement de hanches, je prends sa bite au plus profond de moi, je respire un bon coup et, oubliant toute prudence, je plaque ma bouche sur la sienne.

Et mon Dieu, oui ! Casey pose ses grosses mains sur mon dos et me serre contre lui tandis que sa langue cherche la douceur réconfortante de la mienne dans un suave baiser qui m'enivre. Je le sens en moi, plus dur que jamais, sa peau nue brûle contre la mienne, il n'est que virilité. L'espace d'un bref instant, je m'enhardis à faire comme si je pouvais le plier à ma volonté. Je l'enlace et lui empoigne les cheveux pour lui renverser la tête en arrière et le forcer à libérer ma bouche. Puis j'ose. Je prends cette lèvre tentatrice entre mes dents et l'érafle en la mordillant.

Casey grogne. Pas pour me mettre en garde, mais pour approuver. Je lui fais mon plus beau sourire enjôleur, le genre que les héroïnes effrontées de mes livres décochent à leur partenaire masculin pour les rendre fous de désir, et je le mords à nouveau. Cette fois, je ne me retire pas. Je poursuis le baiser, je le dirige et je lui montre l'effet que cela fait d'être dominé. Peut-être suis-je douce, mais innocente, sûrement pas. Cette nuit est sans doute la seule occasion qui s'offre à moi de le posséder ainsi, alors, je vais tout faire pour que ce soit aussi mémorable pour lui que pour moi.

Je me cramponne à ses épaules et je me sers au mieux de mon corps pour lui faire plaisir. La cambrure de mes reins me met dans la position parfaite pour chevaucher sa longue et épaisse bite tout en continuant de titiller ses lèvres en les frôlant de mon téton. Je veux qu'il s'en empare, et c'est ce qu'il fait.

Casey capture la pointe dressée entre ses dents et l'érafle en me faisant délicieusement souffrir. Bien que j'aie la prudence de ne pas dire un mot – il ne m'a toujours pas donné la permission –, je laisse échapper un gémissement. Encore. J'en veux encore. Comprenant ce que cela signifie, il prend le téton entièrement dans sa bouche pour le lécher et le téter tout en me regardant. Quelque chose change dans son regard et j'entrevois l'homme qui se dévoue au plaisir de sa partenaire.

Je le regarde passer d'un sein à l'autre et les pétrir de ses mains puissantes et calleuses. Chacune de mes ondulations titille mon point G et fait monter mon plaisir de plus en plus haut, comme un ascenseur qui fonce jusqu'au dernier étage d'un gratte-ciel. L'impatience d'atteindre la destination finale s'ajoute à celle de cette longue ascension, mais je sais que lorsque les portes s'ouvriront, mon orgasme déferlera.

Deuxième étage… troisième… quatrième…

J'accélère l'allure, concentrée sur la sensation que procure à mon clitoris gonflé la touffe de poils sur le pubis de Casey. Comme elle me chatouille tout en stimulant ce bouton hypersensible, je m'y colle de plus en plus. Je suis tellement hypnotisée par l'expression dans le regard de Casey, sa bouche sur mes seins, chaque infime détail de sa bite gonflée profondément enfouie en moi, que je n'ai pas remarqué que je me mordais la lèvre au point de me faire saigner.

Cinquième étage… sixième… septième ciel.

La destination est atteinte. À peine les portes s'ouvrent-elles que l'ascenseur retombe dans une chute vertigineuse qui envoie des vagues successives de plaisir jusque dans la moindre terminaison nerveuse de mon corps. J'ai la sensation d'avoir la poitrine légère et vide, presque glacée tant le sang a reflué dans mon bas-ventre pour exploser et se répandre dans mes veines comme un feu de brousse dévastant tout sur son passage. Je me pâme et défaille, grisée de bonheur.

J'ai à peine remarqué que je m'étais immobilisée quand Casey prend la relève et me saisit par les hanches pour prolonger le plaisir. Les parois de ma chatte se referment sur sa bite incroyablement dure pour la serrer et l'attirer, le supplier de me rejoindre dans ce royaume que les amants doivent partager.

Et c'est exactement cela que nous sommes, j'en suis convaincue. Jusqu'au moment où j'ouvre les yeux et que je suis forcée de retomber une fois de plus les pieds sur terre.

Le changement que j'avais entrevu quelques instants plus tôt a disparu, comme s'il était brutalement revenu à une réalité qui m'échappe. Disparu, le doux Casey, remplacé par le désespéré. Nos positions changent à nouveau.

Allongée sur le dos, les bras ramenés derrière ma tête et cloués au matelas, je me sens transportée. Oui, c'est ce que je désire.

— Écartez encore ! ordonne-t-il.

Je suis à ses ordres, mais il ne me laisse pas le temps d'obéir. Il passe un bras sous un de mes genoux et m'ouvre les cuisses à sa convenance. Il pivote sur ses hanches et son énorme bite qui pénètre à nouveau en moi me comble délicieusement. Seigneur, si seulement j'avais le pouvoir de revenir en arrière afin de ressentir cela à nouveau.

Bon sang, mais sa sublime bite est gigantesque et… sublime. Mais surtout, elle est inlassable dans son égoïste entreprise. Chacun des violents coups de boutoir que me donne Casey me projette en arrière encore et encore.

Bien qu'il soit brutal, je savoure ces va-et-vient. Mais comme au début, ils ne sont pas faits pour me donner du plaisir, mais pour qu'il en prenne. Je ne suis rien de plus qu'une participante consentante. Il peut se servir de moi à sa guise. Je m'en moque. J'ai juste envie de le sentir, de le garder en moi, d'avoir avec lui ce lien si éphémère soit-il. Son plaisir est le mien.

Les grognements de Casey se font plus pressants, ses coups de reins plus insistants et la cadence de plus en plus directe et précipitée. Puis, finalement, sa bite quitte ma chatte et retombe lourdement au creux de ma cuisse. Je la sens palpiter à chaque giclée de son orgasme et je savoure la sensation charnelle de ses dents dans mon cou tandis que son sperme brûlant se répand sur ma peau.

Les yeux clos, je le serre contre moi, car je sais que je ne connaîtrai plus jamais cette sensation. J'aimerais pouvoir dire que durant cet unique moment, il est à moi. Mais il n'en est rien. Il ne sera jamais à moi, car il sera toujours à elle. Quelle idiote, mais quelle idiote, cette Cassidy Whalen.

S'arrachant à mon étreinte, Casey roule sur le flanc pour s'allonger à côté de moi. La fraîcheur qui règne dans la chambre n'est pas très agréable sur ma peau enfiévrée et je me rends soudain compte que je suis toute nue. Je risque un regard vers Casey et le trouve, un bras au-dessus de la tête, les yeux fermés, encore haletant et tentant de reprendre son souffle. J'ai envie de poser ma tête sur son cœur pour en entendre les battements assourdissants. De me blottir dans le creux de son bras et de passer ma jambe par-dessus les siennes tout en déposant sur tout son corps des baisers reconnaissants. Mais je n'en fais rien, car je ne peux pas. Ce n'est pas mon petit ami et nous ne sommes pas amants. Nous sommes là, c'est tout.

Casey ouvre brusquement les yeux et se tourne vers moi. Il a certainement dû sentir le poids de mon regard. Je me détourne, pas très sûre de ce qu'il faut dire dans le silence gêné qui s'ensuit, ni même si je dois parler. J'ai la réponse quand il se lève d'un bond, empoigne son pantalon et l'enfile précipitamment sans même prendre la peine de le boutonner. Il s'assoit sur le rebord du lit pour mettre ses chaussettes et ses grosses chaussures, sans me regarder ni proférer un mot. Une fois qu'il a terminé, il se lève et ramasse sa chemise en tournant vers moi son dos musclé, taillé comme la collerette déployée d'un cobra en colère.

— Désolé, dit-il avant de se hâter de sortir.

Une fois que j'ai entendu le déclic de la porte qui se referme, j'ose enfin lui répondre :

— Pas moi.

15

Shaw

J'ai à peine fermé l'œil de la nuit. Pas à cause de la tempête, mais parce que j'ai réfléchi au sens de la vie. OK, peut-être que j'exagère un peu, mais pas de beaucoup. J'ai failli perdre la vie hier, après tout. Ce genre de truc a tendance à vous amener à faire un bilan de votre existence. Pas un bilan matériel de ce que je convoite depuis toujours, mais de ces trucs plus importants dont parlent les bouquins de développement personnel. Des trucs comme la famille, le bonheur, l'épanouissement personnel, les valeurs fondamentales… et le temps – celui qui me reste et la manière dont je vais l'utiliser. Jusque-là, je considérais tout cela comme des conneries. Plus maintenant. À présent, au lieu d'un hangar rempli de jouets rutilants, je ne vois qu'un vaste et vain espace vide. Inutile de dire que je ne suis pas très fier de ce que je suis devenu.

Malgré tous mes efforts pour ne pas être comme mes parents, mon égoïsme m'a fait leur ressembler en tous points. Mon père cupide et ma mère obsessive et droguée étaient tous les deux nichés à l'intérieur d'un bébé joufflu qui n'était pas la joie d'un couple, mais plutôt l'incarnation du regret. Si je m'étais noyé dans cet océan, Shaw Matthews n'aurait rien laissé derrière lui.

Jamais je n'ai eu envie de cela, jamais cela ne m'a effleuré. Mais maintenant, cela m'obsède. Qu'est-ce qui a changé, bon sang ? Tout ce que j'ai dans la caboche est sens dessus dessous.

Pour couronner le tout, j'ai joui dans Cassidy. Et ce n'est pas le genre de connerie que je fais habituellement. Du coup, j'essaie de comprendre la raison de mon geste, et surtout pourquoi c'est avec Cassidy que c'est arrivé. Cela suffirait pour expliquer mon insomnie, mais il y a aussi le fait que je ne n'aie pas voulu manquer une seconde de cette femme endormie dans mes bras. La manière parfaite dont elle s'est blottie contre moi, sa respiration et même ses grimaces attendrissantes m'ont comblé et rendu heureux. Heureux, comblé et désarçonné.

Dormir tout seul serait vraiment trop nul.

Cassidy s'agite dans son sommeil et se blottit encore plus contre moi, alors qu'elle a déjà la tête sur ma poitrine, les jambes emmêlées aux miennes, ses seins magnifiques collés à mon flanc et son bras passé sur ma taille. Merde, je souris ? Eh oui, je souris.

Je me tourne vers elle et dépose un baiser sur son front tout en caressant ses cheveux, ravi qu'elle réagisse par un soupir de satisfaction comme si elle n'avait attendu que cette attention. Que ce soit le cas ou pas, peu importe. Elle l'a, mon attention, entièrement. Et comme le pervers que je suis sans doute, je hume ses cheveux parce que son parfum est tout simplement fantastique et qu'il a sur moi un effet inexplicable.

Je vais la faire mienne. Bien que je sois terrifié à la perspective qu'elle me rejette. Si elle m'accepte, si elle me donne ne serait-ce qu'une chance de faire mes preuves, je veillerai à ce qu'elle ne le regrette jamais. Bon Dieu, je suis prêt à renoncer au titre d'associé chez Striker Sports Entertainment, ce titre pour lequel ma petite Miss Glaçon et moi avons été au coude à coude, parce que je sais que c'est la seule façon possible d'être ensemble au vu et au su de tous. Je m'en fiche. Cassidy Whalen en vaut sacrément la peine.

Oui, Shaw Matthews a un nouvel objectif, devenir un type bien, quelqu'un qu'elle sera fière d'avoir comme homme. Mais le plus génial, c'est que je ne vais pas changer simplement pour la rendre heureuse : je vais le faire pour le devenir moi aussi. Et il n'y a rien d'égoïste là-dedans.

Mais il faut procéder par ordre. D'abord, je dois voir Abby, qui se trouve être la femme la plus gentille du monde et qui est en train de me faire changer d'avis sur la question d'avoir un enfant. Seigneur, je vais finir par me faire une crampe à force de sourire en permanence.

Même si je sais qu'Abby a Thomas et Casey pour s'occuper d'elle, j'ai pris moi aussi cette responsabilité envers elle. C'est une mission qu'un fils digne de ce nom – adoptif ou pas – endosse avec fierté, après tout. Elle va être fière de moi, et je vais même essayer de m'entendre avec Casey, car je sais que cela la rendra heureuse. Non pas que je sois obligé de lui lécher les bottes sous prétexte que la rivalité entre frères ce n'est pas une blague, mais quand même. Nous avons quelque chose en commun, à présent. En plus du fait d'avoir baisé avec la même femme. Et puisque penser à ce détail me rend ronchon, je le balaie une bonne fois pour toutes de mon esprit.

Cassidy est ma nana, Abby est ma mère et rien d'autre n'a d'importance. Point barre.

Sauf que je vais devoir réveiller Cassidy pour pouvoir m'extirper du lit. Ce n'est pas que j'en aie envie – oh, sûrement pas –, mais nous ne pouvons pas rester éternellement comme cela : on va avoir besoin de moi pour réparer les dégâts causés par l'ouragan et je tiens à participer. Le problème, c'est que je suis tout chose à l'idée de la réveiller. Et si elle a la même réaction que le lendemain de notre nuit ensemble à Detroit ? Cela ne m'a pas affecté à ce moment-là, mais à présent j'ai déconné et j'ai des sentiments pour elle. C'est drôle, les sentiments : c'est fragile et on est facilement blessé. C'est bien pour cela que j'ai évité d'en avoir jusqu'ici.

Non, je ne vais pas me réfugier derrière cette muraille. Si elle pique une crise, elle la piquera. Je ferai avec et je trouverai le moyen de tourner la page. Mais je respecterai ses désirs. Dans un cas comme dans l'autre, je ne peux pas éviter l'inévitable.

Je bouge délicatement l'épaule pour la réveiller.

— Ma chérie ? demandé-je à mi-voix pour ne pas la faire sursauter.

Oui, je l'ai appelée « ma chérie ». Et alors ?

— Mmm ? fait-elle en s'étirant tellement que ses cheveux retombent sur son visage.

— Ma chérie, dis-je en les écartant, il faut qu'on se lève.

— Non, marmonne-t-elle de cet air boudeur qui me donne envie de lui sauter dessus et de l'embrasser passionnément.

— Oooh, roucoulé-je comme la mauviette que je suis apparemment devenu. On n'aurait pas encore sommeil ?

Elle garde les yeux fermés, mais elle répond. En se blottissant encore plus près.

— Non, je suis juste trop bien, je n'ai pas envie de bouger.

Zut. Je ne vais pas pouvoir la forcer. Sauf que je suis obligé.

— Je serais ravi de te laisser ici pour l'éternité, mais la vérité, c'est que la réalité nous attend dehors et qu'avant longtemps, ton père va rappliquer aussi. (Je me penche vers elle avec des airs de conspirateurs.) Et je vais te dire que je n'ai pas envie de me faire surprendre tout nu au lit avec la fille de Duff Whalen quand il viendra frapper à ma porte.

— Il ne fera rien du tout, glousse-t-elle. Il t'aime bien.

— Ah bon ? Il m'aime bien ?

J'avoue que j'ai un peu de mal à digérer cette nouvelle information. Je suis tombé à l'eau du bateau de ce bonhomme pendant une bagarre avec un type qu'il considère comme faisant partie de sa famille, bon sang. Ah oui, sans compter que je saute sa fille régulièrement.

Cassidy hoche la tête et sa joue me frôle délicieusement la poitrinc. Elle n'a pas l'air de flipper non plus. Absolument pas.

— Et toi ? Tu m'aimes bien aussi ?

— Peut-être un petit peu, marmonne-t-elle avec un sourire qui me ravit.

Merde, elle m'aime bien, quoi.

— Ah bon ? Peut-être un petit peu ? l'imité-je, ce qui la fait de nouveau glousser.

Il va falloir que je la punisse pour s'être moquée de moi. D'une main, je lui chatouille les côtes et de l'autre, j'en fais autant à l'aisselle. Cassidy fait un bond et se débat, ouvrant tout grands ses magnifiques yeux verts, et dévoile ses éclatantes dents blanches en riant à gorge déployée et en faisant une espèce de grognement pas mignon du tout.

Mais, bon Dieu, comme elle est belle.

Profitant de l'occasion, je roule avec elle et prends la position dominante tout en continuant de la chatouiller. Cassidy rit de plus belle et me claque vainement les épaules en se débattant toujours pour écarter mes mains. Un coup de genou me frôle l'entrejambe et je parviens tout juste à éviter l'accident en me tordant, si bien que je me retrouve entre ses cuisses.

Elle renverse la tête en arrière, ses cheveux épars sur l'oreiller, et des larmes d'extase perlent au coin de ses yeux. J'aimerais tellement qu'elle soit perpétuellement ainsi. C'est seulement quand elle commence à s'essouffler que j'abrège son supplice.

Avant qu'elle ait le temps de se ressaisir, je profite de ma position pour la pénétrer. Oui, je bande déjà comme un taureau : n'oublions pas que nous sommes nus et que nous sommes en train de nous bagarrer gentiment. Ce genre de chose à tendance à exciter un bonhomme.

Cassidy étouffe un cri, mais elle ne proteste pas. Son rire irrépressible est remplacé par un gémissement qui me donne envie de jouir sur-le-champ. Bon sang, mais ce que je l'aime, cette femme.

— Qu'est-ce qu'il y a ? demande-t-elle.

C'est seulement là que je me rends compte que je suis immobile et que je la contemple. Même si je suis en train de pénétrer une femme splendide qui m'excite comme jamais, je comprends brusquement pourquoi je suis aussi décontenancé. Serait-ce que je l'aime ?

— Chéri ? Ça va ? demande Cassidy, l'air inquiet, tandis que ses ongles frôlent les cheveux sur ma tempe dans un geste attendrissant.

Elle m'a appelé « chéri »… Et voilà que je me sens brusquement comme le Grinch un matin de Noël et que mon cœur triple de volume.

— Oui, une crampe à la jambe.

Absurde, comme mensonge, en plus. Mais je ne veux pas tenter le diable sous prétexte que Cassidy ne flippe pas, et être en train de pénétrer la femme de mes rêves n'est pas le moment idéal pour bafouiller quelque chose sans avoir un peu réfléchi avant. Je n'ai jamais aimé personne en dehors de moi-même. Est-ce que je sais ce que ça signifie ?

Ayant fait mine de soulager ma crampe, je me ressaisis et prends le rythme qui a eu l'air de lui plaire cette nuit. Profond et insistant, avec un frottement qui nous rapproche autant que le peuvent deux êtres humains sans entamer la peau. Mais je serais prêt à m'écorcher vif si elle me le demandait.

Mon Dieu, ce qu'elle est bonne sur ma bite – chaude, étroite et douce à la fois. C'est trop de bonheur et je vais jouir bien trop vite si je continue comme cela. C'est facile d'y remédier : je roule sur le côté afin que Cassidy se retrouve sur moi, position à laquelle elle n'était manifestement pas préparée. Mais bon, comme nous avons déjà fait pas mal de galipettes ce matin, une de plus ou de moins ne changera pas grand-chose.

Cassidy glousse devant ma brusquerie et sa chatte se resserre à chaque contraction de son ventre. Je commence à songer à mille manières de l'amener à continuer ainsi, mais ce n'est pas nécessaire, car elle est à califourchon sur moi, les ongles enfoncés dans ma poitrine. Ses cheveux me frôlent le visage et ses magnifiques seins ronds aux pointes durcies ne demandent qu'à être pris en main et cueillis. Peu importe la position ; peu importe qui mène la danse ; peu importe que je sois ou non submergé par les émotions. Elle me fait tout simplement des trucs qu'aucune autre femme ne m'avait faits jusqu'ici. Et j'en ai connu beaucoup, des femmes.

Cassidy Whalen est à part. Cassidy Whalen est… celle qu'il me fallait.

Alors, je la laisse prendre les rênes, car, à vrai dire, c'est ce qu'elle a toujours fait. Elle me mène par le bout du nez, pour ne pas dire autre chose. Oui, je l'aime, bon sang. Maintenant, il faudrait que je trouve un moyen de le lui dire.

16

Casey

Je suis un connard.

Dans la douche, alors que l'eau tambourine sur mon crâne, je me rends compte qu'avoir ouvert le robinet d'eau chaude à fond ne sera toujours pas suffisant pour me décrasser de ma connerie. Je pourrais aller me plonger dans une marmite d'eau bouillante. Peut-être que je devrais tout simplement me foutre le feu. Ou mieux encore, m'attacher à un pieu sur un bûcher en plein centre-ville et laisser la populace hargneuse armée de fourches me brûler vif tout en me forçant à regarder Mia dans les yeux.

Je me suis servi d'elle. Tout bonnement. Mia. La douce et innocente Mia.

Elle ne méritait pas la manière dont je l'ai traitée cette nuit. Elle a tout simplement été prise dans le feu croisé de la grandiose tragédie de Casey et Cassidy. Enfin, c'est plutôt un cessez-le-feu. Car les choses entre Cassidy et moi se sont brutalement arrêtées. Cela dit, c'est arrivé il y a longtemps, donc ce n'est pas aussi brutal que je voudrais le croire. Je me suis juste accroché à quelque chose qui n'existait plus.

Je crois que nous nous y sommes accrochés tous les deux. Mais moi plus qu'elle.

Je ne suis sorti avec personne d'autre que Cassidy, je n'y ai même pas songé, à vrai dire. Mais Mia ? Elle est arrivée ici comme une bouffée d'air frais. Avec toute son innocence au beau milieu d'un environnement apparemment inviolé. Ses yeux de biche, une beauté naturelle qui n'a pas besoin de maquillage pour dissimuler ce qu'elle est vraiment, des cheveux qui flottent autour de son visage comme les vagues qui dansent sur l'océan par temps calme, et le physique d'une sirène. C'est un rêve devenu réalité pour n'importe quel marin. Et je l'ai gâché.

Je mentirais si je disais que je ne me doutais pas que je l'attirais. Je le savais, je l'avais senti à de subtils indices. Sa manière de se pencher légèrement vers moi pour se rapprocher. De me regarder comme si je lui avais décroché la lune. Ce qu'elle disait, les expressions qu'elle choisissait étaient très intimes et familières tout en ne l'étant pas. C'était incroyablement agréable de bavarder avec elle et quand elle s'intéressait à moi, je ne pensais vraiment plus du tout à Cassidy. Et d'ailleurs, c'était pour ça que Cassidy était énervée, non ?

Bon sang. Je n'avais pas prévu ça, même si je n'ai pas à me creuser la tête pour comprendre pourquoi.

Donc, contrairement à toutes les femmes que j'ai connues jusqu'ici, Mia était suspendue à mes lèvres. Je pensais que c'était uniquement parce qu'elle se documentait pour son roman, mais il lui arrivait souvent de poser papier et stylo pour mieux m'écouter. Avec elle, je me sentais important, comme si j'étais la moitié d'un tout. Je ne veux pas dire par là que je ne me sentais complet que si j'avais Cassidy à mon bras, mais disons que là, j'étais quelqu'un qui avait sa propre histoire à raconter. Je crois que ça m'a surpris moi-même. Que ça a modifié la façon dont je me percevais.

Mais ça ne m'a pas empêché d'essayer de sauver ce que je pouvais de ma relation avec Cassidy. Nous étions ensemble depuis toujours et je pensais que ça durerait jusqu'à notre dernier jour. Alors, quand Cassidy m'a surpris avec Mia dans le nid-de-pie, un endroit qui était notre refuge à nous, je me suis senti coupable d'y avoir amené une autre femme. Et j'ai bien vu la déception sur le visage de Cassidy. Elle était jalouse. Et ça m'a rendu encore plus mal à l'aise.

Je l'avais vue avec ce salaud, et dans le parc pour enfants, en plus. Celui où on allait quand on était gosses. Ma Cassidy était dans les bras d'un autre homme. Un type qu'elle était censée mépriser. Et pas seulement ça, mais elle était en train de se le faire. Tout ce que je croyais savoir a volé en éclats à cet instant.

Ça aurait dû être moi. Moi, le mec qui l'attendait pour exaucer ses rêves et dans les bras duquel elle reviendrait, puisque c'était sa place. Mais je m'étais trompé. Et elle m'avait laissé dans ce nid-de-pie en train de bander comme un taureau. On aurait pu penser que me briser le cœur m'aurait fait débander aussitôt, mais pas du tout. Et il fallait que je trouve un moyen d'évacuer tout ça.

Mia a été bien trop contente de jouer la doublure de Cassidy. Mais quelque part au milieu de cette baise d'enfer, quelque chose a brusquement changé. C'est elle que j'ai vue. J'ai vu Mia qui me voyait *moi*. C'est ce qu'elle voulait, c'est moi qu'elle désirait. Et je n'ai pas pu supporter ça, avec la blessure que venait de me faire Cassidy. Et le pire, c'est que je me sentais bien avec Mia. Comment c'était possible ?

En sortant de ma chambre à Whalen House, j'entends les voix de nos parents en bas. Je ne sais pas pourquoi, mais je n'ai pas trop envie de les voir tout de suite et je préfère monter dans le nid-de-pie évaluer les dégâts causés par l'ouragan Ayla. La tempête a fini par s'éloigner, quelque part au milieu de la nuit, et pour autant que je sache, à la maison, tout le monde est indemne. Même si je m'en veux d'avoir laissé Mia toute seule cette nuit, je sais que je ne pouvais pas rester avec elle après la manière dont je m'étais comporté.

Il fait sombre dans le couloir, mais un rai de lumière est visible sous la porte d'une chambre. Celle de Mia. Elle est réveillée. Ma conscience refuse que j'évite la conversation qu'il faut que j'aie avec elle. Je lui dois une sacrée excuse, et même si je sais que je ne pourrai pas trouver les mots raffinés qu'elle mérite, mieux vaut une excuse pas très bien formulée que pas du tout. Repousser à plus tard n'est pas une bonne chose, et plus j'attends, pire je me sentirai. Je prends sur moi et décide de régler la question une bonne fois pour toutes.

Je fais grincer les lames du parquet sous mon poids en m'avançant à la rencontre de ce qui m'attend de l'autre côté de cette porte. Elle sera parfaitement dans son droit si elle refuse mes excuses, et elle a toutes les raisons de me balancer une lampe à la tête. Et je supporterai cela comme un homme parce que, quoi qu'elle exige en réparation, je vais le lui donner.

Ne voulant pas attirer l'attention de la maisonnée sur ce qui va se passer, même si je mérite un sermon de leur part, je frappe légèrement.

— Entrez ! répond une voix à l'intérieur.

Je me félicite égoïstement qu'elle soit du genre discret.

Je pousse la porte d'une main tremblante. Bon sang, ce que je suis mal à l'aise. C'est une première pour moi. En même temps, je n'ai jamais été obligé d'implorer le pardon de Cassidy et j'ai toujours su qu'elle me l'accorderait si je rampais. Mais avec Mia, je ne sais pas trop sur quel pied danser.

En dehors de la lueur blanche de l'écran devant Mia, la chambre est plongée dans la pénombre. Évidemment, puisque l'électricité a été coupée au beau milieu de la tempête. La lumière est tout juste suffisante pour que je voie que les draps sont toujours froissés et en désordre, et je me demande si elle a mouillé l'oreiller de ses larmes. Seigneur, rien que d'imaginer cette scène, j'en ai le cœur serré. Oui, je suis un connard, je sais.

Mais on ne se douterait de rien en regardant Mia.

Assise en tailleur dans le fauteuil devant le bureau, on dirait une étudiante qui essaie désespérément d'achever une dissertation juste avant d'aller en cours. Le T-shirt trop grand, le jogging et le chignon en bataille ne parviennent pas à faire oublier sa beauté. C'est comme ça, avec Mia. Elle est incroyablement belle, sans avoir besoin de se donner le moindre mal.

— Bonjour.

Elle ne me regarde pas et je ne peux vraiment pas lui en vouloir. Elle continue de pianoter énergiquement sur le clavier de son portable. C'est son outil de travail et c'est probablement uniquement pour cela qu'elle ne me l'a pas balancé à la figure cette nuit.

— Bonjour. Vous vous êtes levée de bonne heure, dis-je, estimant qu'une évidence est la meilleure manière de lancer la conversation.

— Vous voulez dire que je veille tard, corrige-t-elle.

Elle a manifestement passé une nuit blanche.

— Vous ne vous êtes pas couchée ?

Putain, c'est ma faute. Je suis vraiment pire qu'un connard. Je suis le roi des cons.

— Eh bien, quand l'inspiration est là, il faut la suivre ou risquer de la perdre pour toujours.

La lumière du portable n'est pas charitable pour son visage habituellement angélique et je vois les cernes bleutés sous ses yeux.

— Vous avez l'air fatigué, avancé-je prudemment.

Elle hausse les sourcils sans pour autant se détourner de son écran.

— Ah bon ? Je ne me sens pas fatiguée, moi, répond-elle avec un rire sans enthousiasme. Et puis c'est un peu difficile de dormir avec un ouragan qui fait rage devant votre fenêtre.

Bon, et avec ça, je suis le plus salaud de toute l'île. Un connard et un salaud, c'est un sacré mélange.

— Merde. Vous deviez être terrifiée. J'aurais dû rester avec vous.

Elle finit par se redresser et se détourner de son écran pour me consacrer toute son attention.

— Casey, franchement... ne soyez pas trop sévère envers vous-même. (Elle sourit, et je jure que la chambre s'éclaire malgré les fenêtres condamnées et l'électricité coupée.) Je n'ai pas eu peur. Et avant que vous n'abordiez le sujet, je n'étais absolument pas contrariée par ce qui s'est passé entre nous hier soir non plus. Je n'ai pas pu dormir, parce que Jayson était d'humeur bavarde et qu'il a fallu que je me libère l'esprit.

— Jayson ?

C'est son petit copain ? La jalousie pointe son nez, alors que je l'ai bannie après avoir failli noyer un homme à cause d'une femme.

— Oh, je ne vous en ai jamais parlé, fait-elle en levant la tête, toute excitée. (Elle se penche en avant et commence à s'animer.) Jayson Bass, c'est comme cela que s'appelle mon personnage principal. Je vous jure que je ne suis pas folle. Les voix que j'entends dans ma tête, c'est tout à fait normal pour les écrivains. Je ne me prends pas pour une prophétesse. Enfin, c'est ce que dit ma psy, ajoute-t-elle avec un clin d'œil. (Je n'ai jamais vu expression plus attendrissante. Elle pose l'index sur la fossette de son menton et poursuit.) Enfin, on ne peut pas totalement écarter cette hypothèse quand on a autant de personnalités qui gambadent là-dedans. Mmm. (Elle penche la tête sur le côté.) Peut-être qu'écrire nous sert à dissimuler un trouble de la personnalité multiple et que nous réussissons à faire illusion.

Elle éclate d'un rire cristallin qui me fait frissonner, tant il est délicat. Ce qui est vraiment bizarre, étant donné qu'un rire, ce n'est pas quelque chose de tangible.

— Alors vous êtes restée à écrire toute la nuit ? demandé-je, puisqu'un salaud doublé d'un connard ne peut qu'imaginer que c'est à cause de lui.

— Oui ! C'est mon petit refuge douillet.

Elle se retourne vers le bureau et se remet à écrire. Mon Dieu, mais cette femme tape à la vitesse de la lumière.

— Votre petit refuge pour vous protéger de l'ouragan, hein ?

Et pas seulement de l'ouragan : des salauds comme moi aussi.

Si Mia pouvait entendre les voix des salauds dans sa tête, elle ne serait probablement pas aussi calme.

— Mon petit refuge est toujours là. Le temps qu'il fait dehors n'y change rien. Écrire est une manière de m'évader. Vous comprenez ce que je veux dire ? C'est l'équivalent de pêcher pour vous, j'imagine.

Eh bien, elle a visé juste sur ce coup-là. Mais c'est sûrement à cause de moi qu'elle a eu besoin de s'évader. Bien que je sois incapable de revenir en arrière et tout effacer, même les bons moments, je sais qu'il faut que je trouve un moyen de réparer l'irréparable.

— Il faut que je m'excuse pour hier soir, bafouillé-je avant de perdre tout mon courage.

Elle continue de fixer son écran, imperturbable.

— Vous devez ou vous voulez ?

— Les deux.

Elle se penche un peu pour relire ce qu'elle a écrit, mais elle réussit quand même à me répondre.

— N'en faites rien. Je vous assure. Cela m'a énormément inspirée.

D'après l'intonation, il est difficile de dire si elle est sincère ou pas.

— Vous pouvez me regarder, s'il vous plaît ?

— Je le peux, et je vais le faire, répond-elle avec un sourire effronté. Laissez-moi simplement le temps de sauvegarder ceci, dit-elle en déplaçant sa souris et en cliquant. Alors ? demande-t-elle finalement après avoir refermé le portable.

Je la regarde dans les yeux, non seulement pour voir comment elle réagit à ce que je lui dis, mais aussi parce qu'un homme doit se comporter ainsi quand il avoue ses erreurs.

— Je ne veux pas que vous me détestiez.

Elle pose les bras sur les accoudoirs et croise les doigts.

— Mais pourquoi voudriez-vous que je vous déteste ? Vous n'avez pas entendu ? Cela m'a beaucoup inspirée. Je devrais vous remercier.

Là, je ne m'y attendais pas.

— Inspirée ?

J'avoue que je suis perplexe. Je ne me suis même pas donné beaucoup de mal. Cette petite partie de jambes en l'air a été agréable, mais pas sensationnelle. Si j'ai une autre occasion, je suis sûr qu'elle s'en souviendra. Mais oui, je veux remettre le couvert. Que ça finisse dans son bouquin ou pas.

— Oh, incontestablement. (Elle penche la tête sur le côté et me scrute un instant avant de poursuivre.) Comme vous ne voyez manifestement pas de quoi je parle, je vais vous proposer un marché. Je suis prête à vous raconter tout ce que j'ai écrit, si vous me promettez de ne pas vous fâcher.

Je n'ai pas vraiment le droit de me fâcher, mais comme je l'ai dit plus tôt, je veux bien lui accorder tout ce qu'elle demande si ça peut la réconforter. Et puis je dois avouer que je suis curieux.

— D'accord.

— Non, vous devez dire que vous le promettez, reprend-elle en pointant vers moi un index impérieux qui montre qu'elle ne plaisante pas. (J'en déduis que je dois prononcer ces mots à haute voix pour la satisfaire. Je m'apprête à le faire, quand elle m'interrompt.) Avant que vous parliez, sachez que je prends les promesses très au sérieux. Alors, si vous dites que vous le promettez, il faut que vous soyez sincère.

Je soupire, ce qui lui fait hausser les sourcils, et finis par murmurer :

— D'accord. (Je m'assois sur le lit face à elle, pose les coudes sur les genoux et prononce les mots qu'elle a demandés. Pas seulement parce qu'elle veut les entendre, mais aussi parce que je les pense.) Je vous promets de ne pas me fâcher.

Le sourire qui se peint sur ce ravissant visage me donne envie de lui promettre tout ce qu'elle désire.

— Bon. Alors, Jayson vient de découvrir que la femme qu'il aime, Jannell Kain, ne l'aime plus. Et la situation est un peu compliquée parce que Janell est amoureuse d'un autre homme.

Waouh ! Elle est vraiment en train d'écrire ma vie. Je m'attendais à ce qu'elle me parle d'une extraordinaire partie de jambes en l'air ou qu'elle me raconte que le type s'est comporté en salaud. Mais que mon cœur brisé serve d'inspiration, je ne sais pas trop quoi en penser. Mais bon, comme Mia s'est toujours montrée très perspicace en ce qui me concerne, je suis curieux de voir comment tout cela se dénoue dans cette histoire qu'elle a « inventée ». Parce que dans ce genre d'histoire, il y a toujours un problème suivi de sa solution, non ?

— Et qu'est-ce que fait Jayson, alors ? questionné-je.

— Mmm… fait-elle en se mordant la lèvre. Eh bien… euh… il couche avec une autre femme.

Bon sang. C'est ce qui s'appelle rouvrir des blessures. Les miennes ne sont pas seulement ouvertes : le sang coule. Je ne suis pas fâché. Vraiment pas. J'ai entièrement mérité ce coup que je viens de prendre dans les dents.

— Pourquoi il a agi comme ça ?

C'est là que je vais pouvoir savoir ce que pense Mia de ce que je lui ai fait. Ce sera peut-être pénible à entendre, mais je dois savoir.

Bon sang, je préférerais quand même qu'elle ne me regarde pas avec cet air compatissant.

— Parce qu'il est blessé et frustré, et qu'il a simplement besoin d'éprouver autre chose que du chagrin.

L'entendre dire cela à haute voix, c'est comme si elle avait répandu du sel sur ma plaie. Cela me brûle atrocement, parce que c'est vrai. Et à travers ma peine, je ne peux m'empêcher d'éprouver de l'admiration pour Mia. Non seulement cette femme écrit des livres sur les gens, mais elle lit en eux comme dans un livre ouvert.

Mais puisque la vérité, c'est la vérité, je lâche tout. Même si c'est brutal.

— Alors, il se sert d'une autre femme pour oublier la première ? Quel enfoiré…

— Je ne vois pas ça comme ça, et la femme qui a été son exutoire non plus.

« Exutoire. » C'est intéressant qu'elle ait choisi ce terme. Je me demande si c'est comme ça qu'elle s'est vue quand elle s'est regardée dans le miroir ce matin. Parce que ça ne me convient pas du tout.

— Ah bon ? Et elle s'appelle comment, cette femme ?

— Maria, répond-elle d'une petite voix après un silence.

Maria… Mia… Non, cela ne peut pas être une coïncidence.

— Maria sait qu'elle a été utilisée et ça ne lui fait rien ?

Son regard se voile et le bout de son nez rosit. Merde. Elle a du mal à se retenir de pleurer. Elle déglutit, puis elle se force à sourire avant de répondre.

— Bien sûr. Elle, elle a de l'affection pour lui. Et puis… (Elle bat des cils comme pour chasser des larmes.)… les amis, c'est fait pour quoi ?

Foutaises. Je mériterais des coups de pied au cul. N'importe quel connard qui fait pleurer quelqu'un d'aussi vertueux que Mia le mérite. Elle a un cœur d'or, elle n'est que bonté et elle ne mérite pas qu'on la fasse pleurer. Jamais. Personne ne peut me convaincre du contraire. Pourtant, c'est ce que j'ai fait. Je l'ai sautée en méprisant totalement ses sentiments. Quel genre d'ami agit comme ça ? Et puis, je n'ai jamais vu Mia comme simplement une amie. Elle est quelque chose que je n'arrive pas à expliquer.

Elle est… une possibilité.

Je me laisse glisser du lit et tombe à genoux devant elle.

— Mia, quand vous me regardez, qu'est-ce que vous voyez ?

Il lui faut un moment pour répondre. Un moment durant lequel elle a l'air de me détailler entièrement avant de terminer par mes yeux. Et quand elle y plonge les siens, c'est comme si elle y trouvait la réponse.

— Je vois Jayson… le produit de mon imagination, rien de plus.

Je ne sais pas pourquoi, mais ça ne me plaît pas.

— Vous savez, quand vous êtes arrivée en disant que vous vouliez me questionner pour le livre que vous étiez en train d'écrire, j'ai cru que vous étiez en quête de détails pratiques sur la pêche et le quotidien d'un pêcheur de homards. Je ne pensais pas que vous alliez vous mettre à écrire sur ma vie.

— Honnêtement, ce n'était pas mon intention. Mais Casey, vous êtes l'archétype du héros viril : vous avez des défauts tout en étant parfait ; vous êtes plein d'assurance, sans être effronté ; passionné par ce que vous faites ; doué de force et de volonté ; intelligent sans être prétentieux ; vous avez l'allure d'un mauvais garçon avec le cœur d'un gentil garçon ; vous êtes dominateur sans être agressif ; et vous êtes un très bon amant.

Cette dernière réflexion fait tressaillir ma bite dans mon jean. Hum. Je n'ai pas le courage de lui dire qu'un héros viril ne se servirait jamais d'une femme pour en oublier une autre.

Mia doit voir dans mon silence pensif que je me sens insulté, car elle reprend :

— Je vais jeter tout le manuscrit. Je vous le promets. Tant pis pour le contrat. Je ne veux pas vous offenser ou vous donner l'impression que votre vie a été étalée au grand jour.

Ce n'est pas du tout ce que je désire. À vrai dire, je suis honoré qu'elle m'ait estimé digne de devenir le sujet de son roman. Et m'en faire le héros ? Eh bien, je ne me sens pas très héroïque en ce moment. Mais quoi qu'il en soit, c'est comme ça qu'elle me voit. Peut-être qu'elle est la seule. Et je tiens à ce que ça continue. Puisque j'ai pu avoir un aperçu de son esprit merveilleusement créatif, je me demande si les réponses sont dissimulées quelque part dans ce génie.

— Non, vous ne devez pas le jeter. Mais peut-être que vous pouvez m'aider pour quelque chose.

Elle déglutit et cela attire mon attention sur son cou que j'ai envie d'embrasser.

— Ce que vous voudrez, répond-elle doucement.

— Dites-moi ce qui arrive à Jayson.

— Vous le savez bien, Casey… Vous êtes Jayson.

— Non, pas ça. Je veux dire, ce qui lui arrive à la fin du livre ?

— Il part dans le soleil couchant, il vit heureux et il a beaucoup d'enfants, évidemment.

— Avec qui ?

Un pauvre sourire passe sur ses lèvres et ses joues rosissent.

— Devinez.

— Maria ?

— Oui. Il est tout ce qu'elle a toujours désiré sans jamais savoir ce qu'elle cherchait.

— Je ne vois pas comment c'est possible après ce qu'il lui a fait. Peut-être que vous devriez juste le tuer.

— C'est impossible, dit-elle en riant.

— Pourquoi donc ?

Elle continue de sourire et il passe dans son regard quelque chose qui me fait tressaillir.

— Parce que, à partir du moment où une femme écrivain tombe amoureuse de vous, vous ne pouvez pas mourir, idiot.

Je hausse les sourcils.

— Vous êtes amoureuse de moi ? Euh, je veux dire de Jayson ? corrigé-je.

— Je suis amoureuse de tous mes personnages.

— Mia…

Elle me coupe précipitamment.

— Casey, ne flippez pas, je vous en prie. Je suis une romantique. Ce n'est pas grave, je vous assure. Cela m'arrive constamment – avec mes personnages fictifs, pas les hommes, et je finis toujours par m'en remettre. Je vous le promets. Vous n'avez pas à redouter que j'aie rêvé un scénario débridé et que je veuille qu'il devienne réalité. Et s'il est exact que la frontière est très mince entre le génie et la folie, et que nous sommes en permanence sur le fil du rasoir, je ne suis jamais tombée du côté de l'illusion. J'ai parfaitement conscience que je ne suis pas Maria et je sais pertinemment ce qui s'est vraiment passé cette nuit. Vous aviez besoin de coucher avec une femme et j'ai été heureuse d'être cette personne. Et puis cela a fait avancer mon intrigue et j'ai eu quelques orgasmes phénoménaux par la même occasion. Alors, tout va bien. Personne n'en veut à personne. (Elle se tait et reprend son souffle avant de demander :) N'est-ce pas ?

Sans qu'elle s'y attende, je la prends par la taille et l'attire contre moi, l'obligeant à décroiser les jambes et à les passer autour de mes hanches. Exactement comme je le désirais. Puis je l'embrasse. Elle m'a dit qu'elle était capable de connaître les sentiments d'un homme à la manière dont il embrasse, et c'est comme ça que je lui ai fait comprendre hier soir que j'avais envie de baiser. Cette fois, je l'embrasse pour lui faire comprendre autre chose.

Ses lèvres sont si douces, si dociles sous les miennes, et lorsque j'approfondis ce baiser, elle y répond. Son gémissement descend tout droit jusqu'à ma bite, puis elle passe les bras autour de mon cou en noyant ses doigts dans mes cheveux. Elle se cambre et appuie sur ma poitrine sa chatte dont je sens immédiatement la chaleur à travers ma chemise. Ce n'est pas un exutoire. Et c'est plus qu'une possibilité. Mia est… tout.

Je me dégage légèrement pour lui laisser le temps de reprendre son souffle. Elle continue de m'enlacer et appuie son front sur le mien.

— Waouh, chuchote-t-elle.

Je souris : mon message a été reçu.

— Vous n'avez pas le mal de mer, n'est-ce pas ? demandé-je alors que je sais très bien que non.

Elle secoue imperceptiblement la tête en se mordillant la lèvre.

— Casey, soyez sûr de vous. Si vous cherchez seulement à l'oublier…

— Je suis sûr, assuré-je, refusant qu'elle se fasse de telles idées. Quel homme ne voudrait pas vivre heureux ? Accordez-moi le bonheur, Mia Morgan.

— Vous avez fait la moitié du chemin, répond-elle en me gratifiant d'un chaste et délicat baiser.

— Ah bon ?

Elle éclate de rire et mon cœur s'envole comme un oiseau, un avion, une balle, comme s'il pouvait sauter au-dessus des gratte-ciel. Je vais être son héros incarné, même si c'est plutôt elle qui m'a sauvé.

Mais je vais me battre pour elle parce que je sais qu'elle en ferait autant. Nous pouvons devenir un fabuleux duo. Peu importe, du moment que nous pouvons lutter contre n'importe qui ensemble. Elle en Wonderwoman avec son lasso doré et moi en Superman avec une cape rouge flottant dans le vent.

Non, je ne me fais pas d'illusion. Elle va quitter Stonington, tout comme l'a fait Cassidy. Je le sais. Mais cette fois, je ne vais pas laisser le destin décider. Cette fois, je vais me remuer et faire tout pour convaincre Mia de rester.

17

Shaw

On parle toujours du calme avant la tempête, mais personne ne souligne jamais combien le silence qui suit peut être assourdissant. Cassidy et moi sommes bien à l'abri dans notre chambre, mais au-delà de ces quatre murs nous guette la réalité. Je l'ai prévenue. La seule manière de savoir ce qu'il en est, c'est d'ouvrir la porte et de sortir voir. Ensemble.

Juste après avoir pris une douche. Ensemble. Pour ce faire, je suis obligé d'aller chercher discrètement des vêtements dans ma chambre, mais nous réussissons notre coup sans nous faire prendre. Je ne veux plus que ce que nous partageons continue d'être secret, mais je ne sais pas ce qu'elle en pense. Je n'ai pas l'intention d'aller le crier sur les toits non plus. D'autant que je n'en ai même pas parlé à Cassidy, mais j'ai l'intention de le faire très rapidement. De lui en parler, pas de le crier sur les toits. Ce serait excessif.

Alors qu'elle termine de nouer ses lacets, Cassidy lève les yeux vers moi et me fait un gracieux sourire. Mon Dieu, elle réussit à être sexy en mettant simplement des baskets.

Cela fait, elle se lève et roule son jogging jusqu'aux genoux, dévoilant ses mollets musclés. Je lui demanderais bien si elle a pensé à apporter ses talons aiguilles, mais cela risquerait de me détourner de la tâche qui m'attend.

— Alors, prêt à aller constater les dégâts ? demande-t-elle, les mains sur les hanches.

Elle parle sûrement de la tempête, mais en réalité, la question pourrait aussi s'appliquer à ce qui s'est passé entre nous la nuit dernière. Quand on vient de frôler la mort et d'avoir une prise de conscience émotionnelle alors qu'on s'est toujours targué de ne jamais rien éprouver, il y a de quoi se poser des questions. Cela va être très compliqué. Surtout si, pour elle, c'est toujours uniquement du sexe sans lendemain, exactement comme cela devait être depuis le début.

Je prends un moment pour admirer son épaule dénudée, grâce au sweat à col en V trop grand qu'elle a choisi de porter, je lui donne une réponse qui peut s'appliquer aux deux situations :

— Comment peut-on être prêt pour une chose pareille ?

Je ne le suis pas, c'est sûr, mais n'ayant jamais reculé devant aucun défi, je sais que je vais me lancer – dans les deux cas.

— C'est vrai, répond-elle, de bonne humeur malgré le travail qui nous attend. Alors, allons-y.

J'ouvre la porte et m'efface pour la laisser passer, car c'est ce qu'un gentleman doit faire devant une dame. Que celle-ci sache ou pas qu'elle est sienne. Mais à peine avons-nous mis un pied dans le couloir que nous tombons nez à nez sur Casey et Mia, côte à côte exactement comme nous.

Il n'y a pas le moindre échange de salutations ni d'ailleurs le moindre mot, mais je remarque le regard entre Cassidy et Casey. Juste avant qu'elle me prenne la main et enlace mes doigts avec les siens. Cela me surprend, mais Dieu merci, pas assez pour me faire faire une bêtise. En revanche, je souris comme un idiot, parce que, oui, c'est moi qu'elle a choisi et que la position de mâle dominant m'est assurée.

C'est alors que Casey prend à son tour la main de Mia. Ah. Deux mâles dominants sur le même territoire ? Eh bien, voilà un concept nouveau et intéressant. Un autre étant le tendre sourire qu'échangent Casey et Cassidy, suivi par le long regard évaluateur dont il me gratifie, conclu par un hochement de tête respectueux. Je comprends parfaitement le message : j'ai intérêt à sacrément bien m'occuper d'elle. Et c'est justement ce que je compte faire.

C'est amusant la quantité d'informations qui peuvent être échangées entre quatre personnes sans qu'un seul mot soit prononcé. Mais il est tout à fait clair que Casey est avec Mia, que Cassidy est avec moi et que Casey et Cassidy sont sincèrement heureux de la situation. Tout est donc pour le mieux.

Casey et Mia étant les plus proches de l'escalier, c'est cette dernière qui s'y dirige la première, Casey à ses côtés. Cassidy et moi les suivons et nous descendons deux par deux, comme les couples d'animaux débarquant de l'arche de Noé après le Déluge. C'est une image de circonstance, étant donné les péripéties que Mère Nature nous a fait endurer pendant la nuit.

Nous entrons l'un après l'autre dans la cuisine où les parents sont déjà en train de s'affairer et quatre paires d'yeux se tournent vers les nouveaux couples. Et là encore, pas un mot. Abby, Thomas, Duff et Anna voient très bien ce qu'ils ont devant eux et remarquent notamment avec intérêt les mains qui se tiennent. Je note mentalement qu'il va falloir faire cela partout où j'irai avec Cassidy afin que tout le monde sache qu'elle est ma propriété.

Le visage d'Abby s'éclaire d'un sourire approbateur devant la tournure qu'ont prise les événements.

Pour Casey et moi. Je ne remarque pas vraiment ce que les autres pensent, car l'approbation d'Abby est tout ce qui compte pour moi. Enfin, d'Abby et de Duff, évidemment. Il me la donne à sa manière.

Il tape bruyamment dans ses mains et rompt finalement le silence.

— Bon, alors, voyons ce qu'il en est.

Nous nous écartons pendant que Duff pousse le fauteuil de son épouse vers la porte. Une fois tout le monde devant, Cassidy me regarde et soupire, pas vraiment préparée à constater les dégâts laissés par la tempête dans sa ville natale. Je presse sa main dans la mienne, et sur ce, nous fermons la marche.

Le soleil matinal éclatant contraste avec la maison plongée dans l'obscurité à cause des volets fermés et de l'électricité coupée, et les mouettes piaillent comme tous les jours. Mais pour les huit personnes qui se tiennent côte à côte sur la véranda, chacune totalement sous le choc causé par ce qu'elles découvrent, il est évident que c'est tout sauf une journée ordinaire à Stonington.

Sa situation sur le flanc de la colline, ainsi que ses robustes fondations, ont permis de sauver Whalen House. D'autres maisons n'ont pas eu cette chance. Quand on regarde vers Main Street, on a du mal à déterminer où commence telle propriété et où finit telle autre. Les rues sont jonchées de tas d'algues, de branches d'arbres, de bardeaux arrachés aux toits et aux murs, de détritus, mais, ce qui est plus surprenant, il y a aussi des arbres déracinés qui se sont abattus sur des bâtiments, des maisons dévastées dont le contenu s'est répandu dans les rues ou flotte dans le port.

La puissance de Mère Nature force le respect. La manière dont elle choisit quelles familles perdent tout, lesquelles subissent des dégâts mineurs et lesquelles sont épargnées est une véritable énigme. Nous ne savons toujours pas ce que Whalen House a subi comme dommages, car nous ne sommes pas allés plus loin pour inspecter les alentours, mais cela ne peut en aucun cas être aussi grave.

Quelques-uns des habitants sont déjà sortis et s'affairent. Des personnes âgées secouent la tête, incrédules, tandis que des mères serrent leurs enfants contre elles ou les aident à enjamber des tas de décombres. L'instinct prend le dessus et je lâche la main de Cassidy pour aller aider ces gens, tout comme Casey qui est déjà en chemin. Mais je m'arrête tout net en entendant renifler derrière moi.

Je jette un coup d'œil par-dessus mon épaule et je me fige en voyant une larme rouler sur la joue d'Anna Whalen. La mère de ma petite copine a le cœur brisé pour sa ville. Je suis effondré. Il ne s'agit pas d'une négociation qui a capoté ou d'un gros contrat manqué, mais d'une réelle catastrophe. C'est vraiment horrible.

— Tout va s'arranger, ma chérie, tu verras, dit Duff en posant une main rassurante sur l'épaule de sa femme.

18

Cassidy

La tempête Ayla a été une sacrée garce. En atteignant la catégorie 4 avant de toucher les côtes, elle a déferlé sur Stonington en dévastant tout, ne laissant quasiment plus que des confettis dans son sillage : maisons réduites en miettes, vies chamboulées et ruinées.

Et tout cela sans se soucier le moins du monde de ceux qui restent pour ramasser les débris.

Cependant, les habitants de Stonington ne s'apitoient pas sur leur sort. Ce sont des gens coriaces, opiniâtres et bien déterminés à continuer leur vie et sauvegarder ce qui en reste. Stonington va s'en sortir. Nous allons tous nous en sortir.

Dans les heures qui suivent la fin de la tempête, nous passons par les cinq phases du deuil : déni, colère, négociation, dépression et acceptation. C'est dans la dernière que nous nous montrons sous notre meilleur jour. Le nettoyage a déjà commencé et, par miracle, l'électricité est revenue. Espoir et énergie sont les fondations sur lesquelles cette île a été bâtie, et aucun ouragan n'a le pouvoir d'y changer quoi que ce soit.

Les vies ont été épargnées. Aucune victime n'est à déplorer, et c'est surtout l'orgueil des pêcheurs qui a été blessé. Ils ont beau être tous rivaux, ils se serrent les coudes pour le bien de la communauté. Je suis fière d'en faire partie.

Bien que je sois revenue à Stonington en traînant les pieds et en maugréant, je me rends compte que je n'en suis jamais partie. Une quasi-laisse qu'on m'a mise à la naissance m'y tient attachée et, même si j'ai tiré dessus aussi loin que j'ai pu – jusqu'à l'autre bout du pays, en fait –, elle est toujours reliée à Stonington.

Je lève le nez du tas de décombres que je suis en train de trier et j'essuie mon front ruisselant de sueur. Il fait chaud dehors, l'air étouffant est chargé d'humidité et le soleil tape tellement que c'est à se demander ce qui lui prend. Le ciel d'un bleu azur est strié de minces traînées de nuages blancs comme si le monde se trouvait dans un écrin de marbre bleu.

Derrière moi résonne un grognement guttural, du genre qu'un habitué des salles de gym ferait en soulevant une barre chargée de trois fois son poids. Shaw et Casey étant dans ce coin-là, je me tourne pour voir s'ils ne sont pas en train de se sauter à la gorge. Imaginez ma surprise quand je les apperçois soulever ensemble les restes du toit de la capitainerie du port.

Voilà que Shaw Matthews, un homme qui ne s'est jamais soucié de personne d'autre que lui-même, participe à l'effort général. Et mon ami le plus cher, l'homme qui lui a balancé une droite en traître hier, est en train de lui donner un coup de main. Oui, les catastrophes naturelles sont dévastatrices, mais elles semblent toujours réunir des gens qu'on n'aurait jamais imaginés ensemble. Je suis fière de mes deux hommes.

À côté de moi, Mia s'efforce d'extirper un micro-ondes d'un énorme tas de boue. Elle y met toute son énergie et je pressens le résultat avant même qu'elle perde l'équilibre et tombe les fesses dans la boue. Mais je ne me réjouis pas de son malheur. Si mes bonshommes sont assez grands pour enterrer la hache de guerre, j'en suis capable aussi.

Appuyée sur le micro-ondes en question, je tends la main à Mia. Elle lève les yeux, d'abord interloquée, puis elle sourit. Je comprends aisément ce que Casey voit en elle. Elle est vraiment jolie dans le genre simple et discret, charmante comme tout et totalement le genre de Casey. Sans compter qu'elle est auteur de romans sentimentaux, donc je suis sûre qu'il saura s'y prendre.

Mia prend ma main et une trêve est tacitement conclue entre nous alors que je l'aide à se relever.

— Alors, vous et Casey… mmm ? fais-je. (Le sourire qui éclaire son visage éclipse le soleil qui illumine notre ciel de marbre. Oh, oui, elle est folle de lui. Et elle baisse les yeux comme si elle voulait que je ne voie pas à quel point. Et comme il n'en est pas question, je lui relève le menton.) C'est très bien, lui assuré-je. Franchement. Il vous adore vraiment.

— Vous croyez ? demande Mia en se retournant vers lui.

— Oh, oui, dis-je en riant. Faites-moi confiance, personne ne le connaît mieux que moi. C'est mon meilleur ami, et cela ne changera jamais, mais je suis vraiment aux anges pour vous.

Elle entreprend de tenter d'essuyer la boue de son pantalon.

— Merci. Cela veut dire beaucoup, venant de vous.

Je décide de l'aider en lui essuyant la joue. Sa situation avec Casey est encore toute nouvelle et je suis sûre qu'elle ne voudrait pas qu'il la voie dans un état pareil. Les filles doivent se serrer les coudes dans ce genre de circonstances, après tout. À moins d'être une garce, et auquel cas, on en rajoute un peu. Mais je ne suis pas d'humeur à jouer les méchantes.

— Vous voulez un conseil ? lui proposé-je.

— Oh, certainement ! s'empresse-t-elle de répondre.

— Ne le menez pas en bateau. Casey est Stonington. C'est chez lui, ici, et il ne connaît rien d'autre, lui expliqué-je tout en enlevant la boue qui macule ses cheveux. Je ne sais pas trop comment pourrait fonctionner une relation à distance entre vous deux, mais si vous venez souvent et que vous lui restez fidèle, je vous promets qu'il le sera aussi.

— Je vous promets de prendre soin de lui, Cassidy. Aussi longtemps qu'il me laissera faire.

— Vous avez intérêt, plaisanté-je en souriant. Oh, et s'il fait des bêtises, refusez de lui parler. Il ne supporte pas. Ça marche à tous les coups, ajouté-je avec un clin d'œil complice.

Au même instant, ma mère m'appelle depuis la maison.

— Cass, va dire à ton père que son dîner est prêt. Les autres aussi, vous pouvez venir vous remplir la panse.

— OK, maman ! Où il est, d'ailleurs ? demandé-je en regardant vainement autour de moi.

— Là où il va toujours quand il essaie de se défiler.

— Je vois !

Je sais qu'elle exagère, car elle est comme cela. En plus, mon père ne fuit jamais ses responsabilités. Il disparaît pour échapper à ses remontrances, et c'est toujours pour aller au même endroit : la plage.

Avant que j'aie eu le temps de dire quoi que ce soit, Mia prend les devants :

— Allez-y. Je vais m'occuper des autres.

C'est le genre de fille qui prend les choses en main. J'aime bien. Elle saura s'occuper de Casey, vraiment.

— Ne vous inquiétez pas pour la boue. Les gars d'ici aiment bien qu'une femme n'ait pas peur de se salir un peu les mains, lui confiai-je.

Et j'entreprends de faire rentrer mon père au bercail en l'appâtant avec les petits plats mitonnés par maman.

Shaw

Il y a quelques semaines, quelqu'un qui m'aurait vu me salir les mains avec les habitants d'un village de pêcheurs n'en aurait pas cru ses yeux. Nom d'un chien, je n'en serais pas revenu non plus. Je n'en reviens toujours pas, mais me voilà en train de prêter main-forte à mes semblables. Et le mieux ? C'est que je le fais juste à côté du type qui m'en a collé une pas plus tard qu'hier. Et je ne veux même pas essayer de me venger de cette involontaire tentative d'homicide.

En revanche, ce que je voudrais bien, c'est un verre de thé glacé et ma nana.

— Tous ensemble, maintenant, les gars ! aboie Thomas une fois que quatre types et moi nous sommes mis en position pour soulever le toit de la capitainerie.

À trois, nous donnons tout ce que nous avons et nous parvenons à le redresser suffisamment pour que Casey puisse faire passer dessous des câbles en acier destinés à être fixés à une grue, laquelle se chargera de le hisser. Cette saloperie pèse des tonnes et tous mes muscles se donnent pour que Casey puisse accomplir sa tâche sans danger. Malheureusement, de l'autre côté, quelqu'un glisse et perd l'équilibre.

— Holà ! Holà ! crie Thomas qui s'élance pour prendre sa place avant que l'ouragan Ayla fasse sa première victime, son propre fils. Sortez-le de là !

Casey est juste devant moi et le toit qui pèse sur ses jambes ne lui laisse pas le moindre espace pour bouger. Il reste de marbre, alors que je suis sûr qu'il doit mentalement dire ses prières.

— Un peu plus d'espace ! crié-je.

Avec un dernier sursaut d'énergie, je soulève encore de toutes mes forces du bras gauche tout en tendant l'autre pour que Casey le saisisse. Sa main gantée se referme sur la mienne et il lève de grands yeux vers moi, le front plissé de détermination. Un grognement féroce s'échappe de ma poitrine, me donnant une force que je n'aurais jamais cru posséder, et je tire sur son bras.

Une seconde plus tard, le toit s'écrase au sol en faisant voler tout un tas de débris. Je jette un bref coup d'œil sur ma droite et je vois Casey allongé, sain et sauf, sur le ciment auprès de moi, qui fixe le ciel, haletant.

Thomas vient voir comment s'en est sorti son fils.

— Ça va, mon gars ? demande-t-il.

Casey hoche la tête et Thomas m'assène une grande claque dans le dos assortie d'un « bon boulot », puis il nous donne la permission d'aller faire une pause pendant qu'il retourne haranguer ses hommes.

Casey et moi échangeons un regard comme si son père avait perdu la tête, puis nous éclatons de rire. Puis je respire calmement, le temps de me remettre, et je tends de nouveau la main à Casey.

Il y a dans son regard levé vers moi quelque chose qui me fait gonfler le cœur de fierté. Sans un mot, nous venons de conclure une trêve qui accompagne une confiance nouvelle. Il la saisit et se hisse debout.

— Merci, mon pote, dit-il en s'époussetant d'un geste instinctif qui ne change pas grand-chose à son état.

— Vous en avez fait autant pour moi, lui rappelé-je.

Il glousse. C'est un peu une manière d'avouer par la même occasion que c'est à cause de lui que j'ai failli être envoyé ad patres, mais je ne relève pas.

— On est quittes alors.

— Oui, sûrement, dis-je, un peu mal à l'aise, car il y a encore un énorme détail à régler. Au fait, concernant Cassidy… commencé-je.

Avant que j'aie pu poursuivre, il me regarde droit dans les yeux et demande :

— Vous l'aimez ?

Méthodiquement, il retire son gant en tirant un doigt après l'autre. Bon sang, voilà qu'on va se lancer dans le deuxième round.

— Je… euh…

J'esquive, pas parce que j'ai peur de lui, mais parce que je ne suis pas entièrement sûr que je veux aborder le sujet tant que je n'ai pas parlé avec Cassidy des sentiments que j'éprouve.

— Bon, si vous voulez pas qu'on en parle, je respecte ça, dit-il en glissant le premier gant sous son aisselle et en s'attaquant au deuxième. Mais si vous l'aimez, faudra vous battre pour elle. Soyez pas un idiot comme moi en la laissant partir. Vous pigez ? (J'opine, conscient qu'il lui faut un sacré aplomb pour admettre qu'il a commis une erreur.) Pour ce qui est de Cassidy et moi, continue-t-il, vous faites pas de bile. Ça avait rien à voir du tout avec vous. En fin de compte, c'est Cassidy qui était beaucoup trop pour moi. (Il éclate de rire malgré lui et secoue la tête.) Bon sang, ce qu'elle est têtue. Elle adore se chamailler. C'était clairement elle qui portait la culotte dans notre relation. Moi, il me faut une femme un peu plus docile. Une qui est disposée à être une gentille petite femme si je la traite comme une princesse. Vous voyez ?

J'éclate de rire à mon tour.

— Et Mia est comme ça avec vous ?

Il prend les deux gants dans une main et pose le poing sur la hanche en regardant vers la maison. Je me retourne et vois Mia qui descend vers nous d'un pas guilleret.

— Peut-être, répond Casey avec un sourire gourmand.

— Eh bien, c'est parfait, alors, dis-je, m'apercevant que je suis en quelque sorte heureux qu'il se satisfasse de la situation.

Cassidy

La plage de Stonington n'a absolument rien de commun avec celles de San Diego. D'abord parce qu'elles sont innombrables à San Diego, alors qu'il n'y en a qu'une seule ici. Les plages de Californie sont généralement plates et sablonneuses, celle de Stonington est principalement composée de gros rochers. Ce qui lui permet de remporter la palme, c'est sa beauté naturelle et pure, sans les milliers de visiteurs quotidiens et leurs déchets. Sauf aujourd'hui, cependant. À cause d'Ayla, il y a des débris partout. Cela dit, les algues et le bois flotté font un spectacle bien plus agréable que les ordures.

Je trouve mon père assis sur son rocher préféré donnant sur la crique, où des vagues étonnamment modestes lèchent la pierre. Je sais avant d'arriver à sa hauteur qu'il a une poignée de galets plats aussi lisses que ses mains sont rêches. Mon père est un manuel depuis toujours, un peu abrupt à l'extérieur, mais aussi doux qu'un galet à l'intérieur, et il prend toujours le temps d'apprécier les merveilles de la nature, petites et grandes.

Je me suis souvent demandé ce qui lui passe par la tête quand il vient s'asseoir ici tout seul, mais je ne peux pas me permettre de le lui demander. Il a le droit de méditer comme il veut, contrairement à ce que peut penser son épouse.

Sans un mot, je m'assois à côté de lui sur le rocher, ne voulant pas déranger sa tranquillité alors que la ville où il vit est à ce point sens dessus dessous. Il ne se tourne pas vers moi, ne change pas d'expression. Il se contente de tendre la main et de me proposer un de ses galets, que je prends sans hésiter.

Je me rappelle avoir été envoyée ici par ma mère maintes et maintes fois étant enfant pour venir chercher mon père, mais aussi avoir prétexté qu'elle le demandait, simplement pour pouvoir rester avec lui. Il a toujours aimé m'appeler son petit canard : il s'amusait parfois à marcher en zigzag pour me voir le suivre pas à pas, ce que je faisais sans faillir. J'adore ma mère, vraiment, mais je suis une fille à son papa. Il fallait souvent qu'il joue d'astuce pour pouvoir sortir de la maison sans que je m'élance derrière lui. Je piquais une colère quand je m'en apercevais enfin et je partais quand même à sa recherche. À vrai dire, il y avait des fois où je restais assise toute la journée sur le quai à attendre qu'il rentre de la pêche.

C'est à cause de mon père que j'adore le sport. Assise sur ses genoux dans son fauteuil préféré, je l'écoutais m'expliquer le football comme si tout savoir sur le sujet pouvait vous donner un avantage en cas de catastrophe nucléaire. Et j'avais même mon tabouret à moi au Maggie, l'unique pub de Stonington.

Le soleil scintille sur sa barbe, faisant ressortir l'orange doré de ses origines irlandaises.

— Tu te rappelles la fois où tu as parié avec les gars du pub que je pouvais réciter la liste des joueurs de Dallas ? C'était en 1993, je crois.

— Ouaip. Attaquants, défenseurs et remplaçants, complète-t-il avec un sourire plein de fierté. Il a fallu qu'on le fasse durant trois saisons avant que ces crétins comprennent que tu étais un prodige. On a gagné plein de sous avec cette vieille astuce. Encore plus quand tu étais capable de donner les statistiques de n'importe quel joueur dont ils te disaient le nom. (Il se met à rire et me tapote le genou.) Je savais que tu ferais de grandes choses. Merci de ne jamais m'avoir dénoncé à ta mère, ajoute-t-il avec une bourrade affectueuse.

— Merci de m'avoir donné la moitié des bénéfices, réponds-je en lui donnant un coup de coude.

Et il éclate de nouveau de rire, parce que vous vous doutez bien que je l'avais fait chanter pour pouvoir obtenir ma part.

Mon père me serre contre lui pour que je pose ma tête sur son épaule, et c'est comme si nous avions soudain remonté le temps et que j'étais redevenue son petit canard. La vie était beaucoup plus simple quand je n'avais qu'à me contenter de le suivre. S'arranger pour duper ma mère et épater les gars de chez Maggie, c'était une chose, trouver comment embobiner Shaw pour qu'il ne connaisse pas mes sentiments pour lui, c'est une tout autre paire de manches.

— Qu'est-ce qui te tracasse, mon petit canard ?

— Les garçons, réponds-je, sincère, avec un long soupir.

— Beurk, fait-il en me repoussant. Les garçons sont dégoûtants et ils ont des poux !

Je ne peux m'empêcher d'éclater de rire.

— Papa, arrête.

— Pourquoi ? C'est ce que tu disais quand tu étais petite. (Il jette un galet dans l'eau.) Et j'en étais bien content, à l'époque.

— Et tu ne l'es plus maintenant ?

— Ta mère veut des petits-enfants, répond-il en haussant les épaules. Je me dis que ce n'est peut-être pas une si mauvaise idée.

— Oh, mon Dieu. Elle déteint sur toi, soupiré-je en levant les yeux au ciel.

— Bon, parle-moi de ton problème de garçon, alors, dit-il en jetant un autre galet. Casey et toi, vous vous êtes arrangés ?

Je lance mon galet aussi, mais il tombe avec un plouf lamentable au lieu de ricocher. J'ai perdu la main.

— On a rompu.

— Je n'avais pas remarqué que vous vous étiez remis ensemble.

— On ne l'était pas. C'est juste… c'est compliqué.

Je retente un lancer et c'est encore pire la deuxième fois.

— Les affaires de cœur le sont généralement, mon petit chou.

Il contemple au loin les vaguelettes probablement causées par une tortue qui s'agite sous la surface. Je me demande à qui la bestiole va aller raconter ce qu'elle entend.

— Vous avez été élevés ensemble, alors les gens se sont fait des tas d'idées sur ce que serait votre avenir. Le problème, c'est que ce n'est pas parce que tu n'avais connu que lui que tu ne connaîtrais personne d'autre.

Il me donne un autre galet pour que je fasse un nouvel essai. Je me plante encore.

— Tu lances comme une fille, se moque-t-il. Tout est dans le poignet. Comme ça.

Il lance son galet qui ricoche cinq fois avant de sombrer.

— Prétentieux.

Il rit de nouveau, puis il reprend son sérieux.

— Je ne sais pas si tu te rappelles, mais quand tu avais sept ans, je t'ai amenée exactement à cet endroit pour te montrer comment il fallait s'y prendre. (Il se penche et chuchote d'un air finaud :) Tu étais bien plus douée à l'époque.

— Tu parles, soupiré-je en le repoussant.

— Quoi qu'il en soit, tu as levé le nez vers moi et tu m'as dit qu'il y avait dans les villes des bâtiments qui étaient faits avec cette pierre – il tapote le granit sur lequel nous sommes assis – et que tu aurais bien aimé les voir. Je suis resté sur le cul, parce que je ne voyais pas comment tu avais pu savoir de quoi étaient faits ces bâtiments, mais bon, il faut dire que tu as toujours été très intelligente.

— Je m'en souviens, dis-je en riant. Mais je ne sais plus comment j'ai appris ça, en revanche.

Il me regarde et je vois dans ses yeux qu'il a quelque chose à me confier.

— Tu te rappelles que je t'ai demandé dans quel endroit du monde tu avais envie d'aller ? (Je secoue la tête.) Moi si. Je n'ai jamais oublié. Je m'en souviendrai toujours. Tu as répondu : n'importe où sauf ici. (Il se tait, l'air pensif.) C'est là que j'ai su que je t'avais perdue. Qu'il fallait que je fasse tout mon possible pour que tu quittes ce rocher.

Le bout de mon nez commence à me chatouiller. C'est depuis toujours le signe que les larmes ne vont pas tarder à couler malgré tous mes efforts.

— Tu ne m'as pas perdue, papa.

— Je sais bien. Tu n'as jamais été à moi. C'est moi qui suis à toi, ma petite chérie.

Une larme rebelle glisse sur ma joue. Mon père n'a jamais été un sentimental. Soit il est très sérieux, soit il n'est qu'éclats de rire. C'est là une facette de sa personne que je n'avais encore jamais vue. Ni quand j'ai quitté Stonington pour aller à l'université, ni même quand je suis partie à San Diego.

Il sourit et me reprend par l'épaule pour me réconforter en me serrant contre lui.

— Je sais que j'ai été un vieux bonhomme entêté qui avait trop peur de laisser partir sa fille. Et j'en suis désolé. On a le droit de s'installer ailleurs qu'à Stonington, Cass. Tout comme c'est permis d'aimer quelqu'un d'autre que Casey. Si tu veux partir dans le soleil couchant avec Shaw, vas-y. Mais n'oublie pas d'où tu viens.

Et c'est ainsi que le lien qui me retenait ici se brise. Mon père me libère. Même si je n'ai pas l'impression de pouvoir prendre encore mon essor.

— Je l'aime, papa. J'aime Shaw, avoué-je.

Ce n'est pas si déplaisant de me l'entendre dire à haute voix. Le ciel ne s'assombrit pas, l'eau devant nous ne se change pas en sang, des démons ne s'échappent pas des portes de l'enfer et ce n'est pas la fin du monde. Et ma langue ne se décroche pas, figurez-vous. Alors, pourquoi suis-je encore aussi terrifiée ?

— Je sais bien. Mais lui ?

Parfois, mon père est plus futé que je ne l'imagine. Sa question est la réponse à la mienne. Shaw ne sait pas ce que j'éprouve pour lui et je suis terrifiée de le lui dire. C'est tout bonnement affreux d'être rejetée. J'hésite : je ne sais pas trop si je peux me dévoiler et risquer que Shaw me considère comme une pitoyable lycéenne amoureuse d'un chanteur de boys band.

— Je ne peux pas lui dire.

— Et pourquoi donc ?

— Parce que je ne veux pas qu'il me prenne pour une idiote.

Je sais que j'ai répondu d'un ton boudeur de gamine. Mais une femme qui est en présence de son père, si adulte qu'elle s'imagine être, quoi qu'elle ait pu faire ou vivre, a toujours le droit de redevenir la fillette qui pleurait sur son épaule. Un père sait comment tout arranger. Peut-être parce que c'est le seul homme dont l'amour pour elle restera toujours inconditionnel.

— Ah, ma chérie… la dernière chose dont on pourrait t'accuser, c'est d'être idiote. Tu ne l'es pas. Et lui non plus. D'ailleurs, tu pourrais bien être surprise de ce qu'il te répondra.

— Il me dira probablement que je suis virée, réponds-je en tripotant un fil qui dépasse sur sa manche. C'est mon chef, à présent, finalement.

— Ah bon ? s'étonne mon père. Et depuis quand ?

— Quand j'ai perdu le contrat Denver Rockford. Il est devenu associé, donc, dans les faits, c'est mon chef.

— Tu l'as perdu ou tu y as renoncé ?

— Tu es au courant ? Questionné-je en me redressant. Mais comment ?

— Cassidy Rose, glousse-t-il, tu es la personne la plus compétitive que je connaisse. Pas question que quelqu'un te batte quand tu veux quelque chose, même s'il est très malin. Tu as renoncé au poste d'associé parce que ta mère avait besoin de toi ici. C'est bien ça ?

— Pas question que tu lui dises, grondé-je en agitant un index menaçant.

— Ne t'en fais pas pour ça. Ce sera notre petit secret, me rassure-t-il. Tout comme me servir de ma fille unique pour gagner quelques paris dans un pub où une gamine n'a rien à faire.

— Tant mieux. On devrait rentrer avant que le dîner soit froid et qu'elle envoie une patrouille pour nous ramener de force.

— Oui, tu as sûrement raison, dit-il en sautant du rocher.

Je m'apprête à en faire autant, mais mon père me prend par la taille et m'aide à descendre. Tout comme il le faisait quand j'étais petite. Et même si je sais que cela lui démolit le dos, je pose les mains sur ses épaules et je me laisse faire. C'est mon père ; mon amour inconditionnel, mon complice et le seul homme qui me passe tous mes caprices.

Il ne me reste plus qu'à affronter Shaw une fois que je serai redevenue la femme que mon père m'a permis de devenir.

19

Shaw

Anna Whalen est aussi une championne en cuisine. Je repartirai de Stonington gras comme un porcelet, mais tant pis. Je vais demander à Ben de me réserver des séances privées avec l'un des coachs de ma salle de sport quand je rentrerai, et cela réglera le problème. En attendant, je vais savourer ces petits plats maison aussi longtemps que je le pourrai.

Tourte au poulet, pommes au four et tomates vertes sont au menu, arrosées du délicieux thé glacé d'Abby. Je suis au paradis, et je vais sûrement avoir besoin de prendre une très longue douche et de me coucher tôt dès le dîner terminé. Mais je ne risque pas de retrouver mon lit de bonne heure étant donné tout ce qu'il reste à faire dehors.

Casey et moi avons travaillé ensemble toute la journée sans un soupçon d'animosité. Et après notre petite discussion, toutes les tensions entre nous se sont envolées. Oh, il y aura toujours des rivalités de mâles dominants, mais je respecte le mec et la place qu'il occupe légitimement dans la vie de Cassidy. Je comprends. Ils sont amis, ils l'ont toujours été et ils le seront toujours. Sans compter qu'ils sont quasiment de la même famille. Je ne vais pas m'interposer.

Casey et moi nous comprenons, désormais. Cassidy n'est pas au courant, et peut-être que je ne lui dirai jamais, mais il a joué les protecteurs tout à l'heure en me disant que j'ai intérêt à bien la traiter. Sinon... Je ne peux pas mal prendre cette menace à peine voilée, car je la vois pour ce qu'elle est et je suis heureux qu'elle ait quelqu'un qui tient suffisamment à elle pour vouloir la protéger.

Il a l'air différent, et je sais que je le suis moi aussi. En partie parce que j'ai frôlé la mort hier, et en partie parce que la mère de Casey m'a officieusement adopté – ce qui n'a pas du tout l'air de le gêner –, mais surtout parce que j'ai soudainement pris conscience de mes sentiments pour Cassidy et que je les ai reconnus pour ce qu'ils sont. L'amour, bon sang. Ça vous change un homme. Parfois pour le meilleur, parfois pour le pire. Comme je suis presque certain que l'homme que j'étais jusqu'ici était le pire, désormais cela ne peut être que mieux.

Si elle ne m'écrabouille pas dès qu'elle aura découvert ce qu'il en est.

Ce truc, l'amour, c'est dévirilisant, maintenant que j'y pense. Peut-être que je devrais garder mes sentiments pour moi.

— Eh bien, il était temps que vous vous décidiez à nous rejoindre. D'où est-ce que vous sortez tous les deux ? demande Anna, qui n'aime apparemment pas ceux qui ont l'audace d'être en retard.

Comme si je ne savais pas déjà qui manque à côté de moi.

Je lève le nez et je vois Cassidy qui entre au bras de Duff, comme si son père remontait la travée de l'église pour la conduire à l'autel le jour de son mariage. Une idée que je chasse au plus vite de mon esprit, car il n'est pas question de mariage. Du moins, pas si je fais partie de son avenir. Non seulement je ne suis pas fait pour être père, mais à cause du couple raté formé par l'homme et la femme qui m'ont donné la vie, je ne crois pas non plus à l'institution du mariage. Malgré tout, mon cœur bondit dans ma poitrine quand je la vois. Je comprends alors qu'il va m'être impossible de garder mes nouveaux sentiments pour moi, parce que cela va de toute façon finir par sortir tôt ou tard. C'est dire à quel point ils sont violents.

Les cheveux de Cassidy s'échappent de sa queue-de-cheval, elle transpire et elle est couverte de poussière – et elle est plus sexy que jamais. Bon sang.

— Ne te fâche pas, maman. On rentrait quand papa a aperçu Jax coincé sur un arbre et il a tenu à ce qu'on s'arrête pour l'aider à descendre.

— Qui est Jax ? demande Mia.

— Le chat de Mrs. Jones, répond Casey.

— Tu aurais dû le voir, maman. Papa a été un vrai héros. Tu aurais été fière de lui.

Cassidy donne un baiser sur la joue à son père qui vient de s'asseoir.

— Je suis toujours fière de lui, rétorque Anna, satisfaite de leur excuse, avant de préparer l'assiette de son mari.

Comment elle réussit à préparer à dîner aussi bien en étant clouée dans son fauteuil, cela reste un mystère pour moi.

Cassidy fait un clin d'œil complice à son père quand sa mère a le dos tourné, puis elle s'installe à son tour. Juste à côté de moi. Mais elle ment comme une arracheuse de dents, cette petite futée. Je manque de m'étouffer en voulant camoufler mon rire sous une quinte de toux. Abby remarque mon manège, mais elle ne me trahit pas. Et figurez-vous que la main de Cassidy atterrit sur ma cuisse, comme si c'était le geste le plus naturel au monde.

— Désolée, murmure-t-elle en me voyant fixer sa main.

Elle s'apprête à la retirer, mais je pose la mienne dessus pour la garder à sa place.

La chaleur de sa paume pénètre l'épaisse étoffe de mon jean et me fait frissonner partout. Ce qui n'arrange pas mon vague à l'âme sentimental. Il n'y a rien de sexuel là-dedans. Sa main est juste là sous la mienne. À la place qui lui revient.

Une sonnerie retentit dans l'entrée – quelque part du côté du comptoir de la réception, j'imagine – et tout le monde se retourne comme si c'était une énigme. C'est une sonnerie particulière, comme celle d'un téléphone à cadran. Étant donné qu'Anna Whalen est vieux jeu, je suppose que c'est exactement de cela qu'il s'agit.

— Eh bien, on dirait que le téléphone est rétabli, dit Thomas. C'est mal élevé d'appeler durant le dîner, malgré tout.

C'est étrange qu'il dise cela, étant donné que Whalen House est une entreprise, mais je me dis que cela fait sans doute partie des choses qui ne se font pas à Stonington. Les petites villes ont leurs règles.

Anna commence à s'essuyer les mains sur son tablier, mais Abby se lève.

— J'y vais, ma chérie. Donne son assiette à ton mari.

— Qu'est-ce que ça donne du côté des quais ? demande Cassidy à Casey.

Il hausse les épaules et avale avant de répondre.

— Ça avance. Shaw et moi on va prendre le bateau demain pour aller y jeter un coup d'œil. Je pense que s'il y a des dégâts, ce sera pas grand-chose.

— Voilà que vous vous comportez comme des adultes, s'étonne-t-elle en me caressant la cuisse.

Je ne peux que lever les yeux au ciel devant sa réflexion.

— Il n'y a pas de quoi en faire tout un plat, Whalen. Je suis capable d'oublier le passé.

— Shaw ? m'appelle Abby depuis l'embrasure de la porte de la cuisine. Un jeune homme du nom de Ben vous demande au téléphone, transmet-elle, intriguée.

Je ne m'y attendais pas, mais c'est normal. Il y a quelque chose à Stonington qui vous fait oublier que le monde extérieur existe. Je suis un agent sportif – pardon : associé chez Striker Sports Entertainment – et je ne suis pas allé au bureau depuis un certain temps. Je me suis retrouvé pile-poil au milieu d'un ouragan. Et je n'ai pas pensé à appeler mon assistant pour lui donner de mes nouvelles. Je suis vraiment largué.

Je m'essuie les lèvres, repousse ma chaise en vitesse et me lève en m'excusant de cette interruption. Avant de quitter la pièce, je n'oublie pas de faire un petit baiser chaste à Cassidy.

— Je vais leur dire que vous allez bien aussi, dis-je, ce qui me vaut un sourire reconnaissant.

Une fois dans l'entrée, je m'assois dans le fauteuil derrière le comptoir et je porte le combiné à mon oreille.

— Ben ?

— Oh, vous vous souvenez de mon prénom ? me reproche-t-il avec insolence.

— Oui, mais je pourrais oublier de signer tes notes de frais, si tu veux, répliqué-je. Qu'est-ce qu'il y a ?

— Mon vieux, il faut que vous reveniez.

Si je n'étais pas responsable de son attitude plus que décontractée avec moi, je l'égorgerais.

— Ben, je suis ton patron et depuis peu directeur associé de l'agence dans laquelle tu travailles. Ne m'appelle pas « mon vieux ». Qu'est-ce qui se passe ?

— Wade est sur les nerfs, *monsieur.*

Il appuie sur ce dernier mot. C'est un peu mieux, mais pas tellement.

— Et pour quelle raison est-il sur les nerfs ?

— Le Colorado passe son temps à l'appeler parce que Denver ne s'est toujours pas présenté au camp d'entraînement.

Ma tension monte d'un cran.

— Quoi ? Et comment ça se fait ?

— J'aimerais pouvoir vous le dire, mais il ne répond pas quand je l'appelle.

— Eh bien, pourquoi tu ne m'as pas appelé, alors ?

Cela aurait pourtant été la chose à faire.

— J'ai essayé. Vous vous rappelez ? ça ne capte pas, là où vous êtes. Je vous ai envoyé deux ou trois e-mails aussi, mais apparemment vous n'avez pas consulté votre boîte.

Bon sang, il m'a coincé. J'ai vraiment été en dessous de tout sur ce coup-là.

— Ça fait deux jours que j'essaie d'appeler ce numéro, mais les lignes ont sûrement dû être coupées durant l'ouragan, non ? C'est l'excuse que j'ai donnée à Mr. Price, en tout cas, mais je ne sais pas combien de temps je vais pouvoir lui faire avaler ça.

Je vois d'ici Wade en train de faire les cent pas dans son bureau comme un lion en cage en desserrant sa cravate et en s'efforçant de trouver des excuses pour Denver et pour moi. Je suis sûr qu'il doit aussi pas mal brailler et taper du poing sur la table. Ce qui doit terroriser tout le personnel.

— Où est Denver ? demandé-je, exaspéré et un peu paniqué moi aussi.

— Pas la moindre idée. Je suis même allé chez lui, mais personne n'a ouvert.

Merde. Si Denver n'est pas déjà mort, je vais l'égorger. Il est probablement terré de nouveau dans un penthouse à Vegas pour fuir le monde. Il me semblait pourtant qu'il avait fini par accepter son homosexualité et s'apprêtait à faire son coming out – il est vrai que cela peut être une perspective terrifiante. J'espère qu'il n'a pas décidé de prendre le maquis.

— D'accord, écoute. Je vais essayer de le choper et de voir ce qu'il en est. En attendant, il faut que tu me réserves un vol de retour, dis-je, espérant que je vais pouvoir quitter l'île et gagner l'aéroport.

Les routes sont déjà mauvaises, mais en ajoutant les arbres et les lignes électriques tombés, elles vont être totalement impraticables. Étonnamment, la minuscule bagnole que j'ai louée a survécu à la tempête au prix de quelques rayures et bosses, mais c'est loin d'être un 4 × 4.

— Je m'en occupe, répond-il. Si ce n'est pas trop vous demander, pensez à relever vos mails, parce que c'est comme ça que je vais vous envoyer les infos de réservation.

Ben pousse le bouchon un peu loin, mais je vais être indulgent, car je l'ai mérité. Cela dit, je suis en mode situation de crise.

— Assurez à Wade que je m'occupe de tout et que je viens le voir dès que j'aurai atterri. Pigé ?

— Oui. Un dernier truc, patron.

— Oui ?

Je me prépare à d'autres mauvaises nouvelles, même si je ne suis pas sûr de pouvoir en encaisser davantage.

— Je suis vraiment content que vous alliez bien, dit-il d'un ton sincère. (Je ne peux jamais lui en vouloir bien longtemps, à ce petit.) Comment va Cassidy ?

— Tout le monde va bien ici, Ben. Merci d'avoir demandé, réponds-je, tout aussi sincère. Maintenant, fonce. Il faut que je m'occupe de retrouver cette diva de quarterback.

Et sur ce, je raccroche. Puis je me prends la tête dans les mains. J'ai une sacrée migraine qui me guette. Stonington m'a ramolli.

— Tout va bien ?

C'est la voix de Cassidy. Je redresse la tête et je suis vraiment content de la voir, car je ne sais absolument pas comment je vais sortir de cette pagaille.

— Non, pas vraiment. Denver a disparu.

— Oh, zut, fait-elle, sincèrement inquiète. Vous voulez que j'appelle sa mère ?

Malgré ma panique, je lui fais un grand sourire. Cette femme ne laisse pas de me surprendre. Je me détends.

— Vous voulez bien le faire ? Ça m'aiderait vraiment si vous pouviez découvrir où il est. Je m'occuperai du reste depuis ici.

— Bien sûr, pas de problème. Je vais chercher mon portable. Le numéro de Delilah est dessus.

Elle s'apprête à partir, mais je lui attrape la main et l'attire à moi pour déposer un baiser sur ses délicieuses lèvres.

— Merci.

Avec le sourire qu'elle me fait, je me sens mille fois mieux.

— Nous sommes dans la même équipe, Shaw, me dit-elle avec un clin d'œil avant de s'en aller.

Et c'est sacrément vrai.

Un instant plus tard, Cassidy a récupéré le numéro de Delilah Rockford et l'appelle. Delilah n'est que trop heureuse de téléphoner à son fils pour le houspiller en le prévenant que je vais l'appeler et qu'il a intérêt à me répondre. Et, coup de chance, le wifi de la ville étant de nouveau opérationnel – intermittent, au mieux –, je peux joindre Denver par FaceTime. J'adore la technologie. Même une petite ville comme Stonington en a besoin d'une manière ou d'une autre pour pouvoir continuer à fonctionner.

Revenu dans ma chambre, je lance l'appli sur mon téléphone et appelle Denver. Deux sonneries plus tard, il répond. Sans doute que les grands costauds superstars du sport ont peur de subir le courroux de leur mère.

— Salut, mec ! Comment ça va ? demande-t-il avec un sourire niais.

Il est vautré sur des oreillers, torse nu, manifestement au lit. Je jette un coup d'œil à la pendule et calcule le décalage entre côtes ouest et est. Il n'est que 14 heures.

— Denver, bon sang, mon pote ? Vous êtes censé être au camp d'entraînement dans le Colorado, m'étonné-je, sachant que c'est l'approche copain-copain qui marche le mieux avec lui.

— Ouais, je sais. Je m'occupe d'affaires personnelles importantes, répond-il avec un haussement de sourcils tout en désignant une forme blottie contre lui sous les draps.

— Bravo. Alors, vous jouez votre carrière pour des histoires de cul ?

— Pas n'importe quel cul, rectifie une voix familière.

La forme se met à bouger, puis un bras apparaît et repousse les draps.

— Quinn ! m'exclamé-je, sous le choc.

— Salut, Shaw, dit-il avec un sourire malicieux tandis que Denver le prend par l'épaule.

Je suis stupéfait.

— Nom d'un chien ! Depuis combien de temps ça dure ?

Quinn pose la tête sur la poitrine de Denver et lève les yeux vers lui.

— Depuis combien de temps, à ton avis, chéri ?

— Je ne sais pas, répond Denver en lui caressant affectueusement le bras. On est quel jour ?

— Oh, on s'en fiche, répond Quinn en se blottissant contre lui. Ce qui compte, c'est qu'on est inséparables et qu'on s'amuse follement depuis que vous êtes partis tous les deux. Ne venez pas nous gâcher notre bonheur, Shaw.

— Gâcher votre bonheur ? répété-je, sidéré. La seule personne qui gâche quelque chose, c'est Denver avec un contrat que Cassidy et moi nous sommes donné un mal de chien à lui décrocher. Je suis content que vous soyez heureux, mais Denver, vous ne pouvez pas risquer toute votre carrière comme ça.

— Mon pote, je suis Denver Rockford, dit Rocket Man, rappelle-t-il, comme si c'était le plus important. Le quarterback le plus convoité. Vous avez oublié ? Manquer quelques jours d'entraînement ne va pas me rendre moins sensationnel et le Colorado va continuer de me faire du lèche-cul.

Je me passe une main dans les cheveux et sur le visage.

— Vous allez être mis à l'amende, dis-je.

— Et alors ? fait-il avec un sourire insolent. J'ai plein de fric.

Je décide de m'attaquer à ce qui compte le plus pour lui : les apparences.

— Vous allez passer pour un fumiste. Un type qui s'en fout. Et pas seulement vous, mais moi aussi. Tout comme Striker Sports Entertainment… l'agence où je viens de devenir associé parce que je vous ai signé. Ou bien vous avez oublié ? Enfin, mon vieux, soyez sympa. Je vais me faire écorcher vif à cause de ça. Si vous n'allez pas à l'entraînement, je vais probablement perdre mon boulot.

— Chéri, tu ne peux pas le laisser se faire virer. Ce n'est pas que ton agent, c'est notre ami. Et puis c'est le petit plan cul de ma coloc'.

Elle me tuera. Fais-le pour moi. S'il te plaît, minaude Quinn.

— Mais j'ai envie d'être avec toi, supplie Denver.

Je n'ai rien contre ses préférences sexuelles. Quinn pourrait être une fille que j'estimerais toujours que les geignements de Denver sont un spectacle comique de la part d'un homme qui a une telle réputation dans le monde du football.

— Et si j'allais dans le Colorado avec toi ? propose Quinn avant d'ajouter d'un air lascif : je te regarderai depuis les gradins te mettre en sueur.

— OK, concède Denver. Je veux te présenter à mes parents, de toute façon.

Le visage de Quinn s'éclaire.

— C'est vrai ?

— Bien sûr, mon chéri, confirme Denver en le serrant contre lui.

C'est probablement une conversation à laquelle je ne suis pas censé prendre part, mais je suis content de les voir heureux tous les deux. Surtout en sachant à quel point Quinn a souffert que son précédent amant, Daddy, l'ait caché pendant si longtemps. Il a enfin quelqu'un qui est assez fier pour le revendiquer comme sien.

— Merveilleux, dis-je, soulagé de pouvoir annoncer à Wade que l'incendie est éteint. Vous sautez dans l'avion demain ?

— Vous savez bien que je ne supporte pas l'avion, fait remarquer Denver.

Sa peur est telle qu'il est forcé de se bourrer de sédatifs pour pouvoir monter à bord.

— Oh, ne t'inquiète pas, mon chéri, intervient Quinn. Je serai là pour te distraire.

— Parfait. Alors… demain ?

Pas question que je le lâche tant qu'il n'a pas confirmé.

— Oui, on peut faire comme ça, concède Denver. Désolé de vous avoir posé des problèmes, mon pote.

— Pas grave, Rocket. J'ai l'habitude de jouer au pompier, lui assuré-je. J'appelle le Colorado pour les prévenir que vous êtes en route.

— Et dites à Cass qu'elle va m'entendre pour ne pas avoir pris de mes nouvelles, ajoute Quinn.

— D'accord. Amusez-vous bien, mais n'oubliez pas de prendre cet avion, insisté-je avant de raccrocher.

Profitant du signal wifi qui fonctionne, je relève mes e-mails. Ben m'a envoyé les infos pour mon vol. C'est dans deux jours. Il précise que l'aéroport a dû suspendre ses opérations pour nettoyer après l'ouragan. C'est jouable, mais voilà que je tergiverse un peu. Je vais devoir laisser Cassidy. Et aussi Abby et toute la ville de Stonington. J'ai presque l'impression de les abandonner.

C'est impossible à éviter. Il faut que je rentre pour prendre ma place de directeur associé chez Striker Sports Entertainment, un poste que je me suis donné tout le mal du monde à obtenir et auquel je ne suis pas prêt à renoncer. Sauf pour Cassidy Whalen. Qui, ironie du sort, est la seule personne qui voulait m'en priver. Je secoue la tête. Le destin nous joue de sacrés tours, parfois.

Mais je ne vais pas sauter le pas tant que je ne sais pas ce qu'elle éprouve pour moi. Si elle se contente de me rire au nez parce que j'ai des sentiments sérieux pour elle, pas question de renoncer à mon rêve. Nous sommes donc apparemment à la deuxième mi-temps et il ne reste plus que quelques secondes de jeu. Tout peut être remis en question. Si Cassidy est mon wide receiver, je suis son quarterback et il n'y a plus qu'une seule chose à faire : lancer le ballon et espérer qu'elle va le rattraper et marquer.

Et c'est exactement cette pensée qui m'entraîne dans le couloir du deuxième étage jusqu'au moment où je me retrouve devant sa porte.

20

Cassidy

Le coup frappé à ma porte était attendu. Ou du moins, espéré. Shaw a déclaré qu'il ne voulait plus être seul et je suis vraiment heureuse que cette décision ne soit pas simplement le fruit d'un moment de désespoir passager, suite à l'ouragan et à sa quasi-noyade.

Une fois douchée et parfumée, les jambes lisses comme il se doit, je me regarde une dernière fois dans le miroir – en levant les yeux au ciel devant tant de chichis – et je vais lui ouvrir.

Il est sur le seuil, lui aussi frais comme une rose, vêtu d'un simple T-shirt gris ras du cou et sexy et d'un jean qui lui moule les hanches. Seigneur, qu'il est magnifique. Et silencieux.

— Salut, lancé-je avec un sourire chaleureux.

Pourquoi a-t-il l'air aussi nerveux ?

— Salut, répond-il.

Il me détaille si attentivement des pieds à la tête que je sens sur ma peau une chaleur comme s'il y avait posé les mains. Pourtant, il ne bouge pas et ne dit toujours rien. Il commence à me mettre mal à l'aise, plus que je ne le suis déjà.

— Quelque chose ne va pas, Shaw ?

— Non, dit-il dans un sourire en me regardant enfin dans les yeux. Je me demandais juste... Alors, euh... vous vouliez être seule, ce soir ?

Oh, Dieu merci, soupiré-je intérieurement, soulagée.

— Pas du tout, m'exclamé-je en riant. En fait, venez, je veux vous montrer quelque chose. (Je lui prends la main et le happe quasiment d'un coup à l'intérieur avant de le traîner jusqu'à la fenêtre ouverte. Je me baisse pour sortir sur le toit en prenant garde de ne pas glisser.) Faites attention, dis-je à Shaw en lui lâchant la main pour qu'il puisse me suivre sans encombre.

Je longe l'auvent avant de gravir la pente en me penchant en avant pour répartir mon poids équitablement. C'est déjà difficile d'ordinaire, mais Ayla ayant arraché quelques bardeaux, on a du mal à trouver où poser le pied. Il faudra que je pense à en parler à papa. Je jette un coup d'œil par-dessus mon épaule et je m'aperçois que Shaw n'a pas bougé.

— Qu'est-ce que vous fichez ?

Seigneur, voilà qu'il recommence avec son petit sourire sexy.

— J'admire la vue.

— Eh bien, elle est encore mieux de là-haut, si vous arrêtez de traîner, dis-je en riant.

Il penche la tête de côté et s'humecte les lèvres en contemplant mes fesses.

— Je ne suis pas d'accord. Je préfère celle que j'ai d'ici, Miss Whalen.

— Shaw ! m'indigné-je en me redressant brusquement comme si cela allait cacher mes fesses.

Sauf que ce brusque mouvement ne réussit qu'à me faire perdre l'équilibre. Je me rattrape de justesse, mais je surprends l'expression alarmée de Shaw, effrayé par la perspective de ma chute.

— Ça suffit, maintenant. On redescend, ordonne-t-il comme si c'était lui le chef.

Ce qu'il est, dans les faits. Mais à San Diego, pas à Stonington. Avec un sourire narquois, je lui lance avec défi :

— Si vous avez peur, avouez-le !

Shaw pousse ce grognement que j'ai entendu tant de fois quand je le caresse et qui ne manque pas de me rendre toute chose. À tel point que je commence à envisager de baiser sur le toit de la maison de mes parents avant de décider que le contact des bardeaux sur mes fesses nues ne serait pas très agréable.

Revenue au niveau du chien-assis central, celui de la fenêtre de ma chambre, je m'assois à califourchon et j'attends que Shaw vienne me rejoindre. J'avoue que j'en profite pour lorgner ses avant-bras musclés, tandis qu'il grimpe et sa manière de se pencher en avant pour garder l'équilibre, ce qui m'offre une vue imprenable sur ce cul qui m'obsède.

Quand il arrive enfin à ma hauteur, il prend la seule place qui reste : à cheval juste derrière moi. Puis il se rapproche pour me saisir par la taille et me serrer contre sa poitrine. Je suis ravie.

— Pas question que vous tombiez.

C'est tout ce qu'il trouve comme prétexte. Comme s'il lui en fallait un.

Et nous restons assis là.

Casey et moi avions le nid-de-pie comme refuge à nous, mais cet endroit est mon petit secret à moi. Personne n'est jamais monté ici avec moi. Jusqu'à maintenant.

Je renverse la tête en arrière et la pose sur l'épaule de Shaw pour contempler le ciel. Les innombrables étoiles scintillent dans un spectacle que domine un clair de lune éclatant. Une petite brise tiède et régulière souffle du sud de la baie. Je soupire. Je me sens dans mon élément et je profite de ce moment privilégié pour rassembler mon courage.

Le chant des grillons est presque assourdissant. À moins que ce ne soit qu'une impression due au silence qui règne entre Shaw et moi. J'avais tellement de choses à dire, et maintenant que nous sommes seuls, je ne trouve plus mes mots. Je sors donc la première chose qui me vient à l'esprit.

— En fait, si on ne regarde pas en bas, on pourrait croire qu'il n'y a jamais eu de tempête et faire comme si rien n'était arrivé.

Shaw écarte tendrement mes cheveux, puis il pose sa joue contre mon oreille. Son haleine brûlante me chatouille la peau avant qu'il y dépose un léger baiser.

— Voulez-vous faire comme si rien n'était arrivé pour autre chose aussi ?

Je ferme les yeux, grisée par la sensation de ses paumes à l'intérieur de mes cuisses. Entre le panorama et les coquineries qu'il est en train de me faire dans le cou et à l'oreille, je suis tout étourdie.

— Non, chuchoté-je.

— J'adore vraiment ce legging, dit-il en rapprochant doucement les mains de mon entrejambe. Ça tient chaud ? Parce que je trouve que c'est… torride.

Il caresse furtivement ma chatte et le bout de ses doigts trouve la cible sans faillir.

J'étouffe un cri en me cambrant et toute pensée rationnelle disparaît tandis que je murmure un « Oui, s'il vous plaît ». Je passe mes mains sous ses cuisses et me cramponne, enivrée d'être assise dans une position aussi précaire au bord d'un toit tandis que cet homme dont je ne serai jamais rassasiée me donne l'impression que j'ai des ailes.

— Mon Dieu, vous sentez si bon, dit-il en inspirant profondément tout en continuant de me caresser à travers le legging.

Sa langue glisse dans mon cou et un chapelet de baisers moites y laisse un sillage brûlant que la brise rafraîchit à peine. Mon corps tout entier fourmille et j'ai la chair de poule. Sa personne, ses mains, sa simple présence suffisent à me faire perdre la tête.

Qu'est-ce que je vais lui dire ? Je décide que cela n'a pas d'importance. Enfin, si, mais cela peut attendre, car la main de Shaw s'égare sur mon ventre et se faufile sous la ceinture de mon collant. Je me raidis comme le font toutes les femmes pour rentrer le ventre lorsqu'un homme le touche. Puis Shaw s'insinue dans ma petite culotte et me caresse.

Il pose la paume sur ma chatte et glisse les doigts entre les plis de chair pour les lubrifier. Shaw est un maître dans l'art du doigté, tel un guitariste virtuose qui pince les cordes de son instrument pour en tirer la plus belle mélodie jamais composée. D'avant en arrière, encore et encore, rapide, puis lent. Ses mouvements s'accompagnent d'une pression changeante et déliée. La symphonie qu'il crée est affolante et imprévisible, mais elle est harmonieuse.

Je sens sa bite durcir contre mes reins. Il est prêt et il a envie de jouir, mais son seul souci semble être de me donner du plaisir. Cela ne va pas tarder si ses doigts insistent.

Il mordille et titille le lobe de mon oreille, puis il descend de nouveau le long de mon cou. J'entends son souffle, je le sens respirer dans mon dos. Il adore cela, il adore me faire voir encore plus d'étoiles qu'il n'y en a dans le ciel. J'ouvre les yeux et lève la tête en rêvant de les toucher. Pendant ce temps, Shaw me pousse de plus en plus au bord du plaisir, comme si j'étais aussi légère qu'une plume et que je flottais dans un univers infini.

C'est presque impossible de décrire un orgasme. Mais pas ce soir. Ce soir, c'est comme s'élancer depuis la surface de la lune et tendre les bras vers la plus lointaine étoile de la galaxie, puis la serrer contre moi pour la laisser brûler dans la plus délicieuse béatitude.

Je pose une main sur la sienne et lui saisis la tête de l'autre avant de tourner mon visage vers son cou et retenir mon souffle. L'orgasme déferle sur moi dans un gémissement étouffé qui n'est destiné à n'être entendu que de lui seul.

Ce ne doit pas être très agréable pour lui de sentir ma main lui tordre quasiment le cou, mais il n'a pas l'air d'en être gêné. En fait, il change de position et prend mon visage de sa main libre pour m'embrasser voluptueusement. Il me coupe le souffle, mais ce n'est pas la première fois. Il a le droit. Puisqu'il possède déjà mon cœur, je n'ai pas besoin de respirer.

Il se dégage en frottant doucement le bout de son nez sur le mien avant d'en embrasser le bout.

— Rentrons, dit-il.

Franchement, je ne suis pas sûre que mes jambes seront assez solides pour redescendre le long du toit, mais je sais que, grâce à Shaw, je rentrerai saine et sauve. Je lui confie donc mon sort, quelque chose que je n'aurais jamais imaginé faire avant ce séjour à Stonington, et je le laisse me conduire.

Une fois que nous sommes revenus à l'intérieur, il ferme la fenêtre et se retourne vers moi. Il a l'air mal à l'aise, comme s'il avait quelque chose à me dire. Ou bien c'est qu'il a follement envie de baiser. Je jette un coup d'œil à son entrejambe, mais la bosse que j'y ai vu tout à l'heure a disparu.

— Qu'est-ce qui ne va pas ? demandé-je.

— Je crois qu'il faut qu'on parle, dit-il en se passant une main dans les cheveux.

Houla. Ce genre de phrase ne présage jamais rien de bon. Du coup, me voilà moi aussi inquiète, tandis que mille scénarios se bousculent dans ma tête et que j'essaie de trouver une solution à un problème dont j'ignore encore la nature.

Est-ce le moment où il est censé me plaquer ? L'orgasme qu'il m'a donné était-il le dernier ?

— Attendez, dis-je.

Je ne suis pas tout à fait prête à le laisser partir avant de lui avoir fait part de ce que j'éprouve, même si je ne suis pas du tout sûre que cela puisse le faire changer d'avis. Mais si je ne le lui dis pas, je sais que j'aurai énormément de mal à rassembler à nouveau le courage pour le faire.

— Cela ne peut plus attendre, Cassidy, explique-t-il en marchant de long en large. Je dois retourner à San Diego, mais je n'irai nulle part tant que je n'aurai pas exprimé ce que j'ai sur le cœur.

Il s'en va. Je ne sais pas pourquoi cela me choque à ce point. Ce n'est pas comme si nous pouvions rester ici éternellement. Mais cela me donne l'impression que la bulle dans laquelle nous nous sommes réfugiés sur cette petite île est sur le point d'éclater. Je me suis plu à croire que je m'étais échappée ; je me suis retrouvée dans l'état d'esprit de Stonington et j'ai cru que le monde extérieur n'existait plus. Il est pourtant bien là et je n'ai pas d'autre choix que de revenir à une réalité qui me regarde droit dans les yeux.

— Très bien. Dites ce que vous avez à dire, alors.

— Écoutez, il y a beaucoup de choses qui se sont produites ces derniers jours – ces dernières semaines, en fait – et tout s'est passé vraiment très vite. Tellement que j'ai énormément de mal à suivre et que tout est très confus dans ma tête. Tout ce que je connaissais, mon mode de vie dans son ensemble, tout cela a été bousculé. Je ne sais pas sur quel pied danser, qui je suis ni ce que je veux être. Mais je sais que ce qu'il y a entre nous doit changer.

Il n'est pas le seul pour qui tout est très confus et ce discours incohérent ne va pas arranger les choses.

— Essayez de me dire les choses simplement, Shaw.

— Je veux davantage, Cassidy.

C'est tranchant. On ne peut pas faire plus précis.

La lumière se fait en moi. La vérité dure et glaciale.

— Je ne vous suffis pas. (Je marque un silence, le temps de réaliser la situation.) J'ai parfaitement compris le message.

— Manifestement pas, renchérit-il. Parce que c'est davantage de vous que je veux, Cassidy. Davantage, c'est-à-dire de manière permanente.

Je fronce les sourcils, pas très sûre d'avoir saisi son message. Je ne voudrais surtout pas tirer de conclusions précipitées sans avoir eu des précisions, car si je me trompe, j'aurai l'air d'une idiote – et je n'en ai pas du tout envie.

Shaw doit avoir senti mon malaise.

— Ma manière de vivre tout entière a changé… à cause de vous. Vous ne comprenez pas ? Tout ce que j'ai toujours connu, c'était le combat. J'ai dû me battre pour sortir de la mouise. J'ai dû me battre pour avoir un toit au-dessus de la tête et de quoi manger. J'ai dû me battre pour monter dans la hiérarchie. Et me battre aussi pour prouver que j'en étais digne. Je suis fatigué, Cassidy. Je suis las et je ne veux plus me battre. Sauf si je le fais pour rester à vos côtés. Sauf si c'est pour conquérir votre cœur.

— Ne me dites pas cela, Shaw. Ne le dites pas si vous ne le pensez pas.

— Je le pense vraiment. (Il s'avance vers moi et me prend le visage dans les mains avant de plonger son regard dans le mien.) Je vous aime. Je n'ai jamais aimé personne. Vous me croyez égoïste, mais la vérité, c'est que je ne me suis même jamais aimé moi-même.

Je suis pétrifiée. Mais les paroles de Shaw ont mis le feu en moi. Je suis abasourdie. Et peut-être un petit peu désorientée. Mince, c'est sûrement l'effet que cela fait quand on est en état de choc.

Les yeux bleus de Shaw virent au gris.

— Je vous en prie, dites quelque chose.

En voilà une bonne idée.

— Je ne sais pas quoi dire.

Mais qu'est-ce que je raconte ? Bien sûr que je sais quoi dire ! Alors, pourquoi les mots refusent-ils de sortir ?

Il me lâche et recule.

— Oh, mon Dieu. Je me suis totalement ridiculisé. (Il se tourne vers la fenêtre, puis de nouveau vers moi, exaspéré.) Je viens de vous avouer que je vous aime et vous me répondez que vous ne savez pas quoi dire ?

Son regard m'implore, avec une sorte de désespoir et de vulnérabilité que je n'y avais encore jamais vus. C'est comme un homme qui se meurt d'une blessure qu'il s'est lui-même infligée en pleine poitrine et qui change brusquement d'avis et voudrait revenir en arrière. Et je suis la seule personne qui soit en mesure d'empêcher son cœur de se vider de son sang, mais je suis trop terrifiée pour agir.

Est-il sincère ? De toutes les femmes qui ont dû entrer et sortir de sa vie, pourquoi serais-je différente ?

Irrité de me voir tergiverser, Shaw secoue la tête, dépité, et tourne les talons. Et cela, je ne peux pas le supporter. À vrai dire, cela me terrifie encore plus que de tenter de panser cette plaie béante.

Je ferme les yeux et je ravale ma fierté pour prononcer deux mots qui, j'espère, seront suffisants.

— Shaw, arrêtez.

Il obéit, mais il me tourne encore le dos.

— Pourquoi ?

— Parce qu'il y a un million de choses que je voudrais vous dire en cet instant, et que tout me vient en tête en même temps. Mais je sais que si vous franchissez cette porte, je n'aurai plus jamais l'occasion de vous les dire. Surtout la plus importante de toutes.

Il se retourne et tout en lui exige une réponse à cette question qui n'a pas encore été posée.

— Alors, dites-le. Qu'est-ce qui vous effraie à ce point ?

Il faut qu'il comprenne ma peur, même si je ne la comprends pas moi-même.

— Si je le fais, cela changera tout. Il ne sera pas possible de revenir en arrière. Vous le comprenez ?

— C'est vous qui ne comprenez pas, dit-il en haussant les épaules et en secouant la tête, exaspéré. Cette balle que je viens de lancer m'a déjà fait franchir le point de non-retour, de toute façon. Vous avez réussi à l'intercepter, alors, renvoyez-la.

— Ce n'est pas un jeu, Shaw.

— Vous avez raison, Cassidy. Ce n'est pas un jeu. Alors, arrêtez de jouer avec moi.

Brusquement, je comprends pourquoi je suis aussi terrifiée de lui dire ce que j'ai sur le cœur. Et il est temps qu'il le sache aussi.

— Shaw Matthews, vous êtes prétentieux, dominateur, mélodramatique, têtu et vaniteux. Vous enfreignez toutes les règles, vous croyez que vous pouvez sortir de n'importe quelle situation en embobinant les gens par de belles paroles, et la plupart du temps, vous ne comprenez même pas les émotions humaines les plus élémentaires.

— Eh bien, ne vous retenez pas. Dites-moi ce que vous avez sur le cœur.

— Vous êtes un risque...

Il baisse les yeux et je ne supporte pas de le voir ainsi.

Alors, je m'approche lentement et je lève son menton sculpté pour qu'il voie la vérité inscrite sur mon visage.

— Mais vous êtes un risque que j'ai toujours voulu prendre. Ne me le faites pas regretter, c'est tout.

Un sourire victorieux lui monte jusqu'aux oreilles quand il me prend par la taille et m'attire contre lui.

— Alors, vous m'aimez bien, hein ?

— Un petit peu, peut-être.

— Ah, juste un petit peu ? fait-il en haussant un sourcil.

J'éclate de rire car il est trop mignon pour être honnête. Il m'a conquise, je suis à lui... corps, âme et cœur.

— Tais-toi et embrasse-moi.

— Pas avant que tu l'aies dit.

— Bon, très bien, réponds-je en feignant l'agacement. Je t'aime. Voilà. Tu es heureux, à présent ?

— Extrêmement. Surtout maintenant que je comprends enfin la véritable définition du bonheur. C'est à toi que je le dois.

— Ne me prends pas pour une gamine.

— Mais pas du tout, rit-il. Je te préfère nettement telle que tu es.

— Ça commence à devenir beaucoup trop larmoyant, réponds-je, presque sérieuse.

Shaw m'empoigne les cheveux et me renverse la tête en arrière pour me forcer à le regarder dans les yeux. Puis il m'embrasse passionnément tout en mordant ma lèvre, avant de joindre impérieusement ma langue à la sienne. Et je le laisse faire… Parce qu'il n'y a qu'un seul Shaw Matthews et qu'il est à moi.

Une fois qu'il a conclu sa démonstration, il se redresse pour poser sur moi un regard brûlant de désir. Je sens une bosse particulièrement proéminente contre mon ventre.

— Tu as raison, dit-il. (Il lâche mes cheveux et d'un geste vif comme l'éclair, il empoigne la ceinture de mon legging et le baisse sans ménagement.) Baissez-vous sur ce fichu lit, Miss Whalen. Je vais baiser votre jolie petite chatte jusqu'à vous faire jouir, et ensuite, je vous défoncerai la bouche jusqu'à ce que ce soit mon tour.

Oui, nous nous aimons. Nous sommes très clairs sur cette question, à présent. Mais cela ne veut pas dire pour autant que notre dynamique sexuelle doit changer le moins du monde à cause de cela. Alors, je fais comme toujours : je relève le menton d'un air de défi et je joue les effrontées.

— Vous n'avez pas à me dire ce que j'ai à faire.

Shaw fait ce petit sourire en coin insolent et sexy que j'adore. Le défi est relevé. Il m'empoigne par les hanches, me retourne et d'une main sur le dos, me pousse dans la position que je refusais de prendre. Puis il me maintient en place pendant qu'il enlève son pantalon, sans jamais voir le sourire satisfait que j'ai sur les lèvres.

D'un coup de reins rapide et brutal et qui aurait très bien pu me faire très mal, il me pénètre. J'aurais été projetée de l'autre côté du lit s'il ne me tenait pas, mais je ne me plains pas. Il est à moi et je suis à lui et il n'est pas question qu'il en soit autrement.

Une fois qu'il est entièrement en moi, il se penche sur mon dos et m'enveloppe jusqu'à ce que sa bouche soit sur mon oreille.

— Mon titre de directeur associé indique tout le contraire. Et vous pouvez parier votre délicieux petit cul que je vais en profiter pleinement.

Et avec des coups de boutoir lents et puissants, il me baise. Ses bras passés sous les miens pour me saisir par les épaules, il veille à ce que je ne puisse pas lui échapper. Non que je le ferais si j'en avais la possibilité, car j'aime le sentir tout près de moi et entendre ses halètements et ses gémissements résonner dans mes oreilles.

Ses coups de reins sont courts et précis et ses dents me frôlent la nuque. Je jouis et les palpitations de ma chatte sont encore plus prononcées grâce à l'épaisseur de sa bite.

— Je vous en prie, dit-il toujours aussi égocentrique.

Sur ce, il me lâche les épaules et se redresse avant d'empoigner mes hanches et me labourer plus violemment encore.

— Et ce fichu tatouage va être enlevé à peine nous aurons atterri à San Diego, ordonne-t-il, apparemment pas très ravi de voir le souvenir de Casey à cet endroit. Vous êtes à moi, putain.

Oui, je suis à lui et je serai heureuse de satisfaire cette exigence qui n'en est pas vraiment une. Nous allons devoir nous occuper de régler des tas de choses lorsque nous serons revenus dans le monde réel. Même si, pour l'heure, il s'occupe surtout de me donner un autre orgasme. C'est son tempérament possessif qui l'y pousse. Je détesterais presque me l'avouer, car j'ai toujours été une femme très indépendante, mais cela ne me gêne pas d'être soumise avec lui. Uniquement dans la chambre, évidemment. En dehors ? Eh bien, c'est une autre histoire, une autre affaire et une autre partie de ce que nous sommes.

Quand mon deuxième orgasme décroît, la bite de Shaw abandonne ma chatte et il me retourne face à lui. Il se branle d'une main et son expression se radoucit.

— Je t'aime, dit-il avec une tendresse que je lui ai rarement entendue.

— Moi aussi, je t'aime.

Et cela se voit dans mes yeux aussi, car je suis sincère.

— Tant mieux. Maintenant, suce ma bite, ordonne-t-il en posant l'autre main sur mon épaule et en me forçant à me baisser.

Et cela aussi, j'adore.

Je m'agenouille, le laisse poser la main sur l'arrière de ma tête et avancer son gland jusqu'à mes lèvres. Le voyant encore humide, je tire la langue pour y goûter, geste qui lui arrache un gémissement approbateur. Shaw est très voyeur. Il aime regarder et il apprécie le spectacle. Alors, je le lui offre. Faisant tourner ma langue autour du gland, je ferme les yeux et gémis en sentant ma saveur sur lui.

— Bon Dieu, ce que c'est sexy, souffle-t-il, haletant.

Je lève les yeux vers lui et je sens de nouveau ma chatte exposée mouiller quand je le vois se mordre la lèvre. Comme j'ai envie de la mordre moi aussi, je me risque à un petit geste dominateur : je tire sur son bras pour le forcer à se baisser et me lâcher avant de lui attraper la tête à deux mains et l'embrasser. Je suis à peu près sûre qu'il me laisse faire parce qu'il a envie de me goûter aussi, mais j'ai à peine commencé qu'il perce mon petit jeu à jour et essaie de se dégager. Je suis toute fière d'avoir réussi à le retenir assez longtemps pour mordre cette lèvre succulente que je convoitais et le forcer à presque se la déchirer pour se libérer.

— Assez, dit-il en se redressant.

Il passe la langue sur ses lèvres pour vérifier qu'il ne saigne pas et me foudroie du regard en voyant le plaisir que je prends.

— Ah oui ? Tu te crois maligne ? demande-t-il. (Je hoche la tête.) Enlève ton chemisier.

J'obéis, puis je passe la main dans mon dos pour dégrafer mon soutien-gorge dont je m'empresse de me débarrasser.

— C'est comme ça que je l'aime, approuve-t-il. Maintenant, voyons si tu as l'air toujours aussi maligne quand tu t'étouffes avec ma bite. Suce-moi.

Il me saisit de nouveau l'arrière du crâne et enfonce sa bite entre mes lèvres.

— Ouvre plus grand, ordonne-t-il.

Je m'exécute, le laissant me remplir la bouche avec son énorme bite jusqu'à ce qu'il ne puisse aller plus loin. Il me récompense d'un « c'est bien ».

Même si nous jouons tous les deux notre rôle, Shaw veille à ne pas être trop brutal. Il connaît mes limites, et bien qu'il les frôle, il ne va jamais trop loin.

Il commence ses va-et-vient dans ma bouche à la cadence qui lui convient le mieux. Je m'efforce de suivre et je me débrouille plutôt bien, mais ce n'est pas une mince affaire que de l'accueillir. Il m'aide en branlant la partie de sa bite qui ne peut entrer dans ma bouche, tout cela sans me quitter des yeux.

Les veines de ses bras sont dilatées et les tendons crispés ondulent souplement sous sa peau à chaque mouvement. Il commence à haleter, la bouche entrouverte, et je devine qu'il va bientôt jouir. Mon Dieu, j'aimerais tant pouvoir voir ses magnifiques fesses se crisper pendant qu'il me défonce la bouche, mais je n'y ai pas droit. Ce n'est pas grave, car je peux voir son visage : les sourcils froncés de concentration, ses cheveux épars sur son front, et ses yeux bleus qui me contemplent comme si j'étais la femme la plus belle et la plus séduisante du monde.

C'est alors qu'il fait ce petit bruit que j'attends. Une sorte de geignement qui se transforme en grognement sourd. Sa bite gonflée enfle encore dans ma bouche et je me prépare, même si je n'ai pas très envie qu'il me jouisse dans la bouche. Je suis prête à le laisser faire pour lui faire plaisir. Mais Shaw révèle une fois de plus sa délicatesse en décidant de respecter ma préférence sur la question : il se retire et continue de se branler énergiquement jusqu'à ce que son sperme jaillisse et que la substance brûlante et crémeuse gicle sur mes seins nus.

Je trouve sexy le bruit qu'il a fait avant de jouir, mais ce n'est rien à côté de celui qui accompagne son orgasme. J'adore. À tel point que je me fiche complètement qu'il m'ait inondé les seins. Je suis prête à donner à cet homme tout ce qu'il désire. Et je sais qu'il fera de même pour moi.

La vie est parfois cruelle. Shaw en est la preuve vivante. Et c'est idiot de vouloir l'affronter seul, même si nous avons tous les deux prouvé que nous en sommes capables. Mais pourquoi persister seul quand on n'y est pas obligé ? Même des gens aussi indépendants que nous ont besoin d'un autre sur qui compter et qui soit prêt à tout. Et je suis heureuse que Shaw tienne ce rôle pour moi. Car si je dois affronter le monde avec quelqu'un à mes côtés, je ne vois pas qui en serait plus digne que lui.

Nous avons commencé comme les pires rivaux d'un point de vue professionnel, mais nous sommes devenus en quelque sorte partenaires sur un plan personnel. Et, oui, ce partenariat personnel est un risque, mais qui vaut largement la peine d'être pris. Nos mentors, Wade Price et Monty Prather, seraient fiers de nous. Même s'ils n'ont pas vraiment besoin d'être au courant des détails croustillants. Shaw et moi pouvons les garder comme notre petit secret à nous.

Épilogue

Deux mois plus tard…

Mia

Les matins sont incontestablement mon moment préféré de la journée. Assise à mon bureau avec mon ordinateur devant moi et une vue imprenable sur Stonington et la baie de Penobscot, je peux voir le soleil poindre à l'horizon tout en laissant libre cours à mon imagination déchaînée. L'installation dans ma nouvelle maison est un rêve devenu réalité et les habitants de Stonington m'ont accueillie à bras ouverts comme si j'étais l'une des leurs.

Et puisque nous parlons d'eux, je suis totalement remplie d'admiration pour ces gens. En deux mois, le nettoyage après le passage de l'ouragan Ayla a été achevé et les travaux de reconstruction des quelques maisons et commerces éprouvés par la tempête sont bien avancés. Le tourisme n'a pas pâti et le secteur de la pêche au homard n'a même pas souffert. Tout semble redevenu normal. Je ne pense pas qu'une autre ville aurait pu faire preuve d'autant de résistance, mais je crois que les insulaires du Maine sont faits de ce bois-là.

J'ai essayé de m'inspirer de leur ténacité en ce qui concerne ma carrière. Alors que se rapproche la date de remise du manuscrit sur lequel je travaille, je sens la panique monter. Les mots ont de plus en plus de mal à venir et je n'ai pas de nouvelles péripéties à raconter. Je suis très en dessous du nombre de pages que je suis censée fournir selon mon contrat. Cela me tracasse. Et plus je m'inquiète, plus je suis stressée. Et plus je suis stressée, plus j'ai de mal à écrire.

Peut-être que j'aurais dû attendre d'avoir achevé mon roman avant de déménager. Peut-être que j'aurais été moins distraite par ma vie privée et plus concentrée sur ma carrière. Mais je suis Poissons, et les Poissons sont connus pour leur tempérament excessivement romantique et rêveur, ce qui est aussi utile que néfaste pour mon métier. Même si, en définitive, avec une vie désormais plus stable, je suis assez installée pour pouvoir me plonger dans mon travail et que les mots me viennent plus facilement.

J'espère simplement que ce n'est pas trop tard.

Une tasse de café avec trois sucrettes et une généreuse dose de lait à la cannelle glisse comme par miracle devant moi.

— Bonjour, ma beauté, murmure une voix ensommeillée à mon oreille.

Je souris sans avoir besoin de regarder d'où vient cette voix, même si j'en ai évidemment envie. Toutes mes inquiétudes concernant ma date de remise du manuscrit s'envolent dès l'instant où je me retourne pour voir celui qui partage ma maison. Casey. Mon Casey.

Il est encore tout ébouriffé – ce pourrait être dû à son oreiller, mais je sais que ce sont mes doigts les coupables – et sa barbe est toute broussailleuse comme je l'aime. Il est torse nu, mais il a réussi à enfiler son pantalon de pyjama favori – même si je le préfère sans – et il sent encore le sexe.

— Bonjour, beau gosse.

Il se penche et me donne le genre de baiser qui me fait chavirer, puis il jette un coup d'œil par-dessus mon épaule pour voir ce que j'ai écrit.

— Attends, je suis à peu près certain que c'est ce qu'on a fait hier soir.

— C'est tout à fait exact, monsieur, confirmé-je. Tu es ma muse, après tout. Cela dit, je suis coincée sur cette partie de la scène.

Je remonte dans le texte pour lui montrer le début manquant. Il lit l'endroit que je lui indique, avec un intérêt aussi sincère pour mon travail que l'est le mien pour le sien. Et il ne tarde jamais à me faire des suggestions pour l'histoire et, comme c'est un homme, il y a toujours une ou deux propositions de meurtre. Ce qui est un peu macabre pour un roman sentimental, mais en tout cas, il essaie.

— Mmm, eh bien, voyons si je peux t'apporter un peu d'inspiration, susurre-t-il avec une lueur coquine dans le regard.

Avec le temps, il s'intéresse (et il les apprécie aussi beaucoup) aux facettes les plus sexy de mon travail. Après tout, c'est lui qui en récolte tous les avantages.

Il retourne mon fauteuil vers lui et se met à genoux tout en glissant les doigts sous la ceinture de mon pantalon pour l'enlever. Je glousse en levant les fesses pour lui faciliter la tâche. Mon Dieu, comme j'aime la manière dont cet homme m'inspire.

Je ne sais pas très bien où atterrit ma petite culotte une fois qu'il l'a lancée à l'autre bout de la chambre, mais en même temps, je m'en fiche complètement. Casey m'a déshabillée et m'a écarté les jambes afin de pouvoir couvrir de baisers l'intérieur de mes cuisses. Et même si je suis parfaitement consciente que c'est sa bouche qui me lèche la peau, je ferme les yeux et le laisse m'entraîner tout au fond de moi, là où les histoires de fiction prennent vie.

Je suis une fille chanceuse, une sacrée veinarde, et lui, c'est un homme vraiment très doué.

Il m'attrape et me tire en avant si bien que mes fesses sont au bord de la chaise. Et c'est là qu'il me lèche.

Casey ne se presse jamais quand il me dévore la chatte. Il aime savourer son moment et je ne suis que trop heureuse de le laisser faire. De ses lèvres douces, il embrasse légèrement mon clitoris, et sa langue est généreuse entre les plis de chair. Deux gros doigts se faufilent en moi et il les fait aller et venir, d'abord avec lenteur, puis de plus en plus vite à mesure que je m'habitue à leur présence et une fois qu'il a trouvé mon point G. C'est un expert en la matière, désormais. D'abord très traditionnel au début où nous faisions l'amour, j'ai réussi à le convaincre de s'ouvrir à de nouvelles expériences, ce qui a ouvert la voie à de tout nouveaux plaisirs, non seulement pour nous, mais aussi pour mes personnages.

Il glisse son pouce dans mon cul, geste qui me contraint à lui empoigner les cheveux tellement le plaisir qu'il me procure est immense. Sa bouche sur mon clitoris, ses doigts dans ma chatte et son pouce dans mon cul vont rendre très court le trajet qui va me conduire à un orgasme exceptionnel.

Sa tête s'agite entre mes jambes et ses cheveux me chatouillent les cuisses qui enserrent son visage brûlant. Mais c'est sa barbe qui me titille comme jamais. Il le sait et il en profite dès qu'il en a la moindre occasion.

Tout en continuant de téter mon clitoris, il laisse échapper un gémissement quand je lui empoigne les cheveux. C'est un avertissement, qu'il sait que je vais ignorer, car mon châtiment sera ma récompense. Ses doigts s'enfoncent plus encore en moi et sa bouche devient plus insistante tandis que son pouce commence à entrer et sortir.

— Chéri… Oh, mon Dieu… Continue ! l'imploré-je en sachant très bien qu'il ne compte absolument pas s'arrêter.

Ses doigts et son pouce s'activent de plus en plus vite. J'écarte les jambes pour lui laisser de la place, car ce n'en sera que plus avantageux pour moi si je lui accorde toute liberté. Casey ne me déçoit pas. J'oublie mes personnages et leur histoire et j'ouvre les yeux pour le regarder tandis que sa langue et ses lèvres font des choses indicibles à mon clitoris et que les muscles de ses bras se crispent tellement il se fait insistant. Son pouce quitte mon cul, mais cela m'est égal, car c'est la seule façon dont il peut me pénétrer convenablement de toute la longueur de ses doigts. Et je précise qu'ils sont aussi longs qu'épais.

C'est sa bouche qui renonce ensuite quand il se redresse pour contempler le résultat ultime de son acharnement. Casey connaît mon corps comme personne. Tout indique que mon orgasme est imminent et il adore me voir ruisseler sur ses doigts. Il s'enfonce en moi avec encore plus d'ardeur et ses doigts claquent sur mes chairs tout en m'ébranlant de la tête aux pieds.

Mon cœur bat la chamade et j'ai le souffle court. Mon ventre se crispe et je laisse mon orgasme déferler avec un gémissement rauque et retentissant.

Casey regarde. Il regarde et se pourlèche. Et lorsque je jouis, il retire ses doigts et les enfonce dans sa bouche. Un autre orgasme me foudroie et même si l'instinct me dicte de fermer les yeux et de me cambrer, je n'en fais rien. Car je suis hypnotisée par le spectacle de Casey entre mes cuisses.

Il continue de me besogner de la bouche jusqu'à ce que je retombe. Puis, avec un dernier baiser sur mon clitoris à vif, il se rassoit avec un sourire espiègle.

Il se relève, se baisse et m'embrasse à pleine bouche pour que je puisse me sentir sur ses lèvres.

— Écris ça, me chuchote-t-il à l'oreille avant de quitter la pièce d'un pas guilleret, avec l'assurance de l'homme qui sait qu'il est désormais dans son droit.

— Je t'aime ! crié-je après lui.

— Moi aussi !

Cassidy

Avoir une liaison avec son chef n'est pas quelque chose de facile à gérer. Mais pour l'instant, tout se passe bien. Shaw et moi continuons de nous chamailler comme avant, tout en nous réservant des moments privilégiés dans l'intimité. À vrai dire, les disputes ne font que décupler notre désir mutuel. Nous ne sommes pas du genre nunuche et c'est notre attitude vindicative l'un envers l'autre qui nous a poussés dans le même lit. Tout se passe donc comme d'habitude. Sauf qu'après m'avoir renversée sur un bureau pour m'apprendre les bonnes manières à coups de bite sous prétexte que je l'ai ridiculisé devant les collègues, il conclut par un « je t'aime ».

Depuis mon retour de Stonington, nous passons toutes nos nuits ensemble. Après le départ de Shaw pour San Diego, je suis restée quelques jours pour aider mes parents, jusqu'au moment où ils ont pratiquement dû me flanquer à la porte et me coller de force dans l'avion pour que je reparte le retrouver. Apparemment, sans lui, j'étais d'humeur changeante et je les rendais dingues. Allez comprendre. Ils ont passé des années à me culpabiliser de ne pas rentrer à la maison assez souvent, tout cela pour me faire comprendre aujourd'hui que j'abuse de leur hospitalité.

Mais j'ai été heureuse de retrouver mon quotidien. Et j'avais hâte de me blottir de nouveau dans les bras de Shaw. J'ai passé toutes mes nuits pelotonnée contre lui. Tantôt chez lui, tantôt chez-moi. Nous n'avons pas commis l'erreur de nous installer ensemble, mais nous avons laissé des affaires chez l'un et chez l'autre, genre pyjamas et brosses à dents.

Shaw a réussi à conserver son poste de directeur associé chez Striker Sports Entertainment malgré la catastrophe que la brève disparition de Denver a failli provoquer. Catastrophe dont mon coloc', Quinn, a été le centre. Je suis heureuse pour Quinn. Denver a fait son coming out durant une conférence de presse, et malgré les commentaires méprisants auxquels nous nous attendions tous, Quinn, lui et leur relation ont survécu. La nouvelle a été sur toutes les lèvres pendant à peu près un mois, puis les choses ont fini par se calmer. Franchement, j'ai cru que Denver serait déçu quand le cirque serait terminé, mais comme il fait les unes à cause de ses exploits sur le terrain, il est satisfait d'être de nouveau sous le feu des projecteurs. Il cherche vraiment à faire parler de lui. Quinn n'est pas en reste, et cela fait d'eux le couple parfait.

Et puisque nous parlons de perfection... Landon et Sasha sont toujours ensemble. Il s'occupe d'elle comme un parfait gentleman doit traiter une dame, et les seules larmes qu'elle verse sont de joie. Franchement, nous nous attendons tous à ce qu'il la demande en mariage d'un jour à l'autre. Landon étant un romantique qui avance masqué, je ne serais pas le moins du monde surprise.

Ce qui me surprend, c'est que Chaz se soit enfin raisonné et ait accepté sa situation financière pour pouvoir proposer à Demi de sortir avec lui. La petite cochonne était tellement excitée qu'elle s'est donnée à lui le premier soir – fait que Sasha, Quinn et moi lui rappelons à la moindre occasion. Et elle en profite en retour pour se vanter de ses talents au lit. Tant mieux pour elle.

Le Monkey Business est toujours notre repaire et il est de plus en plus fréquenté. Bien que notre table soit toujours réservée et surveillée par notre barman préféré, Chaz. Ce traitement de faveur est vraiment agréable. C'est notre petit refuge, notre deuxième maison. C'est donc là que nous nous trouvons assis aujourd'hui, comme n'importe quel autre jour. La seule différence, c'est que cela fait longtemps que je n'ai pas bu une bière bien fraîche. Je me demande même si je vais la supporter.

Cela fait quelques semaines que je ne suis pas dans mon assiette. Rien de plus que des nausées passagères. Je les ai attribuées au stress du voyage et à l'obligation de me réhabituer précipitamment à la vie de San Diego tout en devant rattraper tout le boulot laissé en plan pendant mon absence. Et les dossiers se sont entassés. Non qu'Allie n'ait pas fait tout son possible pour garder un semblant d'ordre. Certains de mes clients exigent simplement un dialogue permanent avec leur agent et ne sont satisfaits qu'en parlant à nul autre que moi. Cela ne me gêne pas, mais cela m'épuise en permanence.

Shaw, au bar avec Landon et Chaz, est devant une bière frappée qui me met l'eau à la bouche. Enfin, je ne sais pas si c'est la vue de Shaw ou du verre qui me donne des envies, mais comme je ne peux pas vraiment sauter sur Shaw ici, je décide de me rabattre sur la bière. Il me suffit d'un hochement de tête dans sa direction pour que Chaz comprenne et m'en fasse glisser une sur le comptoir.

La bouteille glacée dans ma main et l'arôme du houblon qui me titille les narines me donnent vraiment envie d'y goûter. J'ai à peine le temps de la porter à mes lèvres qu'on me l'arrache. Avec un grondement, je jette un regard courroucé à la coupable, Demi.

— Pas question, objecte-t-elle en passant la bouteille à sa complice, Sasha, qui la donne à un Landon perplexe.

Au même moment, la clochette de la porte tinte et Quinn fait son apparition. Le pas guilleret, il se dirige droit vers nous en jetant un regard noir à deux clients qui ont eu le malheur de rester sur son chemin.

— Je l'ai, dit-il en brandissant un sac en papier marron. Allez, on y va.

— Arrêtez, les filles, c'est idiot, gémis-je en voyant Demi et Sasha se lever d'un bond et abandonner notre table.

— Ce n'est pas idiot. Tu as accepté de le faire, me rappelle Demi.

Vraiment, je les déteste, parfois.

— Très bien, soupiré-je en me levant. Finissons-en, comme ça j'aurai la paix.

Tel le président des États-Unis sous la protection des Services secrets, je me retrouve encadrée par mes amis qui m'escortent jusqu'aux toilettes au fond de la salle.

Sasha pousse la porte en bois verni, passe la tête à l'intérieur, puis la ressort.

— La voie est libre, annonce-t-elle.

Demi jette un coup d'œil vers le bar et, satisfaite que notre brusque disparition soit passée inaperçue, me pousse à l'intérieur. En dehors des toilettes pour handicapés, il n'y a qu'une autre cabine et un lavabo. En d'autres termes, ce n'est pas assez grand pour contenir quatre personnes aux fortes personnalités, mais nous nous y entassons tout de même.

Comme s'il n'était pas satisfait de l'inspection de Sasha, Quinn vérifie qu'il n'y a personne dans les W-C.

— Tiens, dit-il en me tendant le sachet.

Au même instant, la porte d'accès aux toilettes s'ouvre et une grande bonne femme sans forme entre. Ou du moins essaie-t-elle.

— Non ! Occupé ! lui déclare Quinn en retenant la porte pour qu'elle ne s'ouvre pas davantage et en lui faisant signe de retourner d'où elle est venue.

La femme recule en maugréant.

— Vous n'avez même pas le droit d'être là-dedans. Ce sont les toilettes des dames.

Une main sur la hanche, Quinn lui met les points sur les *i*, en la toisant :

— Ma chérie, je suis plus dame que vous ne le serez jamais. Vous ne trompez personne avec votre soutien-gorge rembourré. Peut-être que si vous épiliez vos jambes velues… Et votre moustache, ajoute-t-il sournoisement.

— Comment osez-vous ! s'exclame la femme.

— Comme j'ose ? s'indigne Quinn. Comment vous, vous osez ! Je sais que les modes sont cycliques, mais vous essayez de nous ramener à la préhistoire. Vous devriez avoir honte, madame Pierrafeu. Allez plutôt vous occuper de votre mari, conclut-il en agitant l'index sous son nez avant de la faire sortir de force.

Demi le félicite et Sasha a un fou rire. Puis tous trois reportent leur attention sur ma personne et me considèrent en haussant les sourcils.

Je lève les yeux au ciel en soupirant. Ils ne vont pas me lâcher.

— OK, très bien !

Je tourne les talons et entre dans la cabine, talonnée par le trio qui reste là à me fixer.

— Ça vous ennuierait de me laisser ? demandé-je en leur faisant signe de reculer pour que je puisse fermer la porte.

Seigneur, ce qu'ils sont mal élevés.

— Ce caractère irritable ne fait que confirmer nos soupçons, lance Demi à travers la cloison.

Je l'imite avec insolence, même si elle ne peut pas me voir, mais je m'exécute. Ne serait-ce que pour leur prouver simplement qu'ils se trompent. Je sors le contenu du paquet, baisse ma petite culotte et me mets en position. Une fois que j'en ai terminé, je me relève et j'attends. Encore et encore.

— C'est l'heure ! crie Sasha.

D'une main tremblante, je m'empare du petit stick rose et blanc et lis le résultat.

Quand j'ouvre la porte, ils se précipitent sur moi et ne me laissent pas passer. Je ne peux que les regarder sans un mot. Un silence de mort tombe dans la pièce.

Quinn est le premier à bouger. Lentement, il s'approche pour jeter un coup d'œil au stick.

— Qu'est-ce que ça dit ? demande Demi.

— Madame a un polichinelle dans le tiroir.

Et zut.

Remerciements

J'ai réfléchi pendant des millions d'heures aux noms que j'allais citer ici en passant en revue tous les gens habituels. Et même si je compte bien les citer – oui, parce qu'ils m'ont soutenue –, j'ai décidé de le faire d'une manière qui leur permettra de savoir – et à vous aussi, lecteurs – l'impact qu'ils ont véritablement eu sur ce livre.

Dans mes précédents remerciements, j'ai dit que les livres avaient été difficiles à écrire, mais ce n'était rien du tout à côté de celui-ci. Vraiment. Et pas parce que l'histoire ou les personnages étaient complexes. Cette fois, c'était personnel. Très intime. Je vous épargnerai les détails sordides, mais tout ce qui m'est arrivé – tout ce que j'ai laissé m'arriver – pendant que j'écrivais ce livre peut être résumé à une seule et unique raison : j'avais oublié qui j'étais.

Dans ma vie étaient présentes une quantité de personnes précieuses qui se sont efforcées de me remettre sur les rails – Patricia Dechant, Whittney Sherman, Kimberly Rackley, Maureen Morgan, Janell Ramos, Melanie Edwards, Brittnie Day et Bobbie Butler – et si leurs efforts ont retourné la situation parce qu'elles me connaissent mieux que quiconque, j'ai dû résoudre toute seule certaines choses. Ce qui a exigé énormément de temps et d'énergie, alors que je peinais à trouver les mots pour raconter l'histoire que j'avais en tête.

Pas une seconde, je n'ai tenu pour acquise l'occasion qui m'était donnée, bien qu'un écrivain reste toujours un être humain en mesure de traverser tout seul les tragédies de la vie. Les chamboulements qui arrivent dans la réalité peuvent avoir des conséquences directes sur le livre qu'il écrit. Dès lors, dans ce roman sont éparpillés des fragments de mon âme. Vous les retrouverez dans les moments de confusion de Cassidy, quand Shaw comprend ce qui est vraiment important dans la vie, quand Casey apprend à lâcher prise, quand Mia fuit la réalité, et dans la tempête qui bouleverse la vie de gens innocents.

Mon éditrice incroyablement compréhensive, Shauna Summers, et mon agent, Alexandra Machinist, m'ont soutenue comme vous n'imaginerez jamais. Je n'ai franchement pas de mots pour les remercier de s'être montrées aussi conciliantes et d'un tel soutien. Un mot en particulier : merci, Shauna, de m'avoir donné la liberté de m'exprimer et de m'avoir fait confiance pour raconter une histoire vraie.

La révélation est arrivée au moment où – en tant qu'auteur de romans sentimentaux – j'avais commencé à croire que les romances de contes de fées ne sont qu'une fiction. Le destin m'a fait connaître un homme qui a tout remis en question et m'a fait changer d'avis. Merci, mon Superman, de m'avoir permis de croire de nouveau aux contes de fées.

Mon cheminement incroyablement difficile vers mon accomplissement individuel a été un combat de tous les instants, mais j'en suis sortie victorieuse. Alors, retenez bien la leçon, Mrs. Parker… n'oubliez plus jamais qui vous êtes.

PAPIER À BASE DE FIBRES CERTIFIÉES

Le Livre de Poche s'engage pour l'environnement en réduisant l'empreinte carbone de ses livres. Celle de cet exemplaire est de :
390 g éq. CO_2
Rendez-vous sur www.livredepoche-durable.fr

Composition réalisée par PCA

Achevé d'imprimer en octobre 2016 en Italie par
Grafica Veneta
Dépôt légal 1re publication : novembre 2016
LIBRAIRIE GÉNÉRALE FRANÇAISE
21, rue du Montparnasse – 75298 Paris Cedex 06

37/3830/2